Jakuta Alikavazovic

Das Fortschreiten der Nacht

Roman

Aus dem Französischen
übersetzt
von Sabine Mehnert

Edition Nautilus

Die Originalausgabe des vorliegenden
Buches erschien unter dem Titel *L'avancée de la nuit*

INSTITUT FRANÇAIS DEUTSCHLAND

Dieses Buch erscheint im Rahmen des Förderprogramms des französischen Außenministeriums, vertreten durch die Kulturabteilung der französischen Botschaft in Berlin.

Bild- und Zitatnachweise finden Sie auf Seite 256.

Edition Nautilus GmbH · Schützenstraße 49 a
D-22761 Hamburg · www.edition-nautilus.de

Deutsche Erstausgabe März 2019
Umschlaggestaltung: Olga Machverkova,
unter Verwendung des Fotos »6h17 du matin«
von Olivia & Vincent Goutal
Druck und Bindung: CPI – Clausen & Bosse, Leck
1. Auflage
ISBN 978-3-96054-098-4

Paul war mit Sylvia zusammen gewesen, als er erfahren hatte, wie es um Amélia Dehr stand. Im Bett mit Sylvia, die vor sich hindöste oder so tat, von draußen drang das gedämpfte Licht der Stadt und der vorbeifahrenden Touristenschiffe auf der Seine hinein, hüllte sie ein, glitt gleichgültig über ihre Körper, die Laken, zur Decke. Er hatte gedacht, sie könnten mit der Umgebung, mit den Kulissen verschmelzen, und vielleicht war ja genau das Glück oder doch der Zustand, der Glück am nächsten kam. Ein großangelegtes Tarnmanöver, hatte Paul gedacht.

Die Nachricht kam per Telefon, sie schwebte zwischen Leben und Tod, und Paul war sich sicher, wie es ausgehen würde, Amélia Dehr machte keine halben Sachen. Vielmehr zeigte oder verriet dieser Schwebezustand ihre Verletzlichkeit, die Schwäche, die sie befallen hatte, befallen haben musste – nicht, weil sie den Versuch unternommen hatte, sondern weil er ihr misslungen war, mit einer Ungenauigkeit, die ihr gar nicht ähnlich sah. Eine Ungenauigkeit, die für Paul den Beweis dafür darstellte, dass sie zum Zeitpunkt der Tat schon nicht mehr sie selbst gewesen war. Schon nicht mehr Amélia Dehr.

Die andere Möglichkeit, die andere Erklärung – nämlich dass ein Teil von ihr sich an das Leben klammerte, sich weigerte zu sterben; dass die wahre Amélia Dehr, die er gekannt, geliebt, begehrt und gehasst hatte, dass diese Amélia gegen den Tod ankämpfte; dass es diese Amélia war, die verlor, alles verlor – diese Vorstellung war Paul unerträglich. Lieber redete er sich ein, dass diejenige, die sterben würde, schon lange nicht mehr diejenige war, die gelebt hatte, dass sie zu Amélia Dehr, der seligen Amélia Dehr, nur in der losen Beziehung stand, die ein Blatt mit dem Baum verbindet, von dem es gefallen ist.

Sie war im Wahnsinn versunken, dachte Paul, sie, die mit zwanzig eine Pracht gewesen war, mit scharfem Verstand, blühender Phantasie, eine, die im Gras liegend wie die Verlängerung des Grases wirkte, mehr noch, wie der Ausdruck selbst des Grases, wie seine Sanftheit – im Gras liegend wirkte sie wie der Geist des Grases, wie sein ureigenes Wesen. Als er sie zum letzten Mal gesehen hatte, war er bestürzt gewesen, sie so vernachlässigt vorzufinden, schlimmer noch als vernachlässigt, achtlos, schlimmer noch als achtlos, *erloschen*. Sie hatte sich beobachtet gefühlt. Sie hatte ihn gebeten zu ihr zu kommen und war mit ihm in den Hof hinuntergegangen, damit er, dem sie vertraute, ihr bestätigte, dass man sie von unten nicht an ihrem Schreibtisch sehen konnte. Er hatte sie falsch verstanden. Hatte es vorgezogen, sie falsch zu verstehen, war versucht gewesen, die Sache leichtzunehmen, als Scherz. Aus Taktgefühl oder aus Feigheit. Oder aus Taktgefühl, das zugleich Feigheit war. Dann setzt du dich besser an deinen Schreibtisch, dann kann ich dir sagen, ob man dich dort sieht. Oder nicht. Sie hatte ihn mit einem Blick angesehen, der zwar nicht wirklich leer war, ihn aber doch nicht wahrnahm. Anderes wahrnahm als ihn. Seine Halsbeuge ansah, als ob sie ihn in dieser Leere zu finden glaubte. Und er fühlte sich selbst entschwinden, sein Geist oder seine Persönlichkeit oder seine Seele versetzten sich, wollten sich an diesen Ort versetzen, an dem er nicht war, nicht sein konnte, aber auf dem Amélia Dehrs Blick ruhte. Solche Macht hatte sie noch über ihn. Sie hatte seine Hand genommen und hastig, bevor sie aus Selbstachtung – das Einzige, so dachte er, was ihr von der Frau, die sie gewesen und gern gewesen war, noch blieb –, bevor sie aus Selbstachtung verstummte, hervorgestoßen: Nein, ich möchte, dass du mir sagst, ob ich *jetzt gerade* dort bin, du musst es mir sagen, Paul, bitte.

Sie gehörte zu den Menschen, die alles kaputt machen und es dann Kunst nennen.

*

Damals war es unvorstellbar gewesen, dass ein junges Mädchen, eine Studentin, im Hotel wohnte. Das Etablissement hatte nichts Luxuriöses an sich; im Gegenteil, es handelte sich um eine dieser amerikanischen Hotelketten, die überall aus dem Boden sprossen; aber der einfache Satz *Sie wohnt im Hotel* war schon an sich unsäglich, skandalös. Ein achtzehnjähriges Mädchen in einem amerikanischen Hotel. *Dieses* achtzehnjährige Mädchen in einem amerikanischen Hotel. Alle fanden, sie hätte Schriftstellerin werden sollen, alle außer ihr selbst; die Schriftstellerin war ihre Mutter, und die Tatsache, dass ihre Mutter seit Langem tot war, hatte daran nichts geändert. Sie, Amélia Dehr, war eine Romanfigur und offensichtlich auch entschlossen, es zu bleiben. Und ob sie diese Figur selbst erschaffen hatte oder ob sie das Werk von jemand Anderem war, war nicht ganz sicher, blieb noch herauszufinden.

Nächte im Hotel

1.

Paul hatte nicht daran geglaubt, dass sie im Hotel wohnte. Besser noch, oder schlimmer, er hatte es gewusst und dann vergessen. An der Uni wurde über sie gesprochen, ihr ging eine Art Gerücht voraus; ihr Körper existierte schon, bevor er auftauchte, in einem Geflüster, aber es war nicht der Klatsch, der Paul interessierte, es waren die Mädchen, die Frauen, ihr Mund, ihre Haut. Er war achtzehn Jahre alt und führte ein Doppel-, ja ein Dreifachleben. Tagsüber ging er an die Universität, er starrte auf große schwarze oder weiße Tafeln, tauschte Mitschriften aus und verglich seine Notizen mit denen seiner Kommilitonen: Es war merkwürdig, manchmal hätte man schwören können, dass sie nicht dieselbe Vorlesung gehört hatten, und dann stieß man auf ein oder zwei identisch mitgeschriebene Sätze, die bestätigten, dass sie doch dieselbe Person vor sich gehabt hatten, aber ausgehend von diesen wenigen fixen Drehpunkten driftete die Bedeutung von einer Mitschrift zur anderen in Spiralen und Annäherungen dahin – diejenigen, die am besten verstanden, waren letztendlich diejenigen, die überhaupt nichts verstanden und – völlig verängstigt von ihrer eigenen Unwissenheit – krampfhaft einfach alles mitschrieben.

Lange Stunden, die in kleinen Cliquen im Café verbracht wurden; Mädchen, die ihre Finger durch seine Haare gleiten ließen und seine Kopfhaut streichelten, kühle Finger, die mit seinen Locken spielten, die Topographie seines Schädels erforschten, zarte Finger, die seinen Hinterkopf wie Brailleschrift lasen, auf der Suche nach einem Schlüssel, wenn auch aus einer anderen Zeit, auf der Suche nach den Unebenheiten, die ihnen das Geheimnis seiner Persönlichkeit oder seiner Seele offenbaren würden, Wölbungen der Lüsternheit, oder der Raubgier, oder der Gutmütigkeit, oder der Treue, unwissentlich an diskreditierte Wissenschaften erinnernd – wenngleich das Geheimnis, das diese achtzehnjährigen Mädchen zu enthüllen versuchten, die ihn mit einer solchen Leichtigkeit berührten, das ihres eigenen Begehrens war, ihres Begehrens nach diesem jungen Mann und ihres Begehrens im Allgemeinen, ihrer eigenen Lüsternheit, ihrer eigenen Raubgier oder ihrer Gutmütigkeit oder ihrer Treue (aber zu was?); all diese jungen Leute waren fröhlich, redeten zu viel, rauchten zu viel, tranken in unzumutbaren Mengen Kaffee, der ihren Herzschlag auf aufregende Weise unregelmäßig werden ließ, ihr Atem bildete kleine Wölkchen in der kalten Luft, insgeheim waren sie scheu und verängstigt wie junge Rehe, sogar und vielleicht vor allem die Jungen, sodass es wenig Körperkontakt gab, von Mund zu Mund noch viel weniger, obwohl sie sich alle sehr nahestanden und es ausreichte, dass einer von ihnen sich eine Erkältung holte, damit sich alle von ihnen erkälteten, wahrscheinlich wuschen sie sich nicht oft genug die Hände.

Dann waren da die Abende, die Nächte, die langen, berauschenden und anonymen Partys, auf denen Paul seine Freunde verlor, mit Absicht verlor, denn mit seiner Schwimmerstatur und seinen endlos langen Wimpern übte er eine gewisse Anziehungskraft aus, man drückte ihm Gläser in die Hand, Gläser voller klarer oder perlender Flüssigkeiten, die ihn manchmal in eine extreme Langsamkeit verfallen ließen, in der alles wie unter Wasser geschah und die Gesten nur zu neun Zehnteln abgeschlossen wurden, Nächte auf Dächern oder in Kellern oder in Privatvillen oder in verlassenen U-Bahn-Stationen, verrauchte Nächte, Nächte, in denen er seine Gefährten aus den Augen verlor und sie dann wiederfand, aber manchmal waren sie es nicht, nur sein eigenes Spiegelbild, Nächte, in denen vergeblich nach ihm gesucht wurde, um ihn irgendwo auf ein Bett zu legen, Nächte, in denen er von Sex besessen war, denn Paul war damals mit einem Fluch oder einem Zauber belegt, *er konnte seine Jungfräulichkeit nicht verlieren*, immer verschwand das Mädchen oder er ging selbst oder jemand kam oder sie zogen weiter an einen anderen Ort; und noch seltsamer, selbst wenn er mit jemandem schlief, was auch immer die genaue Definition dieses Aktes war, die gemeingültige oder die pornografische, die juristische oder die hilfsjuristische, selbst wenn er sein Geschlecht in ein anderes Geschlecht einführte, selbst wenn er mit einem kranken Zittern, das unmöglich zu kontrollieren war, darin kam und es das nun war, dachte er – endlich! – am nächsten Tag oder ein paar Tage später war es, als wäre nichts passiert, er war wieder Jungfrau und verzweifelt, es zu sein. Ein Albtraum, dachte er.

Er schlief wenig, aber gut; wo immer er war, an der Universität, im Café, in einem fremden Haus oder zu Hause, gab es meistens im Umkreis von weniger als zehn Metern einen Bildschirm, auf dem Bilder zu sehen waren – von Mord und Ermittlungen, von Beerdigungen und Tränen, von Zusammenbrüchen und Flucht, von Fragen und Antworten oder einfach nur von Fragen. Und er, gleichgültig gegenüber all diesen Dramen, schlief friedlich. Aber das war vor Amélia Dehr. Das war vor dem Hotel.

Es mangelte an Geld, sein Vater hatte da kein Blatt vor den Mund genommen, die Studiengebühren ja, den Rest nein. Paul hatte das erstbeste Angebot angenommen, geistesabwesend, ohne überhaupt zu wissen, worauf er sich einließ; gleichgültig oder zerstreut, auf etwas Anderes konzentriert, auf sein Leben, das gerade begann. Wachdienst – oder besser gesagt, simple Überwachung –, außerhalb der Hauptgeschäftszeiten, in einem Hotel. Das hieß am Abend, in der Nacht. Er langweilte sich dort. Als Entschädigung folgte er den Frauen. Ohne ihr Wissen, manchmal in ihrer Abwesenheit. Er suchte nach ihnen, er fand sie. Manchmal verlor er sie, aber es war ein Spiel, ein Spiel, das er mit sich selbst spielte und von dem sie nichts wussten, wie diese dort, die, als sie ihr Zimmer verlässt, verschwindet, sich in

Luft auflöst. Um sofort wiederaufzutauchen, an anderer Stelle als erwartet. Sie verwischt ihre Spuren, bewegt sich von einem kleinen Fenster zum nächsten, wie von Zauberhand, ohne jegliche Kontinuität. Es gab neun Kameras und genauso viele Kästchen auf dem Überwachungsbildschirm, der Pauls Bildschirm war. Er spielte seine Überraschung, er spielte, dass er sich selbst überraschte; ihre Wege waren nur zu einem gewissen Grad vorhersehbar, da die spontanen Stopps, die Kehrtwendungen, weil man sich anders besonnen hatte, nicht mit einkalkuliert werden konnten. Man kann den Körper sehen, aber nicht, was im Kopf vorgeht. Nichts von dem, was dieser im Zimmer, auf dem Nachttisch, im Badezimmer vergessen hat; nichts von seiner Reue. Und dann manchmal, das waren Pauls Lieblingsmomente, jene flüchtigen Umarmungen auf der Feuertreppe, von denen er nichts als eine Brandschutztür sah, die sich langsam und träge wieder schloss. Man kann nicht sagen, dass er seine Arbeit liebte, die er nicht als Arbeit, sondern eher als unglücklichen Zufall betrachtete, oder weniger noch, als *Zwischenfall*, genau als das, was es eben war, ein *Nebenjob*; aber man kann durchaus sagen, dass er gerne Frauen ansah. Man kann sogar sagen, dass er von oben auf sie herabschaute, dass er gerne im Spiel (dachte er) von oben auf sie herabschaute, und dass das der einzige Ort, der einzige Moment war, an dem er dies tun konnte, dank der Gnade der Kameras, aus der Vogelperspektive, die sie ihm darboten, als ob er die Sonne wäre, oder Gott – Gott oder eine einfache Luftmasse, die in Deckennähe stagniert. Ja, die Perspektive dieser wärmeren aufsteigenden Luft, vielleicht jene Seufzer, die sie von sich gaben, während sie ihre Gesichter in den unendlichen Spiegeln des Aufzugs schminkten, vielleicht ihr sanfter Atem oder eine Erwärmung, die durch das bloße Eindringen ihrer Körper, ihrer warmen Haut in diese leeren, zu sehr belüfteten Räume hervorgerufen wurde; und diese Ausatmungen, die zur Decke steigen, würden sich dort ansammeln, bis daraus ein Blick, Pauls Blick entstehen würde. Träumte Paul.

Wenn die Frauen es satthatten, ein- und auszugehen oder er es satthatte, sie anzusehen, zwang er sich, zu lernen. Er liebte die Universität, aber vor allem liebte er es, Student zu sein, das berauschte ihn, so wie es seinen Vater berauschte, der stolz auf ihn war; was ihn nicht daran hinderte, ihm unterschwellig ein wenig, nur ein wenig, in den Abgründen seines Herzens, böse zu sein – Abgründe, die er selbst nicht kannte; aktiv und energisch ignorierte; verleugnete. Er hätte sich lieber einen Körperteil amputieren lassen, als das zuzugeben, denn er war ein guter Mensch, stolz auf seine Gutherzigkeit, wie er es auf seinen Sohn war, und ein guter Mensch ist nicht neidisch auf sein einziges Kind. Aber auf der Baustelle kommt es vor, dass er an diese Universität denkt und in den Mörtel spuckt oder in den Mörtel pinkelt, wie es seit jeher getan wird und wie man es auch heute noch tut – unabhängig von allem allgemeinen Hygienebewusstsein –, als Bindemittel, um (Paul wusste das; sein Vater nicht) den pH-Wert, den Säuregehalt und die Festigkeit zu ändern; und (das wusste sein Vater; Paul nicht) ein wenig von sich selbst in den Häusern Anderer zu lassen, in diesen Mauern, die man sich abrackert zu errichten, um dann nie darin zu leben. Um die Oberhand zurückzugewinnen, heimlich, unterschwellig, über den Wohlstand der Anderen. Denn sie kamen aus bescheidenen Verhältnissen und nahmen nichts als selbstverständlich hin, und schon gar nicht eine Hochschulbildung; sie lebten, hatten gelebt, dachte Paul, als ob sie nie festen Boden unter den Füßen hätten. Wie auf Wasser; und das dachte er damals nicht ausdrücklich so, er würde sich erst später erlauben, es zu denken, und zwar dank Amélia Dehr.

Er gab sich Mühe beim Studium, aber er hatte viel mehr zu lernen als seine Architekturkurse, die in verschiedene Fachrichtungen, Perioden und Ansätze unterteilt waren. Er hatte alle Brücken hinter sich abgebrochen oder dachte, er habe alle Brücken hinter sich abgebrochen oder versuchte, alle Brücken zu seinem Milieu abzubrechen, das er nicht als Milieu, sondern als *Zwischenfall* betrachtete, oder mehr noch, als einen *unglücklichen Zufall*. Seine ersten achtzehn Lebensjahre hatten ihm einen bestimmten Körper gegeben, und dieser Körper hatte eine bestimmte Beziehung zum Raum, zu Anderen, und seine Intuition sagte ihm, dass diese Beziehung nicht so war, wie sie sein sollte. Wie sie hätte sein sollen. Bei seiner Ankunft hatte er beobachtet. Und nachgeahmt. Zuerst die Kleidung, die er stahl; dann den Haarschnitt, und er hatte eine ganze Sprache erfinden müssen, um ihn beschreiben zu können, ihn so schneiden zu lassen – es war eine beispiellose Herausforderung gewesen, die den größten Entdeckungen, den größten Eroberungen ebenbürtig war. Zuletzt übte er sich, und das war das Heikelste, im Reden. Das erschöpfte ihn. Im Wohnheim der *Cité Universitaire* hatte er so manche Abende in seinem Zimmer verbracht, im Dunkeln; er lauschte den Geräuschen im Flur, und all die Aufregung der Studenten machte ihn seekrank; und wenn jemand an seine Tür klopfte, antwortete er nicht, gleichermaßen entsetzt bei dem Gedanken, dass es ein Irrtum sein könnte, wie bei dem, dass es keiner war. Er hatte befürchtet, dass es nie enden würde, und, ohne jemals zu enden, hatte es doch nur zwei Wochen gedauert, vielleicht drei, und schon war es vorbei. Schon fühlte er sich, dachte er, wie zu Hause. Er hatte Freunde, engere Freunde denn je, die er inbrünstig liebte, für die er, so dachte er manchmal, einen Arm hergegeben hätte. Für die er eine Niere hergegeben hätte, aber manchmal vergaß er ihre Namen, manchmal vergaß er ihre Gesichter, um drei oder vier Uhr morgens fiel ihm auf, dass es in seinem Gedächtnis anstelle dieser Person, dieses Freundes oder dieser Freundin, nur eine schemenhafte Silhouette gab. Und manchmal passierte es, dass er sie mit seinem eigenen Spiegelbild verwechselte. Vielleicht lebte ein Teil von ihm tief im Inneren noch immer im Dunkeln. Vielleicht hatte ein Teil von ihm seinen Platz noch immer nicht gefunden. Befand sich weiterhin im Schwebezustand, in der Finsternis. Und noch schlimmer: beunruhigender: hielt diesen Schwebezustand, diese Finsternis für das, was man gemeinhin – besonders wenn man mit einem Achtzehnjährigen mit Schwimmerstatur und endlosen Wimpern spricht, der zudem noch Student ist – *das wahre Leben* nennt.

*

Für Menschen mit einer entsprechenden Empfindsamkeit hätte das Hotel Elisse sowohl Tatort als auch Tatwaffe sein können. Man hätte sogar sagen können, dass das Hotel Elisse die Wirklichkeit war; wenn man bereit war zuzugeben, dass die Wirklichkeit vor allem eine Enttäuschung war. Auf jeden Fall hielten sich Literatur- und Geschichtenliebhaber von hier fern. Manchmal verirrten sich ein oder zwei von ihnen aus einer anderen Generation, aus einem anderen Jahrhundert her, und Paul konnte mit bloßem Auge erkennen, wie sich die Verzweiflung und manchmal (aber selten) der Tod in ihren Seelen einnisteten, während sie sich für die Nacht in einem der Zimmer niederließen, das allen anderen Zimmern glich; nur vorübergehend, zum Glück. Ein Ort, der weder ob seiner Schönheit noch seiner Hässlichkeit zum Tode führen würde, vielleicht aber ob seiner Gleichgültigkeit. Genau das war es jedoch, was seit ihrer Gründung den Erfolg der Kette ausmachte, und es war genau das, was man hier suchte, insofern *hier* eine bewusste Wahl war; der ganze moderne Komfort, und das Geheimnis, die Struktur dieses Komforts basierten auf Neutralität und Anonymität. Nichts ähnelte einem Hotel Elisse mehr als ein anderes Hotel Elisse und aufgrund dieser Austauschbarkeit konnte man sich vormachen, dort jemand Anderes zu sein, und noch besser: überhaupt niemand zu sein. In Etablissements der Art war es möglich, man selbst und ein Anderer zu sein, man selbst und gar nichts. Die Fenster waren perfekt quadratisch und ließen sich nicht öffnen; die Klimaanlage quirlte die Keime ordentlich durch und verteilte sie absolut unparteiisch. Eine Vergesellschaftung der Ansteckungsmittel. Man war so wenig man selbst, dass man den Husten eines Anderen hustete, der vielleicht schon abgereist war. Paul langweilte sich dort entsetzlich und nach einer Weile des Alleinseins, langsam auf seinem Stuhl vor den leeren Überwachungsbildschirmen hin- und herdrehend, Blick auf die verlassene Lobby, wurde er von einer Lethargie ergriffen, die nicht weit von Trance oder Hypnose entfernt sein konnte. Der ewige Springbrunnen mit seinem ewigen Sprudeln half da auch nicht weiter. Er litt nicht unter Einsamkeit, es sei denn, man verstand *Einsamkeit* als die Summe bestimmter körperlicher Symptome: weniger ein Zustand als eine Umgebung, wie große Höhen oder Tiefen, und dadurch atmete er zwangsläufig anders, in einem anderen Rhythmus. Manchmal hatte er Ohrensausen. Er wartete darauf, dass etwas passierte, und manchmal führte die Isolation auch dazu, dass etwas passierte, aber nicht so, wie er es sich vorgestellt hatte.

Zwei bis drei Stunden lang gab es ein Kommen und Gehen, die übliche Kundschaft dieser Art von Etablissement, junge und weniger junge Führungskräfte, Individuen auf der Durchreise, die dort im Rahmen ihrer Stellung, ihrer Mission untergebracht waren, obwohl einige, so seltsam es auch erscheinen mag, Geschmack daran gefunden zu haben schienen. Betriebsräte, Wissenschaftler auf Konferenzen. Paul interessierte sich nicht für sie und sie interessierten sich noch weniger für Paul, auch wenn dies einen höflichen Wortwechsel, einen gelegentlichen Witz nicht ausschloss; sobald man sich umdrehte, verschwand das Lächeln von den Gesichtern und die Gesichter aus dem Gedächtnis. Dann wurde es totenstill, und an manchen Abenden, wenn mehrere Stunden lang niemand kam oder ging, weder durch die Lobby noch auf den Bildschirmen, wenn er seinen Stuhl mit dem Absatz etwas herumdrehte, nur ein wenig, zwanzig oder dreißig Grad, ohne darüber nachzudenken, und kein menschlicher Laut das Sprudeln des Wassers überdeckte, des ewigen Springbrunnens, der das erschuf, was Architekten ein Klima nennen – dann passierte etwas. Paul bemerkte es nicht, denn Paul wartete darauf, dass etwas vor seinen Augen geschah, dessen Zeuge er sein würde. Aber das, was geschah, geschah in seinem Inneren. Er saß dort, zwischen den Bildschirmen, die leere Aufzüge und leere Gänge und Dauernachrichtensender zeigten, und die Zeit verging, immer langsamer, als er es sich gewünscht hätte, und plötzlich, auf dem Höhepunkt seiner Langeweile, erschien ihm wie blitzartig etwas, zum Beispiel schien es ihm, dass sich die druckluftgesteuerten Türen gerade mit einem Seufzer geöffnet hatten, aktiviert durch die Bewegung eines Körpers, obwohl niemand da war; oder dass jemand gerade durch eines der neun Überwachungsfenster gelaufen war; oder, sehr detailreich, dass eine Frau am Rand des Springbrunnens saß, mit nassen Haaren, die sie gerade darin gewaschen hatte. Und er weiß, dass sie da ist, genau wie er weiß, dass sich die Tür gerade geöffnet hat und dass jemand hereingekommen ist – er weiß es und sie ist da, sie sind alle da, so lange, bis er aufblickt. Das Wasser tropft aus ihrem Haar auf ihre Bluse und durch die Feuchtigkeit wirken ihr Haar und ihre Kleidung dunkler, sie sieht ihn an, sie lässt sich Zeit, er auch. Er weiß genau, wo ihre Augen sind, aber sobald er aufschaut, ist dort niemand, wie er von Anfang an wusste.

Paul verjagte diese Eindrücke wie Streiche, die sein Verstand ihm spielte, wie Müdigkeitserscheinungen, künstliche Lichteffekte auf einer Oberfläche. Er betrachtete diese Sekunden, diese Irrtümer, nicht als Ereignisse. Er wartete. Er wartete, aber als er eines Nachts, nachdem die Türen verschlossen waren – ab einer bestimmten Uhrzeit mussten die Gäste klingeln, damit ihnen geöffnet wurde –, auf seinem Überwachungsbildschirm die auf der Straße wartende Amélia Dehr entdeckte, wie eine Erscheinung, ergriff ihn die Panik. Nie hatte er auch nur daran gedacht, sie dort anzutreffen, um zwei, drei Uhr morgens, an seinem Arbeitsplatz.

Seinen eigenen Aussagen zufolge war er jedoch nicht beeindruckt. Er fand sie ein wenig lächerlich oder fand lächerlich, was über sie gesagt wurde – was für ihn, der nie auch nur ein Wort mit ihr gewechselt hatte und auch keinen Grund dazu sah, ein und dasselbe war. Was man an der Uni über sie erzählte, hatte eine ganz andere Tragweite: ein Gewirr jugendlicher Phantasmen, sie war von atemberaubender Schönheit und ihre Seele war schwarz, *Wenn sie einen Raum betritt, läuft jemand weinend heraus*, ihr Vater war reich, oder tot, oder reich und tot; sie war Erbin, sie war die Erbin der Elisse-Hotels, sie hatte Dutzende von Liebhabern; sie war dieses, sie war jenes, eine Geschwulst von Klischees; so sehr, dass Paul, wie das eben so ist, als er sie zum ersten Mal sah, als jemand sie ihm in der Cafeteria zeigte, die sie gerade betreten hatte und mit ihrem Blick überflog, als ob sie jemanden suchte oder eher als ob sie die Notausgänge ausfindig machte, überhaupt nicht beeindruckt war und sie, zwangsläufig, kleiner fand, als er sie sich vorgestellt hatte. Kleiner und weniger symmetrisch, die Gesichtszüge weniger *legendär*, er wusste nicht, was er hätte erwarten sollen, aber jedenfalls nicht das, nicht eine Rothaarige, sie hatte diese Art von Haar, die im Gegenlicht lodert, und sie in den Armen zu halten, hatte Paul bei sich gedacht, war bestimmt eine Art Notbehelf, ein Ersatz, etwas, das man tat, wenn man wissen wollte, wie es ist, einen Fuchs anzufassen, ihn mit bloßen Händen zu packen und in seinem Mantel zu verstecken. Was für eine seltsame Vorstellung das war, was für eine seltsame und dunkle Erotik, und sowieso, hatte Paul bei sich gedacht, wenn dieses Mädchen einen derartigen Ruf hatte, dann weil diejenigen, denen sie gefiel, diejenigen, denen diese Haare gefielen, auch Gefallen fanden an einer bestimmten Art Gefahr; einer *lebendigen* Gefahr; und ihr den Hof machten und sich dann beschwerten, wenn sie gebissen wurden. *Das* ist Amélia Dehr?, hatte Paul gefragt und das Gesicht zu einer nicht gerade überzeugten Schnute verzogen, und seine Skepsis hatte einen Teil des Tisches vor Genugtuung, vor Genugtuung, aber auch vor Schreck – fast vor Schreck – erschaudern lassen, als ob er etwas viel Größeres in Frage stellte als die Existenz dieses Mädchens dort, an dieser Tür da. Als ob die Instabilität, die er gerade in das eingeflößt hatte, was bisher als Tatsache gegolten hatte – Amélia Dehr verdiente es, angeschaut zu werden –, sich zu verbreiten und andere Dinge zu kontaminieren drohte, von denen man allen Grund hatte, zu wünschen, sie mögen stabil bleiben, sie mögen so bleiben, wie sie waren.

Und hier war sie wieder, an der Tür zu einem Ort, an dem er sich befand; aber es war nicht wie an jenem Tag in der Universität, wo er sich seines Terrains sicher gewesen war, wo er sich stark gefühlt hatte durch die Gegenwart seiner Freunde, seinesgleichen. Dieses Mal war er allein, und sie war allein. Sie draußen, er drinnen. Also war es wahr, alles war wahr, sie wohnte im Hotel. Mit einem seltsamen Herzklopfen zog er in Betracht, ihr nicht zu öffnen, sondern sie dort stehen zu lassen, draußen, die ganze Nacht lang. Ja, die ganze Nacht lang, wenn es nötig sein sollte. Sie klingelte noch einmal, und Paul entriegelte schließlich die Glastür, die sich öffnete, um Amélia Dehr hereinzulassen. Und dann tat Paul etwas, das er noch nie zuvor getan hatte: Er versteckte sich. Er ließ sich leise auf den Fußboden rutschen, als ob seine plötzlich leeren Kleider zu Boden glitten und duckte sich unter seinen Schreibtisch. Er hörte Amélia Dehrs Schritte auf den Fliesen, auf diesem marmorierten grünschwarzen Boden, in dem man sich, wenn auch nur oberflächlich, wie in einem trüben Gewässer spiegelte, das die Silhouetten verzog. Er hörte, wie sie vor der Rezeption stehen blieb, zögerte, und dann zum Aufzug ging. Und er, während dieser ganzen Zeit, war nicht auf, sondern *unter* seinem Posten. In vagem Bewusstsein der Schande, die es darstellte, dort zu arbeiten, wo sie wohnte, was darauf hinauslief, dachte er, *für sie* zu arbeiten; und das, das konnte sein Stolz nicht verschmerzen, nein – sein Stolz war so real wie ein inneres Organ, ein lebenswichtiges Organ, und das wäre, dachte er, unter dem Druck von Amélia Dehrs Blick explodiert. Und das alles war durchaus verständlich und beruhte auf einem Denkfehler, oder, eher als auf einem Denkfehler auf einer Widersinnigkeit, denn wenn etwas eine Schande war, dann lag sie bei denen, die dort wohnen, wo Andere arbeiten, sie lag bei Amélia Dehr. Sie, zu ihrer Verteidigung, war sich dessen bewusst; aber Paul nicht, es war stärker als er; in seiner Unzufriedenheit darüber, arm zu sein, fühlte er sich auch schuldig, arm zu sein, er glühte vor Scham über alles, was ihm fehlte. Natürlich fehlte es ihm außerhalb des Sichtfeldes von Amélia Dehr an *gar nichts*; und so zog er es vor, sich unter den Tresen zu ducken, sich ganz klein zu machen, statt auf seinem Posten zu sein und somit unter ihren Blicken, zerfressen von Mangel, ausgehöhlt von Demütigung.

Dann begann ein seltsamer Walzer voller Ausweichschritte zwischen Paul und Amélia, oder zwischen Paul und der Amélia, die er vor sich sah, auf dem Bildschirm, oder zwischen Paul und der Amélia, die er sich ausmalte und die letztendlich wenig mit der echten gemein hatte, außer einigen fehlinterpretierten Zeichen, teurer Kleidung oder Kleidung, die Paul für teuer hielt; und Männern, dem Kommen und Gehen von Männern, junge und weniger junge, die unten, auf den Bänken vor der Rezeption und vor Paul warteten, und er schaute Amélia zu, wie sie ihr Zimmer verließ und hinunterging, ohne sich zu beeilen, und manchmal ihre Hand mit den geradegeschnittenen Nägeln an der Wand entlanggleiten ließ, als ob sie nur so herumschlenderte; er schaute sie im Aufzug an, sie hatte eine überraschende Art, sich nachzuschminken, fast brutal, und die ersten paar Male hatte er nicht verstanden, was sie machte, vor dem Spiegel biss sie sich in die Lippen, sie kniff sich in die Wangen, in Schwarz-Weiß konnte man natürlich nicht sehen, wie das Blut hineinstieg und ihre Haut kosmetisch rosa machte, was ihr ein gesundes, lebendiges Leuchten verlieh, das sie, nach diesen Gesten und ihrer Blässe zu urteilen, an sich zu vermissen schien; aber wenn sich die Aufzugskabine dort, fünf Meter von ihm entfernt, öffnete, erfand Paul eine Aufgabe im Nebengebäude oder vertiefte sich in ein sichtlich (hoffte er) spannendes Gespräch mit diesem oder jenem seiner Kollegen. Oder er kehrte ihr ganz einfach, und ziemlich ungehobelt, den Rücken zu, während Amélia durch die Lobby ging, ihren Kavalier begrüßte (woher habe ich denn dieses Wort, fragte sich Paul; diese Männer waren alles andere als das, alles andere als Kavaliere), und entweder mit ihm hinaus oder nach oben ging, und wenn sie mit ihm nach oben ging und sie sich in ihrem Zimmer einschlossen, verbrachte Paul dann mehr Zeit als ihm lieb war damit, den leeren Korridor im dritten Stock zu beobachten und darauf zu warten, dort jemanden zu sehen, der nicht wieder herauskam, nie wieder herauskam. Vielleicht sind sie alle da drin, dachte Paul bei sich, als er seinen Dienst beendete; vielleicht ist es eines dieser Zimmer, die man betritt und nie wieder verlässt.

Er sah sie manchmal ins Untergeschoss gehen, ins Fitnessstudio; manchmal saß sie in dem leeren Restaurant, im Halbdunkel, und er fragte sich, was sie dort machte – dort oder in den leeren Besprechungsräumen, deren Türklinken er sie eine nach der anderen versuchen sah, um einen offenen zu finden, und es gab immer einen, da die Mitarbeiter oft nachlässig waren, oder weniger nachlässig als in Eile, und vergaßen, sie nach den Betriebsratsversammlungen, nach den Industriekonferenzen, all diesen Veranstaltungen, deren Teilnehmer vor Langeweile umkamen, abzuschließen; es kam sogar vor, dass Paul hinunterging, und auf den Überwachungsbildschirmen konnte ihn niemand sehen, da er, Paul, ja im Untergeschoss war, man hätte meinen können, dass er die Türen abschloss, während er jedoch, dank seiner Schlüsselkarte, sicherstellte, dass einer der Räume offen blieb, zu Amélia Dehrs Verfügung, falls es ihr belieben sollte, sich an diesem Abend dorthin zurückzuziehen.

Ein paar Mal gab es Zwischenfälle, zu laute Partys, ausgelöste Rauchmelder, und ein- oder zweimal Schreie, Ich weiß nicht, was nebenan los ist, hatte die besorgte Zimmernachbarin gesagt, deren Namen Paul nie erfahren hatte; Ich weiß nicht, was los ist, aber man hört, wie Dinge zerschlagen werden, Stimmen sich überschlagen, da bin ich mir sicher; und vielleicht zerschlagen sie auch Möbel; und vielleicht, hatte sie angesichts von Pauls unbeeindruckter Miene hinzugefügt, auch *Knochen*; und Paul hatte in dieser Nacht keine andere Wahl gehabt als hinaufzugehen, diese

Frau an seine Fersen geheftet, und an die Tür von Amélia Dehrs Zimmer zu klopfen, auch wenn vom Flur aus nichts zu hören war und sein Herz zum Zerbersten hämmerte, vor Scham und noch etwas Anderem; zu klopfen, dann gegen die Tür zu trommeln, und Amélia Dehr hatte schließlich geöffnet, ein wenig außer Atem, aber mit ruhigem Blick; obwohl ihre Lippen, hatte Paul bei sich gedacht, aussahen wie frisch gebissen, von jemand Anderem gebissen; und sie hatten sofort, ohne sich abzusprechen, wie in stillschweigender Übereinkunft, wie Verbündete bei einem Verbrechen, das es noch auszuhecken galt, beide so getan, als ob sie einander nicht kannten, als ob sie einander nie gesehen hätten. Ist alles in Ordnung bei Ihnen?, hatte Paul gefragt, und Amélia hatte geantwortet: Ja vielen Dank, alles in Ordnung, und es lag kein Lächeln in ihrem Blick. Er hatte versucht, an ihr vorbei ins Zimmer zu schauen. Ein zerwühltes Bett. Ein leicht geneigter Lampenschirm. Nichts.

*

Nachdem Paul und Amélia Dehr überhaupt nichts füreinander gewesen waren, aber bevor sie Freunde und Liebhaber (oder Liebhaber und Freunde) wurden, standen Paul und Amélia Dehr miteinander im Wettbewerb. Ein diskreter, aber erbitterter Wettbewerb, und sie war diejenige, die gewann, was Paul damals wie eine Tragödie vorgekommen war, bevor es ihm mit der Zeit wie ein Segen erschien. Damals war der unbestrittene Star ihrer Universität, *aller* Universitäten (glaubten sie) Anton Albers, und nicht wenige warteten seit dem Morgengrauen vor dem Hörsaal, lange vor der Vorlesung, um sich einen Platz zu sichern. Das Warten, würde Paul später sagen, war Teil der Vorlesung. Das Warten, würde Amélia später sagen, *war* die Vorlesung; aber dem stimmte er nicht zu, stimmte er überhaupt nicht zu, seiner Ansicht nach war er nur unter den Fittichen von Anton Albers zu dem geworden, der er war. Amélia ganz offensichtlich nicht. Amélia war bereits, wer sie war; was Paul damals wie ein Segen vorgekommen war, bevor es ihm mit der Zeit wie eine Tragödie erschien. Sie war bereits wer, sie war: Sie konnte sich also nur noch verfallen lassen.

Anton Albers war ein internationaler Star, aber Paul wusste das nicht, man muss sagen, dass er bei seiner Ankunft absolut gar nichts verstand, er verirrte sich auf den Straßen, verirrte sich in den Fluren und in seinen Gedanken. Er brauchte zwei Wochen, um Albers' Hörsaal zu finden, und als er ihn schließlich betrat, ging er gleich wieder hinaus, weil die Vorlesung voll war, die Notausgänge blockiert, und außerdem hörten diese Studenten, die in den Gängen saßen, auf den Stufen, an die Türen gelehnt, einer Frau zu, und Paul war sich sicher, dass dieser Professor, den er suchte, ein Mann war. Derart war sein anfänglicher Grad an Unwissenheit: Er hatte nicht einmal verstanden, dass Anton Albers eine Frau war. Eine kleine unauffällige Frau, deren Alter unmöglich zu erraten war, obwohl sie kein Geheimnis daraus machte: Sie war in Buenos Aires geboren, kurz nach dem Zweiten Weltkrieg, Tochter eines deutschen Ingenieurs und Nazi-Sympathisanten, der mit dem Architekten Albert Speer in Korrespondenz stand und mit Wernher von Braun, dem Vater der Raketen, der in den Vereinigten Staaten mit offenen Armen empfangen worden war. Albers hingegen entschied sich für Argentinien, wo er seine Frau kennenlernte, dann für Chile, wo Antonia Albers in einer Seifenblase aufwuchs, bevor sie sich allein und minderjährig nach Mexiko und dann in die Vereinigten Staaten aufmachte. Sie benutzte nie das Wort Flucht, obwohl es genau das gewesen war; und äußerte sich stets nur in leeren, allgemeinen Floskeln über ihre Kindheit, die einen Eindruck von Vertrautheit erweckten, obwohl sie eigentlich gar nichts darüber gesagt hatte, ein Vater, eine Mutter, die Sonne auf der Terrasse, ein Hund. Der Vergangenheit ihrer Familie zum Trotz war es ihr Vorname, den sie änderte, sie amputierte eine Silbe, ein weibliches Suffix, aus Antonia wurde Anton; die wenigen Fotos aus dieser Zeit scheinen einen mageren jungen Mann mit feinem Haar und schmalen Lippen zu zeigen. Bedeutet das, Frau Albers, dass es schwieriger war, mit einer weiblichen Gegenwart, der Gegenwart einer Frau, zu leben, als mit einer zweifelhaften Vergangenheit?, ist eine der Fragen, die ihr oft gestellt wurden, und auf die sie nie geantwortet hat, Ich lasse Sie, sagte sie oft, Ihre eigenen Schlüsse ziehen; und einige verehrten diese Uneindeutigkeit, diese Weigerung sich zu äußern, die ihr eigentliches Engagement war und nach Pauls Ansicht eine Aufforderung, Autonomie zu beweisen, wirklich und, sofern man denn dazu in der Lage war, eigenständig zu denken. Und Andere verachteten sie, fanden sie feige, kurz gesagt unerträglich. Ihre Biografie ist nebulös, löchrig, sie studiert in verschiedenen Zeitzonen und auf allen Kontinenten. Sie scheint eine ewige Studentin zu sein, die Verfasserin einer Dissertation in Geschichte über die Nacht und einer Dissertation in Jura über die Nacht und einer Dissertation in Stadtplanung über die Nacht – es sei denn, es handelt sich immer um denselben Text, der in ihren offiziellen Biografien aufgeführt wird, den sie sich aber immer geweigert hat zu veröffentlichen, und später, als sie zu der Ikone wird, die sie ist, bewundert oder verleumdet, ist der Text aus dem Archiv der Universität Berkeley verschwunden, und wie üblich, wenn man das Albers gegenüber erwähnt, lächelt sie verschmitzt und zuckt mit den Schultern. Es fehlte ihr nicht an einem gewissen Charme, ihre Schönheit war jedoch die der Jugend gewesen und seit Anfang dreißig sah Albers so aus wie jetzt, als Paul sich seinen Weg durch den Hörsaal bahnte, ein asexuelles, schalkhaftes, altersloses Gesicht; wie manche Einsiedler, manche Nonnen. Es ist nicht klar, wann sie aufhört, sich als Mann auszugeben, vielleicht während ihrer Promotion, vielleicht später. In den 1960er Jahren und in der amerikanischen Wüste verkehrt sie mit Künstlern, mit solchen, die riesige Gräben in den Staub graben und das dann Kunst nennen; mit solchen, die Krater kaufen, um in den Himmel zu schauen, und das dann Kunst nennen; und die, von wenigen Ausnahmen abgesehen, kein gutes Ende nehmen. Kein gutes Ende zu nehmen ist etwas Konstantes, sei es bei Menschen, die Albers nahestehen, sei es allgemein bei solchen, deren Gesellschaft auch nur von geringstem Interesse ist. Sie hat eine Tochter, was einen fast überraschen könnte, die sie eher spät oder für die damalige Zeit eher spät zur Welt bringt und deren Vater nicht bekannt ist; das Kind lebt nicht lange. Damals hatte ihre Forschung bereits die ihr eigene Richtung eingeschlagen, hin zu der Poetik des Risikos, zur Zukunft der Städte, und somit, ihrer Ansicht nach, zur Zukunft der Welt. Ab diesem Zeitpunkt verläuft ihre Karriere außerhalb der traditionellen Bahnen, hebt ab; wird zu etwas Anderem, zu einer Philosophie, einer Vision, sie unterrichtet auf der ganzen Welt, sie spricht von verlorenen Städten und Piraten, sie spricht von verschwundenen und neu entstehenden Emotionen. Sie spricht vom Siegel des Grabes des Tutanchamun, einem Knoten, der dreitausendzweihundertneunundvierzig Jahre hielt. Ende der 1980er Jahre stellt sie als Antwort auf eine Frage zur europäischen Integration die Behauptung auf, dass nichts dem Europa der Zukunft so sehr ähnele wie eine belagerte Stadt. Auf die Frage, wie sie das 21. Jahrhundert sehe, antwortet sie in tadellosem Französisch: *Im 21. Jahrhundert werden wir alle im Sicherheitsbereich sein,* was der Journalist mit »in Sicherheit sein« wiedergibt, eine Fehlauslegung, aus der Anton Albers, wie sie mit ihrem ewigen unergründlichen Lächeln erklärt, Inspiration für zehn Jahre Arbeit zieht.

Ihre Vorlesungen selbst waren seltsam, faszinierend, sie hatte eine gleichzeitig klare und obskure Art zu sprechen, die nur ihr eigen war, es war eher, als würde man jemandem zusehen, der die Zukunft voraussagt, ja, es war eher so wie diese Sendungen, in denen man eine Zauberin sieht, eine Wahrsagerin oder Seherin, die mit dem Geist der Toten Kontakt aufnimmt, nur dass Albers in direkter Verbindung mit der zukünftigen westlichen Welt zu stehen schien, mit der Zukunft des Kapitalismus und der Industrie, während jene Leute, die Paul beim Zuhören in den Sinn kamen, ausnahmslos Betrüger waren. Der Titel dieses Semesters lautete »Die Stadt von morgen«, aber bisher hatte sie anscheinend nur über Angst gesprochen. Sie rekonstruierte, Stunde für Stunde, Woche für Woche, die Geschichte dieses Gefühls. Als der Herbst seinen Lauf nahm, als eisiger Regen auf die Glaskuppel des Hörsaals trommelte und sie noch kein einziges Mal »die Stadt« oder zumindest »morgen« erwähnt hatte, lichteten sich die Reihen, die Studenten blieben fern. Paul ging weiter hin, nicht wie man zum Unterricht geht, sondern eher wie man sich zu einer geheimen Zeremonie begibt, die ganze Zeit schien es ihm, als ob sie mehr sagte, als sie sagte, aber dieses *Mehr*, die verborgene Bedeutung entzog sich ihm unentwegt, wie eine Idee, die einem auf der Zunge liegt, das Wort, das einem fehlt, um den Tag, die Nacht zu verstehen, und all den Verrat, dessen man sich noch nicht imstande weiß, mit dem man aber dennoch bald zu leben versuchen muss.

Albers sprach über diese heute verschwundenen Städte, Städte mit einer, zwei oder drei Befestigungsmauern, mit unterirdischen Gängen, die ein Regiment von hundert Reitern beherbergen konnten, und sie las ihnen auf Altfranzösisch alle protokollarischen Einzelheiten vor: wie die Türen bei Einbruch der Dunkelheit zu schließen und Reisende unter Quarantäne zu stellen waren, die das Pech hatten, in der Finsternis einzutreffen und die Morgendämmerung abwarten mussten, in dieser steinernen Schleuse, diesem Raum zwischen zwei Räumen, diesem Kerker, dieser Schwebe. Und dann sprach sie über die Angst vor Wölfen, die Angst vor den Türken, sie zeichnete Luftansichten von Schutzwällen und Schemata der Ausbreitung von Angst und Schrecken, *immer vom Innersten zum Entferntesten*, betonte sie; was sie auf diese Weise über die Stadt und über morgen, über die Stadt von morgen sagen wollte, blieb ungewiss, aber das Thema der ersten Klausur präsentierte sich in Form einer Frage, und diese Frage war: *Kann eine Stadt vor Angst sterben?*

Die Reihen lichteten sich, aber Amélia Dehr, die nur selten zur Universität ging, verpasste nie eine Vorlesung, ebenso wenig wie Paul, und im zweiten Semester, als es darum ging, sich für die Wahlpflichtseminare anzumelden, waren sie die ersten, die ihre Namen auf die Liste von Anton Albers schrieben, die sie noch nicht kannte und keinerlei Anzeichen von Genugtuung zeigte, oder die sie bereits besser kannte, als sie dachten, was ohnehin nichts an ihrem Gesichtsausdruck änderte, einem vagen Anschein gleichgültiger Zufriedenheit oder zufriedener Gleichgültigkeit, wie eine Frau, die zutiefst davon überzeugt ist, dort zu sein, wo sie zu sein hat, und langsam (sehr langsam) das zu tun, was sie zu tun hat. Sie standen im Wettbewerb, wie es begabte und stolze junge Menschen tun, die in ihre eigene Intelligenz verliebt sind, die sie entdeckten, weil Albers, und nur sie, sie auf die Probe stellte; und ihr folgend waren sie geradezu gezwungen, sich in Gebiete vorzuwagen, die sie ohne sie nie betreten hätten oder erst viel später, gefährliche Gebiete, die sie, von Angst erfüllt vor dem, was sie von der Welt erfuhren oder von der Welt erahnten, erkundeten, aber vor allem hatten sie Angst, in einem Satz, einer Idee auf die Grenzen ihrer eigenen Intelligenz zu stoßen, was sie in den mittelalterlichen Furchtzustand derjenigen verfallen ließ, die in dem Glauben, dass die Erde flach sei, ihren Rand suchten und fürchteten, ihn zu finden. Sie sprachen kaum miteinander, Amélia und Paul, aber es ging darum, wer mehr gelesen hatte, wer alles gelesen hatte, sie kommunizierten über abwechselnd in der Bibliothek ausgeliehene Bücher, jeder im Regal fehlende Band war für Paul eine Beleidigung, der Beweis für die Existenz Amélias und ihre mögliche Überlegenheit. Letztendlich war das alles nichts Außergewöhnliches, aber ihre latente Rivalität trugen sie auch auf einem anderen Terrain aus, das überhaupt kein Terrain war, sondern dessen Gegenteil, eine Instabilität, eine Art dunkler Ozean – Albers gegenüber standen sie in einem Wettbewerb, wie nur zwei Halbwaisen ohne Mutter es können. Und in dieser Hinsicht sollte Amélia eindeutig gewinnen, was Paul fast das Herz brach, aber er fand sich damit ab, als ob er von Anfang an erwartet hätte, kläglich zu unterliegen. Albers und Amélia schienen sich sehr nahezustehen, schon im Unterricht ärgerte er sich darüber, ohne sich etwas anmerken zu lassen, was war denn bloß so interessant und bemerkenswert an diesem Mädchen?, wütete er innerlich (die Antwort: die Intuition des Desasters, der Instinkt der Katastrophe), und eines Abends, während der Februarferien, als es ihm vorkam, als ob alle verreist seien, Skifahren oder bei ihren Familien oder noch schlimmer Skifahren mit ihren Familien, und er in der Stadt geblieben war, einer kalten und feuchten Stadt, um sich ein paar Groschen zu verdienen, und sein Herz vor lauter Verlassenheit und Traurigkeit und Feuchtigkeit ganz beklommen war, entdeckte er, wie vertraut seine geliebte Professorin und Amélia Dehr wirklich miteinander waren, es war wahrhaftig ein schwieriger Monat für ihn. Geld war ein Problem, er hatte sich bei einer Zeitarbeitsagentur angemeldet und Einsätze im Wachdienst gefunden. Lagerhallen, Parkhäuser, im Dunkeln, im Echo seiner eigenen Schritte. In Uniformen, die für sich allein genommen eine semantische Anstrengung darstellten, eine Sprache. Sie hatten die Ausrüstung der französischen Bereitschaftspolizei zum Vorbild und strahlten etwas Militärisches, Paramilitärisches aus; hatten sich aber doch davon zu unterscheiden. Alles sollte an die Armee erinnern – eine der Stadt übergebene Privatarmee – und sich gleichzeitig von ihr abheben, und nie war Paul unglücklicher gewesen als in seinen hohen Schnürstiefeln, in seinen verstärkten Nylonjacken, mit dem gegen seine Hüfte schlagenden Gummiknüppel. In Lagerhallen. In Parkhäusern.

In einem solchen Parkhaus, in einem umgekehrten Turm, einer unterirdischen Spirale, die tief in das geheime Herz der Stadt vordrang, sah er sie. Zuerst auf einem Überwachungsbildschirm, und die Panik packte ihn. Ein deutsches Auto, Albers auf der Beifahrerseite, jetzt perfekt zu erkennen, ihr schwarzer Pony, der gerade erst grau zu werden begann – obwohl man hier nichts davon sehen konnte – und, die Tür auf der Fahrerseite zuschlagend, ein langes Mädchen, das sie um einen Kopf überragte; sie bildeten ein geradezu komisches Paar. Die Große und die Kleine, die Junge und die Alte, die Katze und die Maus. Der Fuchs und der Vogel. Er wurde von einer Art Angst ergriffen, als die beiden Frauen auf den Ausgang, auf ihn zugingen. Er hatte sich nie gefragt, was Albers den Rest der Zeit, den Rest der Woche tat, außerhalb der zwei Stunden, in denen sie ihm mit ihrer leisen Stimme von seinen eigenen Ängsten erzählte, von seinen tiefsten und unmöglich einzugestehenden Ängsten, und ihn damit sanft, ganz sanft dazu brachte, sich der Gesellschaft der Menschen anzuschließen; sie offenbarte ihm, dass das, was er für etwas nur ihm Eigenes hielt, für einmalig, anormal und beschämend, tatsächlich allen gemeinsam war, ein legitimer Gegenstand des Denkens. Die Angst vor der Dunkelheit. Die Angst vor dem Anderen. Die obskure, unreflektierte Erinnerung tief in seinem Mark an große Pestwellen, große Säuberungen, die Erinnerung an Dinge, die er nicht gekannt hat, von denen er jedoch abstammte. Im Dunkeln aneinandergekauerte Körper, zwischen denen sich ein kollektives Entsetzen übertrug, über ihre Berührungspunkte, Schulter an Schulter, Handfläche an Handfläche, Hand an Mund – ein einziger großer verängstigter Körper. Auf jeden Fall wäre ihm nie in den Sinn gekommen, dass sie selbst dieses Gefühl hervorrufen könnte, dessen Genealogie sie nachzeichnete. Er hörte ihre Schritte, bevor er sie sah, sie schienen nie ankommen zu wollen, es war wie ein Horrorfilm, aber ohne das wirklich Horrormäßige daran, und es nahm kein Ende.

Die beiden Frauen unterhielten sich, Amélia trug einen Pappkarton, einen dieser Kartons, die ursprünglich fünf Pack weißes Papier enthielten, also 2.500 leere Blätter, die auf eine Bedeutung warteten, die kommen würde oder nicht; enttäuschen würde oder nicht; und in denen manche Dozenten ihre Kursmaterialien, ihre Hefte und Handzettel aufbewahrten. Paul überkam die plötzliche Lust, ihr den Karton aus der Hand zu reißen und damit abzuhauen, als ob die Analyse seines Inhalts, seiner Eingeweide, Hinweise auf die Zukunft geben könnte, die ihm sonst schmerzlich fehlen würden. Er versteckte sich (schon wieder!, dachte er) in dem Wächterhäuschen, und wartete lange Zeit mit eingeschlafenen Beinen, um ganz sicher zu sein, dass sie gegangen waren. Gott sei Dank hatten sie ihn nicht gesehen, aber an diesem Abend klingelte im Hotel das Empfangstelefon, spät, aber so spät auch wieder nicht, vielleicht gegen zehn oder elf Uhr, und es war Amélia Dehr, die ihm vorschlug, oben mit ihr zu Abend zu essen. Paul sagte nichts, er zog sogar in Betracht, einfach aufzulegen. Dann fand er seine Worte wieder und entschuldigte sich, er könne seinen Posten nicht verlassen. Amélia sagte freundlich Natürlich nicht, aber ohne sich täuschen zu lassen, sie wusste, dass er seinen Posten in Wahrheit die ganze Zeit, unter dem geringsten Vorwand und sogar ohne Vorwand verließ, und sagte Wenn das so ist, dann komme ich herunter, und so wurden Paul und Amélia Freunde – wenn es das war, was sie waren.

2.

In der Tiefgarage wartete Paul nun immer darauf, das deutsche Auto wiederzusehen. Als es dann wieder auftauchte, hatte er das Gefühl, dass dies einzig durch seinen Willen, sein Begehren geschehen war, was ihn selbst ausgesprochen überraschte. Nachdem sie eingeparkt hatte, blieb Amélia Dehr lange drinnen sitzen, zu lange, der Kamerawinkel ließ ihn nicht viel erkennen, aber es schien ihm, als ob sie weinte. Es schien ihm, als ob sie auf das Lenkrad einschlug, es schien ihm, als ob sie kämpfte, als ob sie versuchte, einer Sache zu entkommen, der man unmöglich entkommen kann. Vor seinem kleinen Bildschirm, vor diesem Auto, aus dem niemand ausstieg, verspürte Paul eine Angst, gegen die er sich gewappnet, gegen die er sich immun geglaubt hatte. Die Angst eines Kindes, die wie eine Flüssigkeit in ihm aufstieg, der Schrecken, der von allem Möglichen und dem Unmöglichen hervorgerufen wird, die Welt war so groß wie dieses Rechteck, in dem Amélia Dehr nicht aus dem Auto stieg, nicht damit aufhörte, nicht auszusteigen, die Welt bestand aus diesem Bild, das nicht vorüberging, und dem Schrecken, der ihn wie ein Fieber erfasst hatte. Als sich die Tür öffnete, halb öffnete, glaubte er, er würde das nicht überleben, er wusste, dass er niemals sehen würde, was aus dem Auto aussteigen würde und es würde und würde nicht *seine* Amélia Dehr, würde ein anderer Zustand von Amélia Dehr sein; und er wusste auch, dass er den Blick nie würde abwenden können, und so hatte er keine andere Wahl, als gleichzeitig hinzusehen und nicht hinzusehen. Mein Herz wird explodieren, dachte Paul. Meine Augen werden explodieren. Sie stieg aus dem Auto, ein langes Bein nach dem anderen. Nichts geschah. Auf ihrem Gesicht war nichts zu erkennen, ein undurchsichtiger, missmutiger Ausdruck, der ihm später vertraut werden würde, den er aber in diesem Moment wenig sympathisch fand. Dieses Mal flüchtete er nicht, er blieb auf seinem Posten. Sie sah ihn nicht an und er sagte sich, dass sie sich Mühe gab, ihn nicht zu sehen, dass ihre Gleichgültigkeit nur gespielt war. Er tat es ihr gleich. Aber als er sie im Hotel wiedersah, war sie wieder sie selbst, oder die Version ihrer selbst, von der er fand, sie entspreche eher ihrer Natur (oder seinem eigenen Wunsch), und sie schauten gemeinsam die Kurznachrichten und aßen Popcorn, schauten so lange, bis die Sendung noch einmal wiederholt wurde, dann noch einmal, bis sie sie auswendig kannten und mitsprechen konnten. Die Tiefgarage erwähnte sie nicht, und er stellte keine Fragen.

An der Uni führte Albers ihre Exkurse weiter – die Exkurse *waren* der Kurs, wie das Motiv der Teppich *ist*, würde Paul später mit geröteten Augen bei ihrer Beerdigung sagen, die keine wirkliche Beerdigung, sondern eine Zeremonie war, die Worte, der Wortleib, den man ihr gab, er und Andere (aber nicht Amélia), ersetzte das Fleisch, das nicht mehr war. Die Stadt von morgen: Auf den komplizierten Wegen, denen ihre Gedanken folgten, wurde schließlich folgende Idee erkennbar: Der Raum ist nicht unendlich erweiterbar, aber die Nacht dehnt die Stadt aus, verdoppelt und vervielfacht sie, indem sie ihre Nutzungsarten vervielfacht. Paul war euphorisch. Paul war ein Anhänger, ein Apostel Albers', und im Alter von achtzehn Jahren sah er ganz klar und deutlich die kommenden dreißig, vierzig, fünfzig Jahre vor sich: Er würde an Albers' Seite sein. Er würde der Architekt der Nächte werden, ihres Lichts. Sein Lebenswerk wäre eine Fußnote, ein Anhang zu der nichtvorhandenen Doktorarbeit seiner Professorin: Die Beleuchtung, das wäre er. Er glaubte an die Nächte und die Nächte, so entdeckte er, glaubten an ihn.

Während der Vorlesungen schnappte jeder etwas auf, das nur für sie oder ihn bestimmt war, das an seine oder ihre innersten Urängste appellierte, für Paul war es die Stadt in der Dunkelheit, einer Dunkelheit, die in der Stadt eben nur noch als Konzept, als Abschreckung existierte. Er war besonders auf Albers' Exkurse über die Nacht versessen, und als er ein Referat halten musste, er, der noch nie vor Publikum gesprochen hatte, redete er darüber, über Stadtbeleuchtung. Das Aufkommen der Straßenlaterne, ein entscheidendes Instrument zur Verbrechensbekämpfung, mit Gas betrieben oder später mit Strom. Indessen, sagte er, bestanden die Ungleichheiten in diesem Bereich aber weiterhin fort. Die Vereinigung des Landes im Licht werde vielleicht nie stattfinden. In der Stadt, aus der er kam, hatte man in den 1990er Jahren blaue Straßenlaternen aufgestellt, die das nächste Jahrhundert, die Zukunft heraufbeschwören sollten, aber eine vergangene Zukunft, schon veraltet, überholt, eine verpasste Möglichkeit von Zeit und Fortschritt, die sich – wie alles in jener Stadt, einem ehemaligen Industriezentrum, das versuchte, sich wieder aufzurappeln und stets scheiterte – als Sackgasse herausgestellt hatte; und die Legende besagte, und daran erinnerte er sich gut, er erinnerte sich perfekt daran, und das war wahrscheinlich sogar der Grund für sein Interesse an diesen Fragen, die Legende besagte, dass das blaue Licht im Stadtzentrum Drogenabhängige daran hinderte, ihre Venen zu finden, sie krempelten die Ärmel hoch, um sich einen Schuss zu setzen; und nichts: gleichmäßig bläuliche Haut; so saniert man ein Viertel, so säubert man es. Licht war eine Sprache ohne Worte, die der Körper verstand, es gibt so viele Neuronen im menschlichen Magen wie im Kortex einer Katze, sagte Paul, zweifellos wollte er auf diese Weise jene Bauchgefühl-Intelligenz beschreiben, die ein Gemeinplatz war und die die Wissenschaft gerade erst zu bestätigen begann, als ob die abgegriffensten Klischees in Wirklichkeit dazu dienten, zu dem vorzudringen, was sich hinter dem Schein verbirgt, in das geheime Herz der Dinge vorzustoßen. Es gab Gelächter, aber er fühlte Albers' wohlwollenden Blick auf sich, er wusste, dass *sie* ihn verstand, und es war wie eine Art Rausch. Amélia Dehr, am Rand der ersten Reihe, lachte ebenfalls nicht. Sie sah ihn mit zusammengekniffenen Augen an, als wolle sie ihre jeweiligen Chancen im Nahkampf einschätzen.

Amélia war zurückhaltender oder ihre Leidenschaft manifestierte sich auf eine schwierigere, schmerzhaftere Weise, sie verpasste keine einzige Vorlesung, keinen einzigen Satz, ließ sich aber nicht mitreißen, weigerte sich, sich mitreißen zu lassen: Ihre Leidenschaft für Albers war die einer Schwimmerin für die Strömung, gegen die sie anschwimmt. Ihr Widerstand ein Zeichen, dass sie verstand. Und so viel hatte sie verstanden: Angst dehnt die Stadt aus. Vervielfacht sie. Die Stadt wird gegen die Angst gebaut, aber die Angst dringt ein, und die Stadt wird zum Ort dessen, was sie fernhalten, von den Mauern weghalten sollte. In der Stadt von morgen wird es keine Angst geben, erwiderte Paul, die Angst wird ausgerottet werden, so wie man die Nachtschwärze ausgerottet hat. Dunkelheit existiert seit dem 19. Jahrhundert nicht mehr. Amélia sagte: Die Angst passt sich an. Sie hat diesen Satz einmal und sehr deutlich ausgesprochen, dann aber nie wieder gesagt. Entweder weigerte sie sich aus Stolz, sich zu wiederholen; oder aber sie war nicht so selbstsicher, wie sie vorgab. Oftmals, hatte Paul bemerkt, wünschte sich Amélia trotz ihrer Vehemenz insgeheim, eines Besseren belehrt zu werden. Oft bedauerte Amélia, Recht zu haben.

Bald, augenscheinlich ohne Absprache, saßen sie in der Vorlesung nebeneinander, sahen sich nicht an, schoben sich Papierbögen und Stifte zu; Paul kaufte aus Geldmangel nicht alle Bücher und las bei ihr mit, blätterte die Seiten um, wie er es für eine Musikerin getan hätte, wusste instinktiv, wann sie fertig war. Es war fast unsichtbar, aber es war schön. Am Anfang war es das: fast nichts. Eines Tages, unter den kollektiv staunenden Augen von Pauls Freunden, den Freunden, die er bald fallen lassen würde, legte Amélia, ohne den Kopf zu drehen, ohne ein Anzeichen gesteigerter, geschweige denn romantischer Aufmerksamkeit, ihren Mantel um seine Schultern, wie einen Umhang, der zu klein für seinen breiten Rücken war – ohne ihn anzusehen, hatte sie anscheinend gewusst, dass ihm kalt war – und er, ohne ein Wort oder einen Blick, begnügte sich damit, die Ärmel um seinen Hals zu wickeln und bestätigte so diese Intuition, bedankte sich noch nicht einmal bei ihr – diese eiskalte, blinde Fürsorglichkeit hatte eine Erotik an sich, die gerade erst erfunden wurde. In der Öffentlichkeit berührten sie einander nie, aber diese trockene Fürsorglichkeit inmitten dieser jungen Leute, die einander spielerisch streiften, sich aneinander rieben, hatte eine fast obszöne, fast pornografische Wirkungskraft, die ihnen selbst nicht bewusst war. Sie selbst erlebten es natürlich auf die genau entgegengesetzte Weise: vor Schüchternheit gelähmt. Aber für jemanden mit mehr Erfahrung als sie, sagen wir Albers – auch wenn Albers nie gezeigt hatte, dass sie dazu eine Meinung hatte –, war es offensichtlich, dass sie ein perfektes Liebespaar abgeben würden. Und dieser erfahrenere Mensch, Albers oder jemand Anderes, hätte etwas Beunruhigendes vorausahnen können, die fast mechanische Unvermeidlichkeit einer Leidenschaft, die manchmal für beide oder zumindest für einen von ihnen ein Albtraum sein würde.

Aber im Hotel ist es anders, das Hotel ist der Ort ihrer Intimität, an dem sie sich ansehen, an dem sie sich einander nähern, scheu und stolz, bis sie die Wärme spüren, die vom Anderen ausgeht, von seiner Haut, noch bevor sie sie berührten. Bevor sie sie überhaupt sahen, diese Haut, die nur darauf wartete, liebkost zu werden. Am Anfang ist es Amélia, die herunterkommt, sie essen einander gegenübersitzend an der Rezeption, beim Zimmerservice hat man so etwas noch nie gesehen, Paul ist in aller Munde und tut so, als merke er nichts davon. Sie schauen die Überwachungsbildschirme an, die Dauernachrichtensender, die auf den Bildschirmen in der Lobby übertragen werden. Nach einer Weile, vielleicht nach ein paar Wochen, ein oder zwei Monaten – Paul ist stur – geht er endlich hinauf. Entdeckt endlich dieses Zimmer, das er sich schon so lange vorstellt, dieses Zimmer, in dem *Dinge zerschlagen werden* und von dem er wie besessen ist; aber in dem, als sie ihm endlich öffnet, alles normal ist, ganz normal an seinem Platz. Die Verdunkelungsvorhänge. Die Überdecke, von der sie behauptet (ganz darauf ausgestreckt, auf ihre Ellbogen gestützt, schaut sie Paul mit einem Blick an, von dem er nicht weiß, ob er provokant oder schläfrig ist), dass sie berauschende chemische Dämpfe verströmt, da sie mit Flammschutzmittel eingesprüht ist – für den Brandfall, sagt sie –, und er nickt wortlos, obwohl er im Hotel noch nie, *nie* von dieser Methode gehört hat. Sie unterhalten sich. In konzentrischen Kreisen, vom Entferntesten zum Innersten, vom Unpersönlichsten bis zum Intimsten, aber auf seltsame Weise scheinen das Unpersönliche und das Intime ihre Eigenschaften zu tauschen, und die Frage nach der Limonade oder dem Film oder dem Lieblingslied ist plötzlich von entscheidender Bedeutung. Überall gibt es Zeichen, die es entschlüsseln zu lernen gilt; und das Einzige, das man von diesem Ritual, dieser esoterischen Sprache, verlangen kann, ist, sie einander näherzubringen. Auf dem Bett liegend halten sie vielleicht schon Händchen, oder vielleicht streifen sich einfach nur ihre Beine, durch einen dieser wunderbaren simulierten Zufälle, die noch keine Liebkosung, aber bereits ein Zeichen von Mut sind. Der Fernseher ist aus, sie reden nicht, ihre Köpfe sind leer von allem, außer der Wärme des Anderen – nichts, was sie daran erinnern könnte, dass die Zeit vergeht. Die Welt steht für sie einen Moment still, oder tut so, als stünde sie still. Entweder aus Barmherzigkeit oder wie ein Tiger, der kurz davor ist zu springen. Bald wird einer von ihnen, der Junge oder das Mädchen, sich auf die Ellenbogen stützen, den Anderen küssen, küssen, bis er seinen Stützarm nicht mehr spürt, trotzdem weitermachen, zu schweben beginnen, so wie der Andere bereits schwebt, der auf dem Rücken liegt, bis der Körper auf sein Recht pocht, die Gliedmaßen nachgeben, aber für einen Augenblick sind sie völlig versunken und die Zeit vergeht nicht. Es ist ein Segen, dort zu sein, nur dort zu sein, ganz von ihrer Erwartung umhüllt, wie kleine Tiere vorm Schlaf. Nichts bewegt sich mehr. Zum ersten Mal sind sie von dem unendlichen Kreislauf von allem ausgenommen, dem unendlichen Kreislauf des Bösen, das nichts aufhalten kann, weil es überall eindringt und in das Herz aller Dinge vorstößt.

*

Sie liebten sich. Das jedenfalls hätte Paul gesagt, das sagte Paul, er, der nicht mit Geschichten großgeworden war. Bei ihm zu Hause wurde nicht gelesen, und so war er von Romanen verschont geblieben und von dem, was Romane mit jungen Seelen auf der Suche nach Selbsterkenntnis anstellen. Er hatte durchaus Vorstellungskraft und Sinn für andere Wirklichkeiten, aber sein Denken in dieser Hinsicht war eben unbedacht, wild, machtvoll; er fügte die Dinge nicht zu einer großen Erzählung zusammen und deswegen war er mit seinen zwanzig Jahren Amélia Dehr ebenbürtig oder fühlte sich Amélia Dehr ebenbürtig. Sie bewegten sich in unergründlichen Territorien. Sie versteckte sich natürlich hinter ihrer romanhaften Aura, ihrer romanhaften Ausstrahlung, sie vereinte in sich die genrehaften Klischees, die Mutter tot, der Vater weg, und Geld, all das Geld, das in Büchern oft das wahre Thema ist, ihr verstecktes Thema – Geld zwischen den Zeilen, Geld, das fehlt, Geld, das man begehrt, und Geld, das die Wörter aufs Papier presst – das Geld, ohne das man sie schon früher als verrückt bezeichnet hätte. Früher, oder in einem anderen Tonfall.

Paul fand sie nicht verrückt, da ihre Denkweisen sich gewissermaßen ähnelten, nicht im Ergebnis, nicht in den Sätzen, die sie bildeten – er nur mit Mühe und unter großer Anstrengung, wie ein junger Mann, der feststellt, dass die Sprache, die er spricht, wohl nicht die ist, in der er denkt und träumt, der aber auch keine andere kennt. Sie mit Leichtigkeit, wahrhaftiger Leichtigkeit, Resultat der ausgezeichneten Ausbildung, die sie genossen hatte und für die sie nichts als Verachtung übrighatte, Verachtung für das, was ihr so unmittelbar perfekt und elegant formuliert über die Lippen kam, noch ehe sie es zu Ende gedacht hatte: Unmittelbarkeit, Perfektion und Eleganz gehörten zu ihren Aussagen, Inhalt und Form waren untrennbar, Paul bewunderte sie. Alle bewunderten sie. Sie selbst sah darin das Produkt von Gewalt, Dressur. Eine Demütigung ihrer Intelligenz. Ich bin ein kleiner Affe, sagte sie manchmal, ein kluger kleiner Affe. Er lachte darüber. Sie hüpfte aufs Bett und stieß kurze unartikulierte Schreie aus, eine vorsprachliche Sprache, die er verstand.

Sie liebten sich. Die anderen Männer verschwanden, zumindest aus dem Hotel. Er ließ seine Freunde fallen, die ersten, die er jemals gehabt hatte, wie man sich eines Kleidungsstückes entledigt, das zu klein oder zu schwer geworden ist oder mit dem man durch den Regen gerannt ist, endlos durch den peitschenden Regen gerannt, und von dem man weiß, dass es nie wieder trocknen wird. Das Gewebe völlig aufgelöst. So lange gerannt, dass sich bereits Schimmel in den Fasern festsetzt, bevor man überhaupt sein Ziel erreicht hat. Genau so ließ er sie fallen. Voller Erleichterung. Das, was Amélia sich zum Vorwurf machte, die Abrichtung, die Unterwerfung, das sah auch er nun überall – überall außer in ihr.

Der Fluch wurde aufgehoben, der Albtraum nahm ein Ende. Glaubte er. Er war nicht mehr Jungfrau. Der Sex erreichte eine andere zeitliche Tiefe, die ihm mehr entsprach; er hatte bis jetzt einfach keine Gelegenheit gehabt, zu lernen, was einer Frau gefällt, einer bestimmten Frau, noch – das erschien ihm zu dieser Zeit zweitrangig, war aber wahrscheinlich noch wichtiger – was ihm selbst gefiel. Sie schliefen ständig miteinander. Sie sagte nicht *miteinander schlafen*, sondern *vögeln*. Er sagte gar nichts, er schaute sie auf eine bestimmte Art an und sie verstand. Sie hatten keinerlei Schamgefühl, oder vielleicht war ihr Schamgefühl nur ein zeitgemäßes, ein ihrer Zeit gemäßes, sie merkten es gar nicht, aber es gab immer irgendwo einen Bildschirm, einen eingeschalteten Bildschirm. Er schlief in ihr ein oder kam auf sie, auf ihren Bauch oder ihre Brüste, und dann trug er sie zur Badewanne, wo er sie andächtig wusch, und die Ehrfurcht seiner eigenen Gesten erregte ihn erneut, und sie blies ihm lachend einen oder er stieg zu ihr ins Wasser; ihre Beziehung war rein sexueller Art, auch wenn sie Seite an Seite oder einander zugewandt lasen, war das sexuell, auch wenn er Schicht hatte und Lagerhallen, Parkplätze oder abgedunkelte Geschäfte durchstreifte und sie indessen mit ihrem Vater zu Abend aß, diesem abwesenden Vater, zu dem sich ihre Lippen manchmal bekannten und dessen Existenz vorerst nur auf diese Weise zum Ausdruck kam, als gehauchte Silbe aus einem Mund, den sie für diesen Anlass geschminkt hatte. Waren sie dann wieder vereint, war er kraftlos und niedergeschlagen und sie tröstete ihn, blies ihm noch mal einen und wusch dann die durchwachte Nacht von seinem Körper und von seinem Schwanz die Spuren ihres Lippenstifts und er fragte sich, ob es derselbe Lippenstift war wie am Vorabend, als sie ausgegangen war, ob sie ihn später oder im Morgengrauen nachgezogen hatte, bei welcher Gelegenheit, in welcher spiegelnden Oberfläche, in wessen Beisein.

Ihre Dozenten (außer Albers) warfen ihr alles Mögliche vor, sie sei provozierend und unbeteiligt, bissig und gleichgültig, widerspenstig. Das stimmte vielleicht an der Universität, aber nicht im Hotel. Im Hotel (für Paul bedeutete das *im Privaten*) war Amélia leidenschaftlich, aufmerksam, humorvoll. Sie war auch schüchtern und einzelgängerisch, aber obwohl sie das Alleinsein brauchte, freute sie sich mit einer gierigen Dankbarkeit über Gesellschaft, wie Einzelkinder das oft tun. Bis zu dem Zeitpunkt, an dem sie genug haben und unbedingt wegmüssen, aus dem Sichtfeld der Anderen verschwinden. Für Paul war das kein Problem, denn nichts an Amélia war für Paul ein Problem.

Sie versteckte ihre Bücher und Aufzeichnungen unter dem Bett, da dieser Ort von den Putzfrauen systematisch vernachlässigt wurde; und – Paul wusste das – den Putzfrauen war dieses Ordnungssystem durchaus bekannt und sie begrüßten es eher, als dass es sie verblüffte. Amélia brachte ihre Dozenten zur Verzweiflung, sie gingen hart mit ihr ins Gericht, denn immer fand Amélia den Punkt, an dem eine Sache ihren ursprünglichen Charakter verliert und in einen anderen Zustand, einen anderen Bereich hinübergleitet. Sie stieß die Begrifflichkeiten um, die man ihr einschärfte, wie man ein Glas Wasser auf dem Tisch umstößt, versehentlich. Paul wusste oder glaubte zu wissen, dass sie keine bösen Absichten hegte. Trotzdem war es auch keine Ungeschicklichkeit. Es war etwas Anderes, ein Gespür für Grenzen und Leerstellen, ein Drang zur Destabilisierung, ein leicht zerstörerischer Wesenszug, den nur Albers als das erkannte, was er wirklich war: eine Leidenschaft für Katastrophen. Ihr kurzer Abstecher in die Hochschulwelt war eine Aneinanderreihung von Skandalen, wie zum Beispiel die Sache mit dem Denkmal, als Amélia unter ihrem Bett Faksimiles sowjetischer Fotografien hervorzog, von denen einige Personen entfernt und mehr oder weniger geschickt durch Mauern oder Pflanzen ersetzt worden waren; und diese Beweisstücke, dieses *Vorher/Nachher*, legte sie als Vorbild für das Denkmal der Zukunft vor: Zensur, Unsichtbarkeit, eine gezielt geplante und konstruierte Gedächtnislücke. Man verschwindet aus der Geschichte. Man lässt die Geschichte verschwinden. Das ist die wahrhaft monumentale Dimension, die Denkmäler vor uns verstecken – mit ihren Sockeln, Bronzestatuen und Gedenktafeln. Das ist die Architektur, mit der man sich befassen sollte. Nicht damit, wie Macht sichtbar wird, sondern damit, wie sie sich unsichtbar macht.

Bei dem Vortrag mit dem Titel »Der Astronaut im Rosenstrauch und die Universität im Wald« zeigt Amélia im ersten Teil retuschierte Fotografien und geht besonders auf die ein, die Paul am liebsten mag; sie stammt aus dem Jahr 1960 und würdigt die sieben erfolgreichen Kandidaten eines harten Auswahlverfahrens, die die Pioniere des sowjetischen Raumfahrtprogramms werden sollten. Sieben Kandidaten, betont Amélia, deren Haare im künstlichen Gegenlicht des Projektors leuchten, aber auf dem Gruppenfoto sind nur sechs zu sehen. Die pyramidenartige Bildkomposition ist die von Klassenfotos vor der Pubertät oder von Sportmannschaften vor dem Sieg, aber vielleicht deutet dieses konturlose, enthauptete Dreieck auf die Quintessenz der Pilotenlaufbahn hin, gleich »dem Erklimmen einer jener alten, ungewöhnlich hohen und steilen babylonischen Pyramiden«, einer Zikkurat, »über eine verwirrende Folge von Stufen und Absätzen« (Wolfe: 1983). Auf dieser Fotografie der »Sechs von Sotschi« sieht man auch eine Treppe, eher unauffällig. Eine unspektakuläre Treppe, allerdings sollte Architektur an sich auch niemals eine Frage des Maßstabs sein, sagt Amélia; und außerdem war diese Treppe einst ein Mensch gewesen. Der unwiderruflich verschwunden war, wie die Genossen Trotzki und Kamenew, in Luft aufgelöst. Es vergingen fünfzehn Jahre, bis der Verschwundene identifiziert wurde: Grigori Neljubow, für einen Orbitalflug bestimmt, aber nach Sibirien geschickt nach einem Scharmützel zwischen Betrunkenen am Eingang der Basis. Als ob das nicht schon schlimm genug gewesen wäre, wurde er später einfach aus dem ersten Kosmonautenjahrgang gestrichen. Der auftrumpfenden Monumentalität der sowjetischen Architektur antwortet (setzt sich entgegen, sagt Amélia) eine feinsinnige Kunst der Entmaterialisierung; in einer anderen Version derselben Fotografie (siehe Abbildung) ist Neljubow, der Ungeliebte, zum Rosenstrauch geworden. Wir malen uns aus, sagt Amélia, und dieses Wort allein lässt die Reihen erschauern, denn es ist im universitären Rahmen inakzeptabel – wir malen uns aus, dass der zweite Fälscher, der der Treppe eine Blume vorzog, Neljubow mochte, oder Poesie, oder beide. Wir malen uns aus, dass er, als er den Zensurbefehl ausführt und den Astronauten ausradiert, sich auflehnen oder rächen will, indem er stattdessen einen der traurigsten und ausdrucksstärksten (Amélia sagt »geilsten«) Verse von Ronsard in Szene setzt: *Denn tot noch sollst du eine Rose sein.*

Sie macht eine Kunstpause und kommt ohne Überleitung zu einer Fotografie des Bois de Vincennes, die sie, Paul erinnert sich noch genau, während eines ihrer gemeinsamen Spaziergänge aufgenommen hatte. Bäume, Gras. Das also ist noch übrig von der freien autonomen Universität, sagt sie. Das ist noch übrig von einer anderen Art zu denken. Gar nichts ist davon übrig: Man hat sich verschworen, um uns im

Bestehenden einzusperren, als ob einzig das jemals existieren könnte, was bereits existiert. Man hat sich verschworen, um das Mögliche zu eliminieren. Aber wer andern eine Grube gräbt, fällt selbst hinein: Der Abriss der freien Universität ist in Wirklichkeit ihr Triumph. Dass dieser Versuch eines anderen Miteinanderseins, einer anderen Welterkenntnis 1980 abgebrochen wurde, ist sein eigentlicher Sieg, und dieser Sieg ist eine List. Ein Geheimnis. Nur die Bäume zeugen noch davon. Diese Eichen hier. Dort diese Zeder. Nach dem, was wir hier sehen, müssen wir streben, nach diesem Wachstum, diesem Verwildern, nur das kann uns befreien. Bald wird der Wald auf unser Bewusstsein anrücken. Bald wird der Wald auf uns anrücken. Und Amélia verlässt den Raum. Was soll man nun machen. Man macht nichts, macht das Licht wieder an, und die Fotografie des Waldes, die noch an die Wand geworfen ist, spukt weiter durch den Kurs – im Neonlicht ertränkt, verblasst, aber doch noch erkennbar.

Bei einer mündlichen Prüfung begnügte sie sich damit, eine Liste von Autobombenattentaten herunterzubeten, und fiel durch. Das ließ sie völlig kalt, sie war nicht wie Paul, wollte weder Abschluss noch Anerkennung oder Stabilität. Sie hatte niemanden von ihrer Daseinsberechtigung zu überzeugen, brauchte kein Geld und musste weder in naher noch in fernerer Zukunft irgendetwas erreichen. Paul hingegen spielte nach den Regeln, wollte unbedingt spielen, wollte gewinnen, und das warf sie ihm niemals vor. Er war zu jung, um sich zu fragen, gegen wen sich diese kleinen Revolten richteten, welches Alphabet die Denkmäler des Verschwindens, die brennenden Fahrzeuge bildeten, die Sätze, die Poesie, die von diesen schüchternen Aktionen buchstabiert wurden, die noch nicht einmal Ereignisse waren.

*

Sie liebten sich und die Zeit verging und einiges geschah, ohne dass man es wahrgenommen hätte: Paul wurde, langsam, ohne Vorsatz und ohne sich dessen bewusst zu sein, zu einem Gerücht. Das hätte ihn in gleichem Maße zum Lachen gebracht, wie es ihm geschmeichelt hätte, aber er bemerkte es eben nicht. Es begann im Hotel, wo alle sein Hin und Her zwischen Zimmer 313 und seinem Arbeitsplatz bemerkt hatten; es war in einem kollektiven, wenn auch fragmentierten, temporären Gedächtnis verzeichnet – es waren auch die temporär Beschäftigten, die sich zuerst dafür interessierten, was zwischen der Rezeption und der dritten Etage ausgeheckt wurde – eine Vergesellschaftung von Subversionsmitteln –, und Paul, ganz in seiner ersten großen Liebe aufgehend, konnte nicht einschätzen, was an dieser Situation, seiner Situation, aufrührerisch, explosiv war, konnte es nicht einschätzen oder scherte sich nicht darum; der Nachtwächter und ein Hotelgast, zwei einvernehmlich handelnde Erwachsene, in denen aber noch ein Funken Kindlichkeit aufleuchtete. Die Art, wie man (seine Kollegen) mit ihm spricht, ändert sich, es ist, als ob er sich isoliert bewegt, durch Raum und Zeit zieht sich ein Riss aus Wörtern, die Paul fremd bleiben und die weit über dieses Hotel, über dieses Jahr hinausströmen; der weitere Verlauf der Geschehnisse wird ihre Verbreitung nur noch beschleunigen – ein Angestellter, der nicht zu greifen ist, der nicht nur mit einem Dauergast verschwindet, oder einen Dauergast verschwinden lässt, sondern mehr noch, kein *Hier* und kein *Jetzt* hat, unsichtbar in dem steckt, was man über ihn erzählt; wenn man in eine Richtung blickt, ist er schon woanders, und zwar nie dann, wenn man damit rechnet.

Außerdem geschah mit der Zeit noch etwas, das er als unausweichliche Konsequenz seiner Liebe zu Amélia und zur Uneindeutigkeit empfand, welche er mittlerweile als eine Form von Theorie und Praxis ansah – als eine Kunst –, genau zu dem Zeitpunkt, als sie sozusagen aus den intellektuellen und politischen Debatten und dem öffentlichen Raum oder dem, was davon noch übrig war, verbannt wurde: Sein Verhältnis zu Albers änderte sich. Er hatte geglaubt, sie an Amélia Dehr verloren zu haben, dabei sollte er erst noch zu ihr finden. Gemeinsam gingen sie zu ihrer Professorin zum

Abendessen, eine solche Beziehung hatte er sich nie vorgestellt, niemals erträumt – ihr Verhältnis blieb pädagogisch, aber auf eine neue Art, Albers stellte sich auf die Zehenspitzen, um ihn auf die Wange zu küssen (halb in die Luft, halb auf die Haut), sie suchte Bücher heraus, stapelweise Bücher, die sie ihnen in einigen präzisen und humorvollen Sätzen vorstellte, sodass die beiden sowohl Lust hatten, sie zu lesen, als auch den Eindruck, sie bereits gelesen zu haben; sie servierte ihnen Wein und lachte über Amélias Possen, über das, was sie Amélias Possen nannte, vielleicht hätte sie das nicht tun sollen, vielleicht bereute sie es später; und Paul, der Autoritäten fürchtete oder vielmehr anerkannte und zu respektieren glaubte, bemerkte nach dem sogenannten Autobombenvorfall, dass Albers Amélia nicht tadelte, ihr nicht den geringsten Vorwurf machte, im Gegenteil schien sie bereits im Voraus über den geplanten Verlauf der Prüfung informiert gewesen zu sein und begnügte sich damit, lächelnd den Kopf zu schütteln, leicht belustigt, während Amélia, die eine helle Tunika mit blauen Stickereien trug, eine Tunika, die ihre Augen strahlen ließ – Paul, der jeden Zentimeter ihrer aderndurchzogenen Haut kannte, hatte den Eindruck, dass sie nicht nackt war, sondern mehr als nackt, von göttlicher Schönheit und Verwundbarkeit –, rezitierte prustend vor Lachen die Liste, mit der sie ihre Prüfungskommission bedacht hatte. Das Attentat in der Rue Saint-Nicaise vom 24. Dezember 1800, das gegen General Bonaparte gerichtet war; der Dynamitanschlag auf die Grundschule von Bath (Michigan) durch den Landwirt Andrew Kehoe 1927; die gesprengten Lastwagen der Stern-Bande in Haifa im Januar 1947 und die der FLN in Algerien, dann die Ausbrüche der Gewalt durch die OAS. In den fünfziger Jahren in Vietnam werden Motorräder gesprengt; im August 1970 explodiert ein Kleinbus vor der Physikfakultät der Universität Wisconsin-Madison, Ziel war das Army Math Research Center. Ungefähr da haben sie mich unterbrochen, erklärte Amélia. Sie hatte die Schuhe ausgezogen und ihr Fuß ruhte zwischen Pauls Beinen, unter Pauls Oberschenkel, in der Nähe seines Glieds, dessen Gedankengänge seinerseits über jede Uneindeutigkeit erhaben waren.

Bevor sie sich an diesem Abend verabschiedeten, betraten sie Albers' Schlafzimmer, um ihre Mäntel zu holen, Paul trug einen Dufflecoat und Amélia einen klassischen dunkelroten Trench – draußen war ihm zu warm und ihr zu kalt – und Amélia blieb im Halbdunkel stehen und schaute die Bilder an, über dem Bett eine Fotografie von einer Frau und einem Vogel, von einer Frau, die einen Vogel an ihre Lippen führte, ein Kuss, eine Fotografie, die Albers von der Künstlerin geschenkt bekommen hatte, von der es nirgends eine Reproduktion gab, man konnte das Bild nur noch hier und jetzt sehen, ein eigenartiges und zärtliches und vielleicht, wenn man es recht bedachte, auch bedrohliches Bild. Du und ich, könnte man meinen, sagte Amélia lächelnd, ohne klarzustellen, wer von ihnen beiden die Frau und wer der Wellensittich war; einer dieser Einfälle von Amélia, ein absurder Einfall, aber vielleicht gar nicht so absurd, denn eines Tages sollte Albers Paul das Kunstwerk vererben, an diesem Abend hatte er aber kaum Zeit, darüber nachzudenken, denn schon hatte sich Amélia zum Kamin umgedreht, dem grünen Marmor des Kamins, ein kränklicher, widerwärtiger Farbton, fand Paul, und Amélias schlanker Zeigefinger mit dem geradegeschnittenen Nagel deutete auf eine leicht überbelichtete Fotografie, deren Rahmen älter war als der Abzug, sogar älter als die abgebildeten Personen, ein junger Mann in einem schlotternden Smoking und eine junge Frau in Mountbatten-Pink, aber natürlich war der junge Mann kein Mann, sondern Albers, und die Frau, Das ist meine Mutter, sagte Amélia beiläufig.

Immer geht es um tote Mütter, dachte Paul, der eine naive, machtvolle Vorstellung von Geschichten hatte und dessen Mutter tot war. Er nahm das aber nicht persönlich, er nahm nichts persönlich, denn früher oder später trifft das auf alle Mütter zu. Früher oder später sind alle Mütter tot und leben in Geschichten weiter, die sich junge Liebende in stillen Kämmerchen erzählen, die ihnen nicht gehören. Aber das ist nicht der Anfang, den Amélia Dehr, die verschlagener oder talentierter oder tiefer verletzt war als er, für ihre Geschichte wählte. Immer geht es um Missverständnisse, sagte Amélia, die auf dem Bett lag, Paul um sie herum eingerollt, in stabiler Seitenlage – man konnte nicht genau sagen, wer von beiden den Anderen stützte. Vielleicht waren sie ja gemeinsam verrückt, sagte sich Paul, der bereit war, diese Vorstellung zuzulassen, diesen gemeinsamen Raum, der ihm wie die Erweiterung des Bettes erschien, in dem sie lebten, eine Weiterführung auf anderer Ebene; aber erst als er Amélia verlor, sollte er beinahe den Verstand verlieren, und davon hatte er in dieser Nacht, auf der Überdecke, die mit Flammschutzmittel imprägniert war oder auch nicht, noch nicht die leiseste Ahnung. Missverständnisse sind Tragödien, sagte sie, und er folgte den blauen Ornamenten auf ihrer Tunika, die handgestickt waren, sogar er konnte das anhand ihrer Feinheit, ihres Detailreichtums erkennen, er versuchte, sie in Arbeitsstunden umzurechnen, in taube Finger, die die Nadel hielten, in verlorene Dioptrien von Augen, deren überbeanspruchte Muskeln sich dehnen und schwächer werden – wird man also dadurch kurzsichtig, dachte er, wird man dadurch blind, dass man sich für Frauen wie Amélia abarbeitet? Aber seine Gleichungen gingen nicht auf und die Bögen und Schleifen der Fäden, die sich an Amélias Schlüsselbeinen und Armen entlangzogen, glänzten rund um ihren Solarplexus, schlängelten sich auf wundersame Weise an ihren Brüsten vorbei, deren Umrisse, die unter dem weißen, fast durchsichtigen Stoff zu erahnen waren, keine Verzierung nötig hatten – vor seinen Augen verwandelten sich diese Muster in eigenartige Szenen, die von ihrer Stimme begleitet wurden, brutale und schöne Szenen, denen er sich nicht mehr entziehen konnte, selbst wenn er die Augen schloss; die blauen Stickereien zeichneten sich nun unausweichlich auf dem Inneren seiner Augenlider ab.

Mountbatten-Pink ist eine Farbschöpfung des Admirals Mountbatten, ein Ton zwischen Grau und Malve, der während des Zweiten Weltkrieges zu strategischen Zwecken entwickelt wurde – der Admiral war auf Tarnung, auf Unsichtbarkeit bedacht, er war überzeugt, die englische Flotte würde so den deutschen Spähern entgehen, vor allem in den heiklen Stunden der Morgen- und Abenddämmerung; aber der Erfolg in puncto Unauffälligkeit ließ zu wünschen übrig. Im Gegenteil, die Schiffe schienen sogar leichter angreifbar zu sein. Und obendrein waren sie eben rosa. Meine Mutter und Albers hatten beschlossen, zu diesem Thema zu arbeiten, waren aber gescheitert. Oder erfolgreich gewesen. Oder vielleicht war eine erfolgreich gewesen und die andere gescheitert. Auf jeden Fall waren sie Freundinnen gewesen, mehr als Freundinnen, sagte Amélia; und auf jeden Fall war Paul enttäuscht, zumindest ein wenig, als er das hörte, er konnte sich diese Enttäuschung, das Gefühl, verraten worden zu sein, zuerst nicht erklären und schmiegte sich noch enger an den Körper seiner Geliebten, aber später verstand er – verstand er *sich* –, wie sehr ihn die Erkenntnis verletzt hatte, dass die wundersamen und für ihn originellen Ideen von Amélia Dehr, das Verschwinden, das Denkmal der Zukunft – wie sehr auch das alles zu ihrem Erbe gehörte. Wie allein er auf dieser Welt war, in der sein Vater nichts an ihn weitergeben konnte, weder Reichtum noch Ideen, noch nicht einmal eine vage Sehnsucht nach besseren Zeiten. Er sollte erst später verstehen, worin seine eigene Erbschaft bestand. Den Rest erzählte sie ihm in der Nacht, zwischen den retuschierten sowjetischen Fotografien und der Überdecke, die mit Flammschutzmittel imprägniert war oder auch nicht; zwischen den Laken, inmitten der eigenartigen Welt, in der sie lebte, und in die Paul ihr, ohne es recht zu merken, gefolgt war.

3.

Ein Jahrzehnt zuvor, am Ende des 20. Jahrhunderts, hatte ihre Mutter versucht, einen Krieg zu verhindern, dann ihn aufzuhalten, und war dabei ums Leben gekommen. Amélia hätte es dabei belassen können und es beinahe auch getan, dieser Satz sagte alles, er war in jeder Hinsicht korrekt, grammatikalisch und inhaltlich, aber auch wenn er alles sagte, sagte er zugleich nichts, es war nicht die Sprache, die sie sprach, die man ihr beigebracht hatte, also fuhr sie fort. Kann man von einer Geschichte kontaminiert werden, fragte sich Paul später. Von Worten. Gibt es Erzählungen, die töten? Aber ganz langsam töten, nach und nach, wie diese kuriosen Kampfkunstgriffe, die dem Anschein nach nur eine Berührung, nur ein leichter Druck sind, und ein Jahr später hört das Herz plötzlich auf zu schlagen, wie von selbst. Das perfekte Verbrechen.

Diese Frau, ihre Mutter, setzte sich für den Frieden ein: Das war ihre gesellschaftliche Bestimmung, vielleicht ihre Berufung, und es geziemt sich, einen keuschen Schleier über ihr persönliches Versagen zu legen, ein multiples Versagen, ein exponentielles Versagen: hunderttausende Tote, Verschollene, eine fast vier Jahre lang bombardierte Stadt, Scharfschützen auf den Dächern, Blut auf den Straßen und, zehn Jahre später, Friedhöfe, überall, in den Stadien, in den Parks; Friedhöfe und schlecht verheilte Wunden, sonderbar verheilte Wunden, nunmehr erwachsene Kinder, die nicht bei offenem Fenster oder nicht bei geschlossenem Fenster schlafen können, und die Kinder dieser Kinder, die sonderbare Rituale befolgen werden, die, ohne den Krieg, die Besatzung, das gefährliche Überqueren der Straßen selbst erlebt zu haben, sich manchmal an den Mauern entlangdrücken, manchmal den Blick heben werden, ohne zu wissen, was sie suchen – was sie suchen, sind die Schützen im Hinterhalt, die sie nie gesehen haben. Diese Art von Erfahrung, die Präzisionsschüsse, die Granatenwerfer, die Blackouts, die Wasserhähne, die man aufdreht, ohne dass etwas herauskommt – diese Art von Erfahrungen vererben sich auf sonderbare Weise, von Generation zu Generation, manche behaupten, dass die Angst einer Epoche die folgende zutiefst verändert, den stammesgeschichtlich ältesten Teil des Gehirns heimsucht, den reptilischen, in dem das *Ich* nicht oder nur im Ansatz existiert, nicht anders als ein Körper in Gefahr, als ein vom Hunger zernagter Körper, der um sein Überleben kämpft, ganz auf sein eigenes Fortbestehen ausgerichtet; ich hingegen glaube, das ist eine Frage der Sprache, eine Frage von Geschichten, die uns eingeimpft werden wie Viren, wie Anti-körper, durch das, was gesagt wird – oder nicht gesagt wird. Paul, an Amélia geschmiegt, hatte ganz deutlich den Eindruck, dass sie seine Gedanken lesen konnte oder sie eher voraussagte, ihnen die Form und Wirklichkeit gab, die er, tastend, nur erahnen konnte.

Es war der Anfang der Europäischen Union und auf eine Art bereits ihr Ende, was jedem, der es sehen wollte – oder keine andere Wahl hatte, als es zu sehen –, eine bittere Farce von inszeniertem und bekennendem Unvermögen enthüllte, von Debatten, rhetorischen Fragen; war es genau genommen ein Bürgerkrieg oder nicht, gab es einen Völkermord, *genau genommen*? Wer wusste was? Wer hatte was getan, was zugelassen? Die Engländer wussten, hatten aber nichts getan. Die Franzosen hatten gehandelt, wussten aber nichts. Oder andersherum. Eine lange umkehrbare Kette von Verantwortlichkeiten, wie ein endloses einseitiges Band ohne Vorder- und Rückseite; Macht und Ohnmacht waren identisch, von Worten gemachte Tatsachen. Die bloße Erwähnung der Amerikaner jagte Schauer des Entsetzens oder der Hoffnung über die Rücken, verlieh den Augen einen kränklichen Glanz; damals mussten diejenigen, die in verschiedenem Ausmaß von diesem Krieg betroffen waren oder sich davon betroffen fühlten, die Zeichen lesen, eine Sprache unterhalb der Sprache lernen, ein Alphabet von Symptomen, Phantasmen, Pathologien.

Amélias Mutter war, was man eine Abenteurerin oder eine Entdeckerin nennen könnte, oder zumindest eine Reisende. Sie hatte ihrer Provinz Ende der 1960er Jahre den Rücken gekehrt, wie man ein Kleid abstreift, das zu klein geworden ist, und war mit kürzeren Haaren und einem kürzeren Namen ausgezogen, die Welt zu entdecken. In Wahrheit wollte sie die Schweiz sehen, hatte sich damit begnügt, die nächstgelegene Grenze zu überqueren. Sie war Dichterin, was sich heutzutage lächerlich anhört, beinahe obszön; sie aber war Dichterin. (Die Chronologie ist unklar, lückenhaft, ich war zehn, als sie wegging, ich erinnere mich an nichts, an sehr wenig, sie hat mich bei Albers gelassen, Albers hat mich zu meinem Vater gebracht, alles, was ich zu wissen glaube, ist bloße Rekonstruktion.) Es hatte sich so zugetragen: Sie war zwanzig, sie hing in Genf rum, in Locarno, sie drapierte ihre schlanken Arme auf eine gewisse Art auf den Stuhllehnen und wirkte geistreich; jemand fand, dass sie sich langweilte, gab ihr die Schlüssel zu einer Wohnung in Paris, zu einem dieser Zufluchtsorte, die es heute nicht mehr gibt, meines Wissens nach jedenfalls nicht, große, fast leere Räume – wem sie gehören, welcher Name auf dem Mietvertrag steht, das kümmert keinen: in einem Nebel von Legenden verloren gegangen. Man kam auf Einladung, spontan; mit dem wenigen Geld, das man hatte, ließ man Zweitschlüssel anfertigen, die man verlieh, verlor, verschenkte; man blieb eine Nacht, eine Woche, ein Jahr; es war ein Ökosystem von Künstlern, Intellektuellen und Revolutionären; und wie jedes Ökosystem regulierte es sich auf gewisse Weise selbst, nach einiger Zeit wechselte jemand das Schloss oder die Polizei brach die Tür auf, auf der Suche nach jemandem, den niemand kannte, niemand je dort gesehen hatte; einige Zeit lang blieb alles leer, fast leer, dann nahm der Reigen wieder seinen Lauf, zuerst zögerlich, mit einem neuen Rhythmus. Solche Wohnungen gab es in allen Städten – in all denen, in denen es sich zu leben lohnte, all denen, wo es Menschen gab, die nachts rumgestikulierten und das dann Kunst nannten; an einem dieser Orte hat Albers ihre Doktorarbeit geschrieben. An einem dieser Orte haben sich die beiden kennengelernt. Zwei Frauen, die die Zeichen der Wolken zu lesen versuchten – der Tränengaswolken. Meine Mutter mit ihrem obszönen Glauben an Wörter hatte also eine spezifische Kunstform übernommen oder erfunden, die sie *dokumentarische Poesie* nannte, und die eine Alternative zur journalistischen Sprache sein wollte oder war oder hätte sein sollen, zu der Sprache, die unsere Denkweise so zerfressen hat, dass wir im Angesicht der Wirklichkeit (das hat sie geschrieben, ich selbst bin noch nicht einmal sicher, ob ich es verstehe) nichts als verhungernde Schattengestalten in einer Kellerhöhle sind. Und das nennt man dann Objektivität, bedauerte sie, das ist aus ihrem ersten Sammelband, den kannst du mal lesen, wenn du möchtest, er ist zum Teil in Mexiko entstanden und irgendwas an der Art, wie er sich liest, an dem Rhythmus der Verse und den Leerstellen zwischen ihnen, lässt mich denken, dass er, wenn auch nicht mit, so doch in Gegenwart Albers' verfasst worden ist. Mit Albers immer in ihrem Sichtfeld, wenn auch nur ganz am Rand, am äußersten Rand, dort, wo man nie sicher sein kann, ob da überhaupt etwas ist.

In gewisser Weise ist es ein Geschichtsbuch und in gewisser Weise ein Buch über das Sehen an sich. Sie waren 1969 in Mexiko. Sie haben diesen Mann getroffen oder auch nicht, der Spiegel verschob und das Kunst nannte, er vergrub sie halb oder hängte sie an Bäume, wo sie den Himmel reflektierten und die Blätter, und Albers sah darin einen merkwürdigen Versuch, das wiedergutzumachen, was die Amerikaner in Yucatán angerichtet hatten. Eine Art weiße Magie, um Gestohlenes zurückzugeben, die Tempel, die Unschuld, den Blick. In diesem Dschungel hat meine Mutter ihr Buch geschrieben, das auch ein Manifest ist, das erzählt, wie die Amerikaner, denen es nicht genügte, die alten Mayastätten niederzureißen, um sie stückchenweise an die Ostküste Amerikas – um nicht zu sagen, an das sich im Aufbau befindliche Zentrum der Welt, das schwarze Loch, das über ein Jahrhundert lang alles einsog – zu verschaffen; wie die Amerikaner, die 1840 dort waren, einen Arzt dabeihatten, beziehungsweise ein Individuum, das sich viel auf seine medizinischen Kenntnisse einbildete und es sich zur Aufgabe gemacht hatte, die Indianer von dem zu heilen, was es für die Verkörperung ihrer hoffnungslosen moralischen Unzulänglichkeit hielt: ihrem Strabismus. Das Buch ist wie eine Reportage oder ein Essay, alles darin ist wahr, aber der Unterschied zu einer Reportage oder einem Essay ist, es nimmt keinen *Abstand* von den chirurgischen Eingriffen, im Gegenteil, man wird darin eingebunden, man fühlt die Klinge gleichzeitig in der Hand und im Auge (nie wird irgendeine Form von Betäubung erwähnt) und nach und nach wird das Lesen unerträglich, körperlich unerträglich, alles ist blutdurchtränkt, es ist ein Albtraum, den man von beiden Seiten erlebt, von der des Täters und der der Opfer: ein Blutbad, eine Urangst. Die Theorie der Information, laut meiner Mutter.

Glaubte sie wirklich, die Gattung der Reportage zu revolutionieren? Das behauptet jedenfalls Albers, aber ich bezweifle es, oder aber sie – meine Mutter – war wahnsinnig, völlig wahnsinnig. Ich glaube nicht, dass das der Fall war. Zumindest nicht am Anfang, und vom Ende weiß ich nichts, oder nur wenig. In intellektuellen Kreisen blieb sie ein Kuriosum. Auch wenn Albers behauptet, sie sei der Horizont gewesen, das, nach dem man streben müsse, ohne es jemals zu erreichen. Ein Fluchtpunkt. Ich weiß es nicht.

Als der Krieg in Jugoslawien ausbrach, zog sie ins Elisse von Sarajevo (mein Gott, dachte Paul, der sich zum ersten Mal fühlte, als verstehe er nichts, oder eher als beginne er gerade erst zu verstehen, und der seine Unwissenheit schon vermisste). Das Hotel, in dem – vereinfachend gesagt – der Konflikt begann. Auf dessen Dach zwei im Hinterhalt liegende Scharfschützen das Feuer auf einen Zug friedlicher

Demonstranten eröffnet hatten. Das Hotel war das Hauptquartier der internationalen Presse geworden und von einigen Intellektuellen, die, wie sie, wie Nadia Dehr, dort ihren Platz zu haben glaubten, an dem Ort, an dem sowohl die Ideale des 20. Jahrhunderts als auch dessen Realpolitik ihr Ende fanden – in einem Blutbad. Einem *langen* Blutbad. Einer jener Orte, an denen die Gewalt sowohl in jedem einzelnen Augenblick extrem ist, Körper, die vor einem Brunnen, auf einem Marktplatz zerbersten, als auch lange Zeit andauert. Der Krieg hat meine Mutter verrückt gemacht, sagte Amélia, weil sie geglaubt hatte, dass die richtigen Worte gefunden werden mussten, um davon zu sprechen, und dass es, sobald die Worte gefunden wurden, keine andere Möglichkeit gäbe, als ihn zu beenden. Man musste eine Form finden, um ihn zu beenden, damit die Schuppen endlich von den Augen der sogenannten internationalen öffentlichen Meinung fielen. Und sie glaubte, das sei ihre Aufgabe. Die Aufgabe der Poesie. Die Form zu finden, die diese Realität an einen anderen Ort versetzt. Außerhalb ihrer Grenzen, in die Herzen des Westens, in die Herzen derer, die das lesen würden und die es, nachdem sie es gelesen hätten, erlebt hätten und nicht länger ignorieren könnten. Sie schrieb. Manchmal aß sie mit den Anderen, Journalisten, Intellektuellen; manchmal trieben sie italienische Nudeln auf und kochten, und diese Nudeln waren für sie alle ein Festmahl. Manchmal rief sie mich an und ich weinte. Sie nicht. Sie schrieb. Sie war überzeugt, dass das Scheitern des Friedensprozesses ihr eigenes Scheitern war, das Scheitern ihrer Poesie. Aller Poesie überhaupt. Nach drei Jahren erkannte sie endlich das Offensichtliche: Das, was sie der Welt offenbaren wollte, das wusste die Welt bereits. Hatte es von Anfang an gewusst. Und darauf gepfiffen. Es war weder die Schuld der Worte noch derer, die sich ihrer bedienten; es war die Schuld der menschlichen Natur, derer, die sich weigerten zuzuhören. Ich vermute, das war der Moment, an dem sie den Verstand verloren hat. Sie hörte auf zu schreiben, sie hörte auf anzurufen; was sie tat, weiß ich nicht, ich vermute, sie grub Tunnel. Wörtlich oder im übertragenen Sinne ist sie, vermute ich, in den Schwarzmarkt eingestiegen, hat ihre Kräfte in den Dienst des Lebensmittelschmuggels, des Waffenhandels gestellt, um der belagerten Stadt das Überleben zu ermöglichen. Niemand weiß, was passiert ist. Ihre Leiche wurde nie gefunden. Nach dem Krieg habe ich einen Karton geerbt. Einen Pappkarton, wie die für Druckerpapier. Er war voll mit ihren Fragmenten, voll mit allen Versuchen der dokumentarischen Poesie, all ihren Misserfolgen. Das ist alles, was ich von meiner Mutter habe, sagte Amélia. Alles, was ich von ihr hatte, um genau zu sein.

Ich habe diesen Karton nur einmal geöffnet. Ich habe ein zufälliges Gedicht herausgezogen, ein Gedicht über einen Mann, der gefoltert wird. Man hatte ihm eine Taube in den Mund gesteckt. Eine lebendige Taube. Und ihn gefoltert. Und er, er wollte es nicht, aber er biss die Zähne aufeinander. Sein Körper biss die Zähne aufeinander. Jemand lachte und man wusste nicht, ob es eine Person war oder zwei oder die ganze Welt. Als ich das Blatt in den Karton zurücklegte, bemerkte ich, dass auch ich lachte.

Paul war sprachlos. Und dann, entsetzt, begann er einen Moment später zu lachen. Es war unkontrollierbar, trocken, wie ein Hustenanfall: eine Auflehnung des Körpers. Er konnte nicht mehr aufhören. Ein Albtraum.

Genau, sagte Amélia.

Sie hatte den Karton an den Höchstbietenden verkauft. Albers hatte ihr geholfen. Es gab noch Menschen, die sich an Nadia Dehr erinnerten, die ihr in einem bestimmten Kontext und in einer bestimmten Zeit einen Platz einräumten, und es war nicht schwer gewesen, den Karton loszuwerden, für eine ansehnliche Summe sogar, ansehnlicher als sie gedacht hatte. Allerdings weniger aus Gier, als um sich vor dem zu schützen, was darin war, der nackten, mehr als nackten Wahrheit. Und um sich an einer Mutter zu rächen, die sie verlassen hatte. Sie würde nie erfahren, was diese in fast vier Jahren Krieg geschrieben hatte, aber sie glaubte, dass es unerträglich war. Dass sie es nicht ausgehalten hätte. Sie glaubte, mit dieser Abstinenz Klugheit bewiesen zu haben, die aber auch Rache und Trotz war. Sie glaubte, so ihre eigene Haut gerettet zu haben.

Sie fing an, daran zu zweifeln.

*

Und während dieser Zeit, dieser Monate, Jahre, in denen ihre Mutter und einige Andere, Susan Sontag, Juan Goytisolo, immer tiefer in die Hölle der belagerten Stadt vordrangen, in die Hölle einer Botschaft, die niemand hören wollte – während ihre Mutter gekritzelte Sätze in ihre Kiste warf, Verletzte versorgte oder auf der Landebahn des Flughafens weiße Laken über Fleischstücke deckte, die ihrerseits geschmuggelte Waffen bedeckten, unter Missachtung des Embargos, vor der Nase und hinter dem Rücken der Blauhelme, die nichts sahen oder vorgaben, nichts zu sehen, das Blut, das langsam die Laken durchdrang, war ein universeller Code, der *verwundet* oder *tot* bedeutete, eine Sprache für sich, die allen gemeinsam war; in diesen Monaten, diesen Jahren, in denen ihre Mutter allmählich aufhörte zu schreiben und zur Tat schritt oder aber mit zertrümmertem Schädel in einem Graben lag – wo war sie, die kleine Amélia, mit ihren zu langen Haaren und ihrer Zahnlücke? Ein bisschen bei ihrem Vater, aber ihre Beziehung war immer angespannt gewesen, Er war ein ungeduldiger Mann, der nur wenig Widerspruch duldete, ich betete ihn an, aber was kümmerte es ihn, ob ich ihn anbetete oder nicht? Er erzog mich ja nicht, damit ich seine Frau werde, sagte Amélia, ein Satz, der sich seltsam in Pauls Gedächtnis eingrub, bis er Jahre später die Gelegenheit hatte, diesen Mann kennenzulernen – ein Satz, den er dann endlich zu verstehen glaubte, aber er irrte sich, er musste erst in einem Roman darauf stoßen, um sich eingestehen zu können, dass diese Worte in Amélias Mund nicht die Bedeutung hatten, die er suchte, sogar eigentlich überhaupt keine Bedeutung hatten; dass sie, da sie nichts über ihren Vater zu sagen hatte oder nichts über ihren Vater sagen wollte, zu einer ihrer Requisiten, einem ihrer Tricks gegriffen hatte – einem einfachen Zitat.

Ja, wo war sie? Das war eine simple Frage, auf die es nur komplizierte Antworten gab. Paul wusste genau, wo er gewesen war – immer an denselben Orten, darauf wartend, dass es vorbeiging, immer dabei, aufwendige Fluchtpläne zu schmieden, der einfachste und realistischste war auch der, der ihm am meisten Angst machte (studieren), aber wie immer bei Amélia reichten ein paar Worte nicht aus, Schweigen reichte nicht aus, Bilder mussten erfunden werden, um etwas zusammenzuhalten, das seit jeher verstreut war. Alles und sein Gegenteil. Amélia erinnerte sich an ihre Kindheit wie an eine Geschichte, von der ihr einige entscheidende Teile in einer Fremdsprache oder im Schlaf erzählt worden waren. Die Ursache-Wirkung-Beziehungen waren verschwommen – in ihr Ohr geflüstert, während sie in ihrem Bett lag und schlief, oder in einem Gästezimmer, und darauf wartete, dass ihr Vater sie abholte, oder zusammengesunken auf einer Sitzbank, in einem Nest aus Mänteln.

Sie erinnerte sich an lange Abende, an denen sie vergessen wurde, und an lange Nachmittage, an denen sie vor einem Klavier, einer Schachaufgabe oder, schlimmer noch, vor einem Puzzle saß, das sie in ihrer Einsamkeit zwangsläufig irgendwann in Rage brachte, so sehr, dass sie manchmal ein oder zwei Puzzleteile in den Mund steckte, sie gewissenhaft kaute, bevor sie sie, unkenntlich, in ihre Handfläche ausspuckte, um sich durch Unvollkommenheit davon zu befreien; sie erinnerte sich, so einsam gewesen zu sein, dass ihr, wenn sie am Montagmorgen in der Schule ankam, der Kopf brummte, sie sich nicht zugehörig fühlte, den einen oder anderen ihrer Klassenkameraden mit schwacher Stimme begrüßte, dankbar und fast ein wenig überrascht, dass sie ihr antworteten. Es ist, als ob ich wirklich da wäre, wunderte sie sich; nun konnte die Schulwoche beginnen. Sie erreichte am Freitag den Höhepunkt ihrer Präsenz, eine Art maximale Seinsdichte, löste sich aber am Wochenende auf, bis sie ihre eigene Existenz in Frage stellte. Zwei Tage später musste alles von vorne begonnen werden. Sie war Einzelkind.

Sie war ein Kind unter Erwachsenen, dessen einziger Daseinszweck darin bestand, Dinge zu sehen und zu behalten, die sonst längst in der Versenkung verschwunden wären. Sie behielt die Namen der Vögel, die Namen der Säugetiere, die Namen der Bäume; die Namen der Sterne, die Namen der Mineralien und ihre Eigenschaften; Sätze, die am Telefon geflüstert wurden, damit sie sie nicht hörte; Verse, Strophen, ganze Gedichte, deren Bedeutung ihr fast völlig entging; die Namen der Medikamente und ihre Nebenwirkungen, die Zusammensetzung der Make-up-Tuben, die Codes, die weniger als Namen waren und Lebensmittelfarben, Konservierungsmittel, Säuerungsmittel, die künstlichen Aromen der Süßigkeiten bezeichneten, die zwischen ihren Zähnen in Zahlen und Buchstaben zerfielen und wahrscheinlich vergiftet waren; sie langweilte sich ganz fürchterlich, zum Verrücktwerden, und gleichzeitig langweilte sie sich nie. Es gibt keine abscheulichere Einsamkeit als die eines Kindes, das in der Welt der Erwachsenen gefangen ist.

Sie war besessen von Kindern. Wohin sie auch ging, immer fragte sie, ob es dort welche geben würde, wer sie waren, wie viele, was für welche. Sobald sie in den großen Wohnungen ankam, in die ihre Familie eingeladen war, hielt sie nach ihnen Ausschau, wollte sie aufspüren, gierig nach ihrer Nähe, nach Kontakt mit ihnen – endlich noch jemand, noch jemand von ihrer Spezies –, Geisel eines Universums, das nicht ihren Größenmaßstäben entsprach, wo die Türgriffe zu hoch waren, die Tische unerreichbar, die Bücher zu schwer, die Gläser zu groß – endlich jemand, dem sie in die Augen sehen konnte, endlich noch eine weiche perfekte Haut wie die ihre, eine Haut, die nicht einmal zehn Jahre alt war, was verrückt ist, wenn man darüber nachdenkt. Wir führten unmögliche Kriege und unmögliche Liebschaften. Zwischen uns machte alles unmerklich Sinn. Ich war besessen von Kindern, von ihnen angezogen, zutiefst erschüttert, wenn der Zeitpunkt kam, an dem ich mich von ihnen trennen musste, wie ein Zugvogel, den man von seiner Wanderung abhält.

Wenn es keine anderen Kinder gab und sie allein war, erfasste sie eine schreckliche Lethargie, gegen die sie durch die Erkundung der Wohnungen ankämpfte, die noch größer wirkten durch die Dunkelheit und das Lachen, dort, während sie in unbekannte, verbotene Gebiete vordrang, wo sie Schmuckkästen, Dessousschubladen, Reliquien aller Art entdeckte, die im Halbdunkel schillerten. Alles war in Mondlicht getaucht, der Schauplatz eines Verbrechens, das unbemerkt blieb. Sie nahm instinktiv Drogen, in vollkommener Unschuld. Inhalierte Aceton, Fleckenentferner, Nagellack; die Tinte von Markern und manchen Stiften, das Reinigungsbenzin White Spirit, dessen Name ihr so gefiel; atmete tief ein, bis sich ihr der Kopf drehte. In Künstlerateliers inhalierte sie Farbe, vor allem Metallic-Lackierung, und Terpentin, ohne jegliche Einführung in die Materie erhalten zu haben, außer die ihrer immensen Einsamkeit. Sie setzte sich auf die eisigen Kanten von Badewannen, die Dämpfe der Lack- und Lösungsmittel trieben Stollen in ihr Gehirn, Notausgänge, durch die sie der tödlichen Langeweile einer Kindheit ohne Kinder entkam.

Manchmal arrangierte sie kleine Brandherde auf den Fliesen, in der Badewanne. Sie testete luxuriöse Lippenstifte und versuchte dann krampfhaft, das Lanolin zu schmelzen, um, so glaubte sie, alle Spuren ihrer Tat zu vertuschen; zerbrach Thermometer, um zuzusehen, wie das Quecksilber im Waschbecken wirbelte, wirbelte und dann hinaus in die Stadt floss. Sie flambierte kleine Pfützen von Desinfektionsmittel, schwebte durch diese wilden Labore, berauschte sich, gab sich dieser kalten Sinnlichkeit hin, dieser ungeteilten Erotik, diesen Emailleoberflächen und Spiegeln, die sie entführten, wie in einem modernen Mythos, in dem der göttliche Liebhaber in der Form und Gestalt eines makellosen Badezimmers erscheinen und von einer glatten, harten, unveränderlichen Schönheit sein würde – dem Anschein nach. Ich trage diese neutralen Räume noch immer in mir – aber im Kontakt mit meinem Geist verwandelt sich ihre Neutralität in Angst, in nackten Terror. Diese Fallen mit scharfen Kanten, die Früchte der Liebschaften zwischen dem, was menschlich ist und dem, was es nicht ist, zwischen dem, was menschlich ist und seinem Gegenteil, einer neuen Art von Spezies, versunken in einer Unpersönlichkeit, die sie selbst erschaffen hat – und plötzlich ist nichts mehr übrig, ein vager Geruch von Medizin und Verkohltem, ein acht- oder zehnjähriges Mädchen, das in einer Badewanne schläft.

Wo waren sie? Wo? Einige dieser Wohnungen, einige dieser Häuser hatten ein Kinderzimmer. Aber die Kinder waren nirgends zu finden, und sie streifte durch das, was in Abwesenheit der Kinder zu einer ruhigen und unheilverkündenden Kulisse wurde. Die Spielzeuge schauten sie an. Plüschtiere schauten sie an, blumige Steppdecken schauten sie an, kleine Pantoffeln und Puppenhäuser schauten sie an, ganz zu schweigen von den Puppen, die ihre Augen nicht von ihr abwandten und sie kaltmachen würden. Die Planetenmobiles aus Styropor zitterten in einem Luftstrom, den sie nicht spürte, und drehten sich langsam, bis Jupiters roter Fleck, sein einziges rundes Auge, sich auf sie, auf ihre Stirn heftete. Kein Kind, nirgends, und alles starrte sie an, bis sie den Rückzug antrat. Rückwärts verließ sie diese Räume, ohne zu wissen, ob sie für die Nacht oder für immer leer waren – wo waren die Kinder? Auf mysteriöse Weise verschwunden, aber niemand dort schien sich darum zu kümmern, sie hörte sie lachen und über Kunst, Währungen, den Verlauf der Börse sprechen, der für einige der Lauf des Lebens selbst war; dann wurden die Stimmen leiser und sie sprachen über blockfreie Staaten, sie sprachen über Dissidenten, über Kriege. Amélia zog sich ins Badezimmer zurück und erholte sich von ihren Emotionen. Sie kniete unter einem Waschbecken, ihre Nase in einem Reinigungsmittel und rächte sich an sich selbst für die Abwesenheit der Kinder.

In dem Sommer, in dem es zu den ersten Konflikten kam, die weniger als ein Jahr später zur längsten Stadtbelagerung der modernen westlichen Welt führen würden, war ihre Mutter mit ihr in den Urlaub (*in den Urlaub,* betonte Amélia ungläubig) gefahren in dieses Land, das bald explodieren würde, und dessen Zerbrechen sie, ihre Mutter, bald als ihr eigenes annehmen würde, insofern sie nicht von ihm angenommen wurde. Wenige Monate später würde Jugoslawien als solches nicht mehr existieren. Sie übernachteten an der Adriaküste in einem jener Kettenhotels, die dem damaligen Geschmack entsprachen, einem Hotel mit grün, fast schwarz gefliesten Gängen, in denen jeder mindestens drei Schatten hatte, was ihr sehr gefiel. Das Zimmer hatte einen Blick auf den Pool, der wiederum Blick auf das Meer. Alles war identisch, die unendliche Reproduktion ein und derselben Zelle, in diesem Fall ein leerer Würfel mit dunklen undeutlich reflektierenden Wänden.

Offensichtlich war ihre Mutter nicht sehr glücklich. Amélia verstand nicht warum, zumal sie das Hotel ganz für sich allein hatten: Sie hatte die vage Vorstellung, dass ihr Vater es ganz für sie gemietet hatte, als ob er sich für seine Abwesenheit entschuldigen wollte. Gegen Mittag, in den Stunden, in denen sie nicht in die Sonne durfte, nahm sie den Aufzug in den obersten Stock und probierte alle Türklinken, vom hintersten bis zum vordersten Zimmer, ein wenig enttäuscht, dass keine nachgab. Sie verstand nicht, wie ihnen das Hotel gehören könnte (glaubte Amélia), aber auf mysteriöse Weise nicht die Zimmer. Sie verstand nicht, dass ein Hotel etwas Anderes sein konnte als die Summe seiner Räume, alleine im Pool zählte sie die Balkone, die alle gleich aussahen, um zu wissen, wo sie schlief, und sie verzählte sich, es sei denn, sie erblickte ihre Mutter im Fenster. Ihr gefielen die Schatten der Balustraden am Nachmittag, die in immer länger werdenden Winkeln an den Wänden herunterklappten. Ihre Mutter lächelte wenig. Aber sie hatte ihr geschworen, dass die Kinder kommen würden, dass sie auf dem Weg seien, und so wartete sie ohne Protest, ohne sich zu beschweren, aus Angst, dass ihre Mutter, wenn sie verärgert wäre, die Kinder einschüchtern und zum Umkehren bringen könnte.

Nadia Dehr hatte in diesem Sommer drei identische Kleider, nur ihre Farben waren unterschiedlich: Rosa, Taubenblau, Mandelgrün. Sie wechselte sie auf anarchische Weise, manchmal verließ sie zwischen zwei Gängen den Tisch, überließ ihre Tochter der Gnade des riesigen verlassenen Restaurants und ihres Tellers, um in einem anderen Kleid – einem anderen und doch dem gleichen – zurückzukommen; man konnte sich fragen, ob es nicht eine Art Code war, wie es Schiffsflaggen sein können. Aber ein Code für wen, wofür – das Hotel war von einer übernatürlichen Leere, die Spiegelungen der Sonnenstrahlen zeichneten sich auf der Oberfläche des Wassers ab, das ich aufgewühlt hatte, hypnotische Figuren, Kringel, liegende Achten, Komm raus aus diesem Pool, das ganze Chlor, du wirst dich noch vergiften. Wir waren nicht zufällig da, natürlich warteten wir auf etwas, natürlich wusste ich nicht worauf. Ich hielt Ausschau nach den Kindern. In einem Delirium von Einsamkeit und Sonnenschein bekam ich plötzliche Anfälle von Wut, Angst und Frustration und meine Mutter, um mich zu beruhigen, sagte mit leiser heller Stimme, als würde sie eher mit einer Vorstellung von mir als mit mir sprechen, Nur Geduld, die Kinder kommen bald. Die Kinder kamen nicht. Sie verbrachte lange Stunden am Empfangstelefon, die Stirn in Falten gelegt; sie sagte wenig oder gar nichts, als ob sie darauf wartete, dass die Person am anderen Ende der Leitung den Hörer wieder aufnahm, der bei Nachteinbruch auf einem Schreibtisch liegen gelassen worden war.

Amélia bekam Fieber, die Balkone vervielfachten sich, ihre Gitter verschwanden. Immer noch keine Kinder, nirgends. Sie glaubte, hier und da welche zu sehen, die sich versteckten, wenn sie sich näherte, im Treppenhaus verschwanden oder hinter einer Tür. Ihre Mutter versuchte, mit diesem dreifarbigen Kleid etwas auszudrücken, einem Kleid, das nicht nacheinander, sondern gleichzeitig rosa, blau und grün sein konnte. So kommunizierte sie mit den Kindern, sagte ihnen, wie sie Amélia meiden konnten – das fehlt mir gerade noch, schimpfte Nadia Dehr, während sie Aspirin in fadem Leitungswasser auflöste. Amélia phantasierte. Man verschwieg ihr etwas, das sie überall herauszulesen versuchte, in der unzuverlässigen Anzahl von Balkonen, in den Spiegelungen der Sonne auf dem Wasser, im Kleid ihrer Mutter und in dem Glitzern ihrer Ohrringe, das eine Sprache sein musste und kein Zufall. War das verlassene Hotel wirklich so verlassen – die unendliche Abfolge der leeren Zimmer, ihrer Betten, Kissen, der schwarzen Bildschirme der ausgeschalteten Fernseher, all das bedrückte mich, ich hörte Schritte, Lachen, Musik auf der Bühne unten, oder glaubte, das zu hören.

Eines Nachts wachte sie auf, erschreckt von Stimmen – sie hatte sie so sehr gefürchtet, dass sie nun zwangsläufig endlich zu ihr durchdrangen; und vergessen wir nicht, wie viel schlimmer alles ist, nachts. Aber ich träumte nicht, es war meine Mutter im Nebenzimmer, die lachte, zum ersten Mal diesen Sommer, diese Woche oder diesen Sommer, und vielleicht war das dasselbe – Fieber hatte auf mich schon immer diese Wirkung, meine Orientierung verschwand, die Zeit dehnte sich aus, oder ist das einfach nur die Kindheit?

Sie lachte mit einem jungen braunhaarigen Mann, dann dankte sie ihm für den großen Dienst, den er ihr erwiesen hatte (sie sagte es, als ob sie persönlich eine ganze Nation wäre), er antwortete etwas, das Amélia nicht verstand, ihre Mutter sagte: Das Schlimmste kommt noch, er schien nicht einverstanden zu sein, eine leichte Geste, und meine Mutter: Nächstes Mal? Es wird kein nächstes Mal geben, du kommst mit mir nach Paris. Sie hatte Recht, es gab kein nächstes Mal, aber sie hatte Unrecht, er ist nicht mit uns nach Paris gekommen. Er weckte mich im Morgengrauen, trug mich in seinen Armen zum Balkon. Ich versuche, mich an sein Gesicht zu erinnern, und ich kann nicht, bestenfalls sehe ich eine Version meines Gesichts, des Gesichts meiner Mutter, eine vage Familienähnlichkeit. Sag nichts, erschreck sie nicht – die Kinder sind angekommen, dachte ich –, die Sonne war noch nicht aufgegangen und das Licht war grau und kühl, zum ersten Mal diese Woche oder diesen Sommer.

Unten waren ein Reh und ein Damhirsch, rosabraun, von derselben Farbe oder fast wie die Sandsteinplatten, sie tranken mit gesenktem Kopf am Pool, behutsam und eifrig. Ich sagte nichts, ich erschreckte sie nicht, und mein Herz erstarrte bei dem Gedanken, dass sie vielleicht daran sterben würden, an diesem Wasser, das mit Chlor vergiftet war, mit mir vergiftet war, da die ganze Saison lang niemand sonst darin gebadet hatte.

An diesem Tag kamen sie an, oder besser gesagt, sie begannen anzukommen. Flüchtlinge – Frauen und Kinder, vertrieben durch etwas, was im Norden passierte. Das Hotel war beschlagnahmt worden, es herrschte Krieg. Was sie hinter den Türen, auf der Treppe zu sehen geglaubt hatte, das war der Krieg. Was in den leeren Betten geschlafen hatte, war der Krieg.

An diesem letzten Tag spielte ihre Mutter endlich. Sie klapperte alle Zimmer ab, von oben beginnend, mit Amélia im Schlepptau – einige ließen sich öffnen, andere nicht: der Krieg begann gerade erst – und die, die sich öffnen ließen, gaben den Blick frei auf hastig gepackte Koffer, auf den Betten ausgeschüttet, Frauen mit leeren Augen und abgehackten Gesten, als ob sie von plötzlicher Amnesie befallen wären und sich fragten, wozu dieser Gegenstand (ein Kleiderbügel) eigentlich gut sei, missmutige Kinder, die sie nicht ansahen, ihre Mutter hielt sie am Arm fest, während sie nach diesem Mann suchte, der gekommen war, der ihr einen so großen Dienst erwiesen hatte, für den sie ein Flugticket hatte, neben ihnen, mit einer Fluggesellschaft, die es bald nicht mehr geben würde oder vielleicht schon nicht mehr gab, und Amélia war das völlig egal, sie wollte die Kinder sehen, die wie in einer einzigen Bewegung alle in den Pool gesprungen waren, ein Regen von vertriebenen Kindern, die in Höschen und Unterwäsche auf die Wasseroberfläche einprasselten, niemand hatte richtige Schwimmsachen, es war nicht der Zeitpunkt für sowas. Zehn, zwanzig, fünfzig Kinder, die sprangen wie kleine Vögel, die von einem Instinkt, der sie überwältigt und zusammenbringt, in den Selbstmord getrieben werden, und dann wieder heraussprangen, mit einer solchen Kraft, dass der Pool mit mächtigen Wellen überschwappte, Kinder jeden Alters, Jungen und Mädchen, die nur noch springen konnten, ohne besondere Freude daran zu haben, aufeinander sprangen, der Aufprall der Körper wurde vom Wasser erstickt, große Spritzer auf dem rosa Sandstein, ein Rinnsal von Blut auf einer nassen Haut, ihre Mutter, die auch nicht spielte und die Türen nacheinander öffnete so wie die Kinder sich ins Wasser stürzten, auf der Suche nach einem Mann, den sie nicht wiedersehen würde. Sie knüllte in ihrem Koffer die Kleider zusammen, die ihren Dienst getan hatten, Amélia wollte nichts davon hören, sie suchte ihre Badesachen, weil die Kinder endlich da waren – sie musste sich ihnen unbedingt anschließen, jetzt, solange noch Wasser im Pool war, sonst würde sie immer außen vorbleiben, sich selbst dazu verurteilen, für immer von ihnen abgeschnitten zu sein –, aber ihre Mutter, bereits in marineblauen Hosen und zweifarbigen Schuhen – ihrer Reisekleidung –, riss ihr Badeanzug und Handtuch aus der Hand.

Der Offizier, der die Beschlagnahmung des Hotels beaufsichtigt hatte, begrüßte sie mit einer tiefen Verbeugung, den Rücken ganz gerade, und ihre Mutter verdrehte die Augen, denn nichts irritierte sie mehr als die glorreiche Eleganz des Kriegsbeginns, bevor alles auseinanderfällt und man die Welt endlich so sieht, wie sie ist, ein Ort der Rücksichtslosigkeit und endlosen Grausamkeit, und er glaubte (und vielleicht hatte er Recht), dass sie sich über den Lärm der jungen Körper ärgerte, die auf das Wasser klatschten, Ich werde den Pool heute Abend leeren lassen, sagte er. Das Meer ist schließlich nicht weit weg. Nein, das Meer ist nicht weit weg, wiederholte sie, die an jemand Anderen dachte. Er muss kurz nach den Rehen gegangen sein, das war nicht geplant gewesen – sie suchte ihn unterwegs, suchte ihn am Flughafen, sie sagte nie seinen Namen, aber ich konnte sehen, dass sie nur seine Abwesenheit sah.

Am Flughafen versuchte sie, jemanden anzurufen, aber die Leitungen waren alle besetzt oder vielleicht schon unterbrochen. Das Flugzeug, mit dem sie nach Frankreich zurückflogen, war leer, es waren nur sie und ihre Mutter an Bord, und sie hatte nicht gewagt, sich umzudrehen oder dem Blick all dieser unbesetzten Sitze standzuhalten. Nadia hatte diesen Mann nie wiedergesehen. Amélia hatte die Kinder nie wiedergesehen. Ich habe nie mit ihnen gesprochen, es gab immer einen Balkon, ein Fenster zwischen uns, sie dachte, sie würde ihrer Mutter nie verzeihen, und dann hatte sie ihr andere, bitterere Vorwürfe zu machen.

Nach ihrer Rückkehr stellte der Vater, außer sich, eine Armee von Anwälten an, von denen einige wussten, was sie taten, und andere – berufliche Kontakte – versuchten, das Familienrecht so zu behandeln, wie sie Hotels und Einkaufszentren und Trabantenstädte behandelten, die die Firma des Vaters im Ausland verkaufte. Er sperrte Amélia in einem Zimmer ein, verweigerte ihrer unwürdigen Mutter eine letzte Verabschiedung, Sie hatte sich entschieden, wieder abzureisen, er dachte, sie würde mich mitnehmen wollen, er hatte nicht vorhergesehen, dass sie diese Möglichkeit zu keinem Zeitpunkt thematisieren würde. Sie wollte nichts, gar nichts. Im Herbst dieses Jahres war ihre Mutter wieder im Krieg und Amélia wurde auf ein Internat in den Bergen geschickt, mit anderen kleinen Mädchen, in der Schweiz oder so – an einen dieser Orte, wo man Tennis spielt, wo man seine Seele an den Teufel verkauft, aber sie war zu jung für den Teufel, zu jung, als dass er sich für sie oder sie sich für ihn interessieren könnte. Später fand sie diese Fotos von sich, im Alter von elf Jahren, in Tanztrikots, kompromittierend, also zerstörte sie sie. Aus einer Laune heraus, ohne sich bewusst zu sein, dass sie damit Teil der Verschwörung wurde, die auf die Erschöpfung ihrer eigenen biografischen Ressourcen abzielte. Nie hätte sie gedacht, dass diese begrenzt sein könnten, sie hatte sich wie jedes System verhalten, das, ohne es zu wissen, auf sein eigenes Verschwinden hinarbeitet. Allerdings würden nie wieder Bilder von ihr als Kind aufgenommen werden. Sie hatte persönlich zu ihrem Aussterben beigetragen. Falls die Herrschaft des Bildes weitergehen sollte, und sie sah keine Anzeichen oder Gründe für das Gegenteil, würde es bald schwierig sein, jemanden von ihrer Existenz zu überzeugen.

Sie hatte nur wenige Erinnerungen an dieses Internat, und die, die sie hatte, schienen eher auf Szenen eines bekannten Horrorfilms zu beruhen, wenn auch auf den weniger oder überhaupt nicht schrecklichen. Ihr Vater hatte die Entscheidung gefällt, sie wegzuschicken, und sie dachte zwar nicht, dass er es aus Bequemlichkeit tat oder weil er sie nicht liebte, aber sie war sich auch nicht sicher, dass es aus Pflichtgefühl oder Liebe geschah. Sie hatte ihre Mutter nie wiedergesehen, hatte nur sporadisch bei ihrem Vater gelebt, und auch wenn sie sich manchmal wie niemandes Kind fühlte, hatte sie doch nie aufgehört, die Tochter der beiden zu sein. Sie waren diejenigen, die manchmal ihre Konsistenz verloren, erloschen, um dann wiederaufzutauchen, die Idee von Familie war in Amélias Vorstellung keine Konstante mehr. Auf jeden Fall – die Schweiz oder so, ein Internat, ein kleines Jäckchen mit einem Wappen – verstehe ich, dass dieses Etikett meinem Vater in seinem großangelegten Täuschungs- oder Tarnmanöver unwiderstehlich erschien – und wie immer stellte sich Paul die Frage nach dem Geld, wie viel es war, woher es kam, wie, und wo es jetzt war, da er heute nur noch die Spuren davon sehen konnte. Was das Internat betrifft, so glaubte Amélia, dass sie gerne dorthin gegangen und auch gerne wieder weggegangen sei. Sie hatte aus wirren Gründen einen Verweis bekommen, einer davon war, dass sie unschicklicherweise Herrenbesuch empfangen hatte, aber bitte, sie ist elf Jahre alt, protestierte ihr Vater. Was eben bedeuten sollte, dass sie zu jung war, um sich für den Teufel zu interessieren oder er sich für sie, aber es half alles nichts, sie musste ihre Kameradinnen in der reinen Bergluft zurücklassen und abreisen. Sie erinnerte sich an ihre fast hysterische Erregung, ihre Quasi-Besessenheit darüber, endlich unter anderen Kindern zu sein, unter ihr ähnlichen kleinen Mädchen; so viele Kinder, endlich, überall, sie konnte ihr Glück nicht fassen, sie schlief nicht mehr, Ich sprudelte fast über, zwischen diesen Kindern war ich wie eine Aspirintablette in einem Glas Wasser, die reagiert, schäumt, sich auflöst.

Sie hatte sich einen Gefährten erfunden, das war der Grund für ihren Verweis. Ein imaginärer Freund, wie es so viele gibt, alles, was ihr so sehr gefehlt hatte. Nennen wir ihn Paul, wenn du magst, sagte sie zu Paul, der sich später fragte, wie oft sie die Geschichte so erzählt hatte, im Bett, unter der Dusche, und wie oft sie den Namen dieses Mannes, der nicht existierte, den Umständen ihrer Erzählung entsprechend geändert hatte. Der andere Paul (der erste Paul, dachte Paul mit einem Gefühl von Unwirklichkeit) war auf dem Bahnhof erschienen, älter als sie, ein richtiger junger Mann, und hatte mit der Bewegung des Zuges und der ihrer Befürchtungen gewisse Eigenschaften entwickelt, die für ein kleines Mädchen, das allein reist, unverzichtbar sind. Er war stark und zuvorkommend; mit ihm verkehrte sich jedes Risiko in ein Spiel. Sie hatte ihn frei erfunden, dachte sie, einen imaginären Freund, wie es so viele gibt, aber sie hatte ihn liebgewonnen, er hatte sie liebgewonnen, so sehr, dass er geblieben war. Sie begegnete ihm ein bis zwei Mal am Tag, nicht mehr, aber schließlich erzählte sie ihren neuen Freundinnen von ihm, Paul, der so brünett ist, sie erzählte ihnen von seinen Heldentaten, Skifahren, Schießen, von dem einen Mal, als er ein kleines Tier gerettet hatte; und dann, da sie ihn anbeteten, da sie ständig mehr Geschichten über diese mythische Figur hören wollten, und da sie es liebte, sie alle um sich zu haben, staunend und alle gleich gekleidet, Faltenrock, weiße Bluse, Kniestrümpfe (wenn mein Vater käme, dachte sie töricht, er wüsste nicht, welche ich bin, er wüsste nicht, welche er mitnehmen sollte, hier bin ich in Sicherheit), begann sie, um ihre Bitte zu erfüllen, ihren unersättlichen, alles verschlingenden Appetit zu stillen, ihre Geschichten mit der Gegenwart zu verbinden, und ihr Alltag als ungeliebte kleine Mädchen nahm eine neue Wendung, Schreib diese Geometrieaufgabe ab, Paul hat sie gelöst, und immer näher, er war eben hier, du hast ihn gerade verpasst – aber es war offensichtlich, dass das nur Kindereien waren, eine angenehme Art, die Zeit totzuschlagen; und dann, eines Abends, trug sich etwas Merkwürdiges zu, Milena kam mit einem viel zu großen T-Shirt in den Schlafsaal, einem Andenken an die Olympischen Spiele, die einige Winter zuvor in dem Land, in dem ihre Mutter sich für den Frieden eingesetzt hatte, abgehalten worden waren, einem T-Shirt, das Milena fast wie ein Kleid bis zu den Knien ging, und sie behauptete ganz einfach, dass Paul es ihr gegeben hatte.

Amélia gab Paul einen langen Kuss, dem echten (oder dem falschen? Wie kann man das wissen, dachte Paul bei sich), und fuhr fort: Dann begannen sie, ihn zu sehen, alle, in meiner Abwesenheit, hinter meinem Rücken, und alle machten diesen großen brünetten Jungen zu ihrem Idol, alle passten ihn ihren Bedürfnissen an oder vielleicht war er es, der sich ihren Bedürfnissen anpasste, die frühreife Miranda, die mit zwölf schon wie fünfzehn wirkte, küsste ihn in der großen Drehtür des Foyers, küsste ihn, während sie sich in der Tür drehte, ohne herein- oder herauszugehen, Carlotta, die mit zwölf Jahren in ständiger Furcht vor Männern und BHs lebte, erzählte es der Direktorin, die hier und da ein paar Fragen stellte, um mit Entsetzen festzustellen, dass ein Individuum männlichen Geschlechts sich in aller Ruhe unter ihren Schützlingen bewegte, ungestört kam und ging, ungeachtet der Schlösser an den Türen und der Gitter an den Fenstern, ungeachtet der Nachtpatrouillen und Sicherheitsmaßnahmen, Das ist absurd, sagte ihr Vater und warf ihr vernichtende Blicke zu, Ihnen ist bewusst, dass es sich dabei um eine reine Fiktion handelt, aber die Direktorin, die dem Teufel und seinen Interessen und dem Interesse an ihm viel Aufmerksamkeit widmete, ließ sich nicht davon abbringen, In diesem Fall ist es natürlich noch schlimmer, und Amélia musste sich von ihren kleinen Freundinnen verabschieden und nach Paris zurückkehren. Aus dieser Zeit hatte sie noch ein Schulheft, in dem eine Geometrieaufgabe, eine ernste Angelegenheit mit Summen von Kathetenquadraten, in einer anderen Schrift als ihrer eigenen gelöst worden war –

obwohl sie mit all den Jahren Abstand nun gut sehen konnte, viel besser als damals, dass es natürlich ihre eigene war, getarnt als das, was sie werden sollte, eine weniger ungeschickte Schreibschrift, mit einer Festigkeit, einer Ausführungsgeschwindigkeit, die ihr damals fehlte, und dieser letzte Absatz war wie ein dreieckiges Selbstporträt, das, so fand sie, mindestens so viel Wert war wie ein Foto.

Nach dem Berg-Fiasko schickte ihr Vater sie in die Vereinigten Staaten. Diesen Drang, sie fortzuschicken, hat sie nie verstanden. Sie war im Staat New York von Albers empfangen worden, die unter völliger Missachtung der Sicherheitsvorschriften einen Ford Thunderbird von 1970 fuhr – Albers gehörte zu den Menschen, die sich Anmut nicht ohne ein gewisses Risiko vorstellen konnten oder wollten – und sie zu den Niagarafällen mitnahm, die teilweise eingeschneit waren. Sie kleidete sich nicht mehr wie ein Mann, war aber dennoch eine wahre Künstlerin des Revers – durch das einfache Umschlagen des Stoffes verlieh sie jedem beliebigen Kleidungsstück Stil.

Auf dem Hinweg im Flugzeug log Amélia über ihren Namen, ihren Vornamen, ihr Ziel und die Gründe, die sie dorthin führten. Sie würde ihre Mutter nie wiedersehen, bei ihrem Vater war sie nicht willkommen, aber natürlich dachte sie an nichts von all dem und natürlich sagte sie nichts davon, weniger als nichts, zu ihrer Nachbarin, die eine Nacht in der Luft neben einer reinen Fiktion verbrachte.

Sie vermisste ihre Mutter, sie sprach manchmal am Telefon mit ihr, aus sehr weiter Ferne oder aus Entfernungen, die ihr wegen der Dürftigkeit der Verbindungen unüberwindbar erschienen. Oft wurde die Leitung gestört – sie erinnerte sich weniger an die Gespräche selbst als an ihre Unterbrechungen, das Verzerren, Verstummen und Knistern – oder wenn plötzlich ein metallisches Rasseln ihre Stimmen überdeckte und im Hörer knackte wie eine Reihe von Schlägen, Morsezeichen vielleicht, ließ sich meine Mutter zu einem Witz herab, der zu einem Ritual geworden war – Ah, Hallo die Herren von der Telefonüberwachung –, aber ihre Stimme wurde von Woche zu Woche hohler, als ob sie selbst sich ihres Wesens entleerte. Wie ein Fallbeil, diese Geräusche; sie kamen aus unseren Apparaten, sie kamen aus dem Netz, sie waren die Materie dessen, das keine hat: Entfernung, Elektrizität und die Erinnerung an diese moderne Wahrheit, dass jeder Fortschritt seine eigene Dysfunktionalität erzeugt. Ordnung und Unmittelbarkeit sind nie mehr als vorübergehende Illusionen. Aus jeder Lösung entstehen mindestens zwei unvorhergesehene Schwierigkeiten.

Sie hatte nie geglaubt, dass sie abgehört wurden, so wie sie nie geglaubt hatte, und vielleicht lag sie da falsch, dass ihre Mutter etwas mit Spionage zu tun hatte, aber sie dachte oft an jene Geräusche, die ihre Gespräche störten, das Auftauchen von etwas Abstraktem, Obskurem in ihrer Beziehung – wie Klopfgeister, die durch so gut wie nichts und vieles auf einmal erzeugt wurden, Kilometer um Kilometer von Unterseekabeln zum Beispiel.

Bei Albers lernte sie Englisch, bei Albers wurde sie zur Teenagerin, obwohl sie sich immer viel jünger fühlte, als sie eigentlich war, als hätte die extreme Kälte Nordamerikas ihr Wachstum gebremst, und es war dieses Gefühl von Kindheit, das ihr in Erinnerung geblieben war, und viel Schnee und eine zunächst fremde Sprache, die bald nicht mehr so fremd war. In der Ferne würde der Krieg zweifellos irgendwann enden. Albers erzählte mir von dem Schnee, den Telefonleitungen, davon, wie sie meine Mutter in Paris kennengelernt hatte, von Tränengas. Sie sprach mit mir über Architektur: Wir fuhren nach Buffalo und erträumten Häuser, die wie lebende Organismen wachsen würden, und ich sagte es nicht, aber ich dachte an ein Haus, das wie mein imaginärer Freund wachsen würde, dieser Freund, den ich nicht hatte; um mich über das hinwegzutrösten, was ich verschwieg, gab Albers mir die Wissenschaft, die Kunst, die Welt – die Welt oder, was fast dasselbe ist, die damals in ihr vorherrschende Sprache, die für mich neutral und beruhigend war; und dann diese Fähigkeit, die man sich erst aneignen muss, nicht völlig hier, jetzt, in sich selbst eingeschlossen zu sein. Geheime

Durchgänge, Kilometer um Kilometer von Unterseekabeln, die in den Tiefen der Meere noch immer den Großteil der globalen Kommunikation ermöglichen, und wie könnten diese Entfernungen, das Gewicht der Ozeane, nicht in unseren Gesprächen spürbar sein? Sie können durch Erdbeben, durch Haibisse beschädigt werden, man vergisst, was für ein wildes Abenteuer es ist, es sein sollte, sich von Kontinent zu Kontinent zu verständigen. Sie tauchen an der Küste auf oder direkt in mit Sicherungsanlagen ausgestatteten Gebäuden, all unsere harmlosen anbrandenden Gespräche, all die Stimmen, die sich kreuzen, und ich glaube, dass Albers' Worte vor allem dazu bestimmt waren, eine Nähe zu schaffen, wo es keine zu geben schien, nicht mehr. Ich schloss die Augen und folgte auf diesen Meeresböden den Kabeln zu meinem Haus, zur Telefonschnur, in das Wohnzimmer meiner Eltern, in das, was das Wohnzimmer meiner Eltern, mein Zuhause gewesen war.

Den Rest der Zeit suchte ich nach Mädchen, Mädchen in meinem Alter, die auf diesem neuen Kontinent meine Freundinnen, meine Vertrauten, meine Schwestern werden könnten. Aber in dieser Region an der Grenze zu Kanada, in diesem Winter – hart und endlos wie üblich – verschwanden die Mädchen, es kam zu einem Ausbluten, nein, einer Verdunstung von Teenagerinnen, eines Abends lagen sie in ihren Betten und am nächsten Morgen waren sie nicht mehr da; sie lösten sich auf. Manchmal stand noch ein Fenster offen. Der Schnee drang dann in die rosa und weißen Zimmer ein, es war das Erste, was auffiel, was den Müttern auffiel, dieses Verschwimmen von Innen und Außen, tödlich und doch schön, verführerisch – der Schnee auf dem Teppich. Als ob sie sich in Schnee verwandelt hätten. Und der Schnee bedeckte natürlich alle Spuren. Es wurde eine Ausgangssperre verhängt, die wenig Einfluss auf meinen Alltag bei Albers hatte, während in Rochester, in Buffalo, im ganzen nördlichen Teil des Staates Mädchen verschwanden, eine Epidemie des Ausreißens oder vielleicht von Entführungen – aber eher des Ausreißens. Es war jedoch selten, dass persönliche

Gegenstände fehlten, außer vielleicht ein Mantel. Sie gingen ohne alles, aber fast nie ohne Mantel.

Es waren Kleinstädte, deren Grenzen sich im Schnee verloren, die Straßen verliefen sich nach einer Weile in einer riesigen weißen nebligen Weite, ohne Horizont, ohne Tiefe, man konnte nicht einmal zehn Meter weit sehen. Der Winter war eine geografische Zone, ein unerforschtes Gebiet. Die banalsten Landschaften wurden zu Abstraktionen, als ob die Städte dabei seien, in Vergessenheit zu fallen. Der Schnee war knietief, fast hüfttief, Amélia trug Stulpen, gefütterte Stiefel, noch nie war ihr so kalt gewesen und nie hatte sie so wenige Freundinnen gehabt und doch fühlte sie sich nie sicherer als während dieser langen diffusen Monate bei Albers, in denen sie ihr Leben teilte. Die anderen Häuser der Stadt wurden von einem Gerücht erschüttert, ihre Fundamente geschwächt, ihre Mauern wie verdünnt: Ein oder mehrere Männer beobachteten die Mädchen beim Schlafen. Vor diesem Gerücht wurde sie durch ihre Einsamkeit und Albers' gesunden Menschenverstand geschützt; auch wenn sie manchmal gedacht hatte: Das ist mein Freund, das ist mein Freund und er sucht nach mir. In den Schulen wurde über nichts anderes gesprochen, wie besessen, bis zur Halluzination. Ihre blonden Nachbarinnen vom Ende der Straße erzählten ihr davon, ja, ein Mann, manchmal draußen, manchmal drinnen – wie er reinkommt, das weiß man nicht –, er ist da, er macht nichts, er beobachtet dich beim Schlafen, bis du, so sagen sie, verschwindest.

Sie wartete und wartete, aber die wenigen Male, als tatsächlich jemand zu kommen schien, hieß das wohl nur, dass sie eingeschlafen war.

Sie wurden im Frühjahr gefunden, diese Mädchen, die Ausreißerinnen, die meisten in Portland oder Denver, die kälteempfindlichsten und entschlossensten in Kalifornien, Teenagerinnen, die sich perfekt an die Sonne, die Süße des Lebens und gewisse Drogen gewöhnt hatten; Andere hingegen waren nicht sehr weit gekommen, sie waren nächtelang durch den Schnee bis zum Ende ihrer Straße und dann der Stadt gelaufen, und dann in diese seltsame Weite hinein, wo sie schließlich hingefallen waren oder sich hingelegt hatten. Sie wurden im Frühjahr gefunden, kleine blonde Kugeln, die mit den Knien gegen die Brust schliefen, als hätte sie eine innere Kraft dorthin gedrängt, als sei es notwendig gewesen, sich selbst zu vergessen, sich selbst aufzuheben, die Anforderungen der menschlichen Rasse können grausam erscheinen, wenn sie verlangen, dass ein Teil von ihr sich selbst auslöscht: In diesem Jahr wurden mehrere junge amerikanische Mädchen, scheinbar körperlich und geistig gesund, vielleicht zu still, von all dem Weiß aus sich selbst und aus der Welt gedrängt.

Es ist allgemein bekannt in diesen Winterregionen, dass der Schnee verrückt macht, dass das Weiß verrückt macht, dass die Natur die Leere fürchtet und dass diese Leere, in der nichts mehr sichtbar ist, zuweilen mit verrückten Ideen gefüllt ist, mit blutigen, wenn auch stummen Ideen. Oder aber, dachte Amélia bei sich, sie war diejenige, die die Flucht bis hierhin gebracht hatte. Oder es war das Innehalten ihrer eigenen Bewegung, das die der Mädchen verursacht hatte, denn Bewegung musste es geben. Oder auch sie waren Opfer eines Krieges in der Ferne, in einem Land, von dem sie vielleicht noch nie gehört hatten. Wir sind auf die seltsamsten Weisen miteinander verbunden, und so groß die Welt auch ist, entkommen können wir ihr doch nicht.

4.

Die Zeit verging. Sie liebten sich. Paul wollte alles von Amélia, ihren Geist, ihren Körper, die Wärme, die sie ausstrahlte und die man auch einige Zentimeter entfernt spüren konnte, und wenn man sich auf diese Strahlung konzentrierte, wenn man sie sorgfältig erfühlte, war sie fast wie eine Berührung. In diesem Sinne waren allein / in Begleitung oder getrennt / umschlungen illusorische Grenzen, Vereinfachungen. Sie war immer bei ihm. Er wollte ihr Leben, ihre Stimmungen in sich aufnehmen, sehen, was sie sah, wissen, was sie wusste. Auf seinen Wunsch hin gingen sie ins Museum, an diese Orte einer ihm fremden Kultur, die sie in die Wiege gelegt bekommen hatte; sie war eine ausgezeichnete und gleichzeitig sehr schlechte Museumsführerin, sie kannte die Bilder wie ihre eigene Handfläche, wie die Zimmer ihrer Kindheit; aber sie hatte keinerlei Geduld, durchquerte die Säle im Sturmschritt, ohne die Wände anzusehen, drehte sich beim Sprechen nicht zu ihm, und sie hatte diese Macke, inmitten von Meisterwerken, von denen Paul gerne verstanden hätte, warum sie welche waren – es war nicht offensichtlich, er war nicht sicher zu sehen, zu verstehen, worin ihre wesentliche *Meisterwerkhaftigkeit* bestand –, immer von Bildern zu sprechen, die nicht da waren, von Bildern, die fehlten. Er versuchte zum Beispiel, Cézannes Gemälde ansehen zu lernen, und sie erzählte ihm von der Montagne Sainte-Victoire dieses Amerikaners, der es sich zur Aufgabe gemacht hatte, die Gemälde des Meisters aus der Erinnerung nachzumalen, mit geschlossenen Augen, in dreißig Sekunden, mit bloßen Händen und Kohle. Eine Art Regression, ein Zurückfallen in die Blindheit, eine Rückkehr in die Höhle, eine

Art zu messen, wie Kunst sich ins Gedächtnis einprägen kann – immer unvollkommen – und zu einer Erinnerung des Körpers, zum Tasten eines Kindes oder eines Wilden wird. Sodass Paul, während er hiervor stand:

dazu verdonnert wurde, das zu sehen:

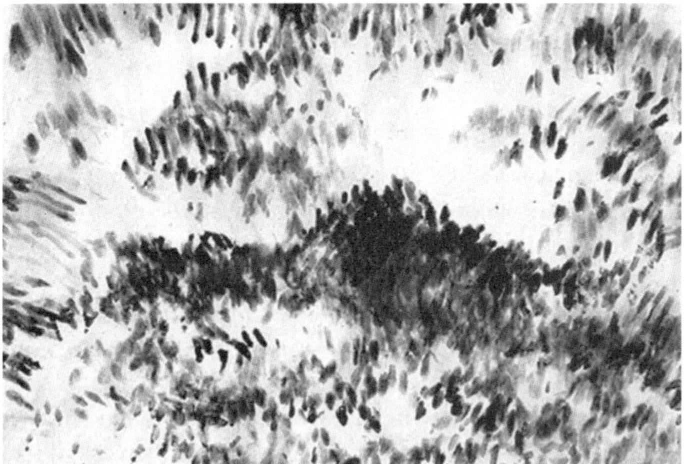

Sie begleitete ihn, rollte die Augen, setzte seine Vorbehalte in Szene. Warum verschwendest du deine Zeit mit diesem alten Kram? Du bist viel besser als all das, sagte sie, deine

Intelligenz ist wild, du bist der einzige Panther, den ich kenne, und ich habe das Glück, dich in meinem Bett zu haben, sagte sie ganz nah an seinem Mund und biss ihm in die Lippen, Ich würde alles geben, um wie du zu sein, ich würde alles geben, um du zu sein – aber Paul wusste, dass es nicht dasselbe war, etwas zu verlernen, das man gewusst hatte, oder es nie gewusst zu haben. Der Kopf drehte sich ihm ob all seiner Unwissenheit. Im Grunde erlebte er seine erste Liebe wie eine Notsituation, eine stechende Trauer um alles, von dessen Existenz er nichts gewusst hatte, um alles, was ihm bis dahin gefehlt hatte, ohne dass er gewusst hatte, dass es ihm fehlte, er wurde von einer Nostalgie zerfressen, die Amélia nicht verstehen konnte. Sie behielt ihren Kurs bei wie zuvor, ohne dass einer von ihnen damals, im Alter von zwanzig Jahren, ahnte, dass die Entgleisungen, die ihr Leben darstellten, aus denen es zu bestehen schien, in Wirklichkeit ein Schicksal und keine Serie von Brüchen waren; oder vielmehr, dass diese Brüche eine gerade Linie bildeten, unerbittlich, die unaufhaltsam zu ihrem Untergang führte, zu diesem letzten Fall, der sie, deutlich später, zu Boden werfen würde, vier Stockwerke unter ihr.

*

Paul hingegen sprach nicht darüber, wo er herkam, weil er damals nicht wusste, dass man sich selbst ebenso sehr über das definiert, was man sich zu eigen macht, wie über das, was man hinter sich zurücklässt; und auch weil er nicht gewusst hätte, was er sagen sollte, nicht die passenden, die richtigen Worte hatte. Er kam von einem Ort, der sowohl durch seine geografischen Koordinaten, durch das Durchschnittseinkommen seiner Bewohner, durch seine Arbeitslosenquote als auch durch seinen Mangel an Geschichte definiert wurde. Geschichten, ja, es gab Geschichten, wie die der Nachtbeleuchtung, in deren fahlblauem Licht man seine Adern nicht finden konnte – Geschichten wie die der Ankunft von Pauls Vater und seiner vorausschauenden oder vielleicht gerissenen Entscheidung, seinen Namen zu ändern, als er Gelegenheit dazu hatte, ihn hineinzuschmuggeln, zu französisieren, Paul *Paul* zu nennen – so gerissen wie naiv, als gäbe es keine andere Möglichkeit, jemandes Herkunft auszumachen, als sei diese nicht enthalten in dem bläulichen Schwarz der Haare und der Fülle der Locken, in der Länge der Wimpern und ihrer Dichte, in der Linie der bis zu den Schläfen reichenden Augenbrauen und der Intensität und Harmonie des daraus resultierenden Gesichtsausdrucks; ganz zu schweigen von dem Rest, den man nicht sieht, in dem man sich selbst nicht erkennt, ein Tropfen Blut in einer Maschine, die Doppelhelix, Striche und Balken auf einem Bildschirm. Eine ganze Geschichte, von der er, Paul, weitgehend nichts wusste, die man ihm nicht erzählt hatte – was hätte er schon sagen können, besonders zu Amélia, einer Frau wie Amélia, die den Ozean öfter überquert hatte als den Autobahnring um Paris? Er kam von einem Ort, dessen regelmäßige Nennung als Beispiel für eine stadtplanerische Katastrophe ihn überraschte und dann auch wieder nicht; nicht überraschte, weil er sich seiner Hässlichkeit, seiner Gefahren, seiner Dysfunktionalität bis in die Fasern seiner Muskeln bewusst war; überraschte, weil es trotz allem sein Zuhause war, seine Heimat, die nicht dieses oder jenes ist – sie *ist* ganz einfach. Er schämte sich mehr für die Art und Weise, wie dieser Ort seinen Körper heimsuchte, als für den Ort selbst, der bereits weit entfernt schien, am Horizont verschwunden, von der Landkarte gestrichen, was ihn anging; der jedoch nun in Paul selbst verortet war, in seiner Art, sich zu bewegen, seiner Art, auf jede wahrgenommene Bedrohung zu reagieren – real oder imaginär. Und Paul, der mit einem gewissen Maß an Risiko, einem gewissen Maß an Angst aufgewachsen war, brauchte einige Zeit, um zu verstehen, dass er es war, der hier Angst einflößte. Als ihm das klarwurde, nach einem kleinen Anfall von Gereiztheit in der Universitätskantine, war er überrascht. Er schämte sich zutiefst, als hätte er sich verraten, lächerlich gemacht – als hätte er aus einer Fingerschale getrunken.

Er sagte auch nichts, als die Stadt, aus der er kam und die er nicht mehr als *seine* Stadt betrachtete, auf allen Bildschirmen zu sehen war. Er schaute die Nachrichten, gedankenschwer. Ein junger Typ war gestorben, nur etwas jünger als Paul, er hatte sich, weil er verfolgt wurde, in einem Umspannwerk versteckt, weil er Angst vor der Polizei hatte, weil er generell Angst hatte, es war nicht das erste Mal, es würde nicht das letzte Mal sein, er hatte einen tödlichen Stromschlag bekommen und für einen Moment, zum Zeitpunkt seines Dahinscheidens, versank die ganze Stadt in Dunkelheit, eine Unterbrechung des Laufs der Dinge, vorübergehend für alle außer für diesen Jungen, die Familie dieses Jungen, und Paul, nachdenklich am Rand des Bettes der 313 sitzend, betrachtete die Bilder im Fernseher, Amélia hinter ihm, um ihn gewickelt, das Kinn auf seiner Schulter, die Beine um seine Taille geschlungen, die Arme um seine Brust; sie sagten nichts, aber etwas durchfuhr sie, etwas schlich um sie herum, etwas, das nicht auf dem Bildschirm zu sehen war, etwas, das nichts damit zu tun hatte – etwas Inneres, Dunkles, Geheimnisvolles –, zum Beispiel die Erinnerung von Pauls Körper an die Wand dieses Umspannwerks, daran, hineingeklettert zu sein, sich hingekauert zu haben, den Atem angehalten zu haben, aus Angst, durch etwas so Einfaches, Immaterielles und Unvermeidliches wie den Luftstrom aus seiner Lunge verraten zu werden; und vielleicht etwas, das keine Erinnerung war, sondern ein Gefühl, nie wahrgenommen und doch wahrnehmbar: der Weg der elektrischen Ladung durch einen jugendlichen Körper, die verbrannte Haut, die Kiefer, die sich so stark aufeinanderpressen, dass die Zähne zerbrechen könnten, und dann auch zerbrechen, ein Albtraum, der, dachte Paul, sehr wohl aus Nadia Dehrs Karton hätte stammen können, ein Albtraum, der dokumentarische Poesie war, vielleicht sagte Amélia sich dasselbe, während sie spürte, wie die Muskeln, die sie noch liebte oder dachte, noch zu lieben oder behauptete, noch zu lieben, sich anspannten, vielleicht nahm in diesem Moment ihre eigene Angst, ihre größte Angst, endlich Gestalt an: Obwohl sie den

Karton ihrer Mutter nicht geöffnet hatte, schien nun alles aus ihm herauszukommen, all die Entsetzlichkeiten, all die Ungerechtigkeiten. Der Karton war der Ursprung der modernen Welt – der Welt laut Amélia Dehr – und beinhaltete sie. Sie glaubte, sie wäre den Karton losgeworden: aber er hatte die Dimension der Welt angenommen.

Sie wollte zu den Demonstrationen gehen; man darf Teenager nicht wie Hunde jagen. Diese plötzliche Naivität, von ihr, die vorgab, alles über die Welt zu wissen – von ihr, auf die er sich verließ, um alles über die Welt zu erfahren –, machte ihn wahnsinnig, brachte das Schlimmste in ihm zum Vorschein. Er verbot ihr, hinzugehen. Er sprach diese Worte aus, Ich verbiete es dir, wütend auf sich selbst und auf sie, weil er das sagen musste, und sie ließ sich nicht dazu herab, ihr Schweigen zu brechen, sie sah ihn mit einem verschwommenen Lächeln an, noch nicht einmal verächtlich: amüsiert. Natürlich ging sie hin, wurde in Polizeigewahrsam genommen, kam mit einem großen blauen Fleck von der Schläfe bis zum Wangenknochen zurück, was Paul rasend vor Wut machte, weil er die Vorstellung nicht ertragen konnte, dass jemand Hand an sie legte und weil er die Vorstellung nicht ertragen konnte, dass das, dem er hatte entkommen wollen, diese kränklich-blaue Straßenbeleuchtung, diese ungemütlichen hässlichen Nächte, sich nun auf ihren Körper übertrug, auf sie, die er auserwählt hatte, weil sie genau das Gegenteil all dessen war – und jetzt kam hier seine eigene verhasste Herkunft, vor der er geflohen war, wieder zum Vorschein, auf ihrem Gesicht, dem Heiligsten auf der Welt, er war krank vor Wut und auch (das hätte er nicht zugegeben) vor Angst.

Ein Beweis dafür, dass es trotz allem Unstimmigkeiten gab, natürlich, aber selten; oder Paul sah sie erst später, in der Klarheit dieses retrospektiven Blicks, der die Vergangenheit in ein Feld aus Asche verwandelt. Sie existierten nur miteinander, das heißt im Hotel oder bei Albers; den Hörsälen der Universität hatte Amélia endgültig den Rücken gekehrt. Was machte sie mit ihrer Zeit? Nichts, wahrscheinlich.

Paul lebte für zwei. Die Glühbirne vor Zimmer 313 brannte immer wieder durch, und immer wieder wechselte er sie. Einmal, nur einmal, begegnete er ihrem Vater, der sie abholte, die Umgebung mit Entsetzen betrachtete, und auch Paul, als er sich vorstellte – ein Mann, der nichts mit seinem eigenen Vater zu tun hatte, ein Mann mit grünen Augen in einem Kaschmirmantel, der ihm beinahe nicht die Hand gegeben hätte. Ein anderes Mal lernte er Amélias alte Freunde kennen, oder zumindest, sagte sie, Bekannte, das, was von ihrer zersplitterten Kindheit übrig geblieben war, zwischen Schweizer Internaten und Vorzeigegymnasien, zwischen den langen amerikanischen Wintern und Tennisplätzen, Schwimmbädern, in denen man monatelang umhertreiben und Ertrinken spielen konnte, ein Leben, von dem Paul nichts wusste und das er sich nicht vorstellen konnte, da er ihm nie begegnet war, weder in Büchern noch auf der Leinwand, denn diese Klasse war stolz auf ihre Diskretion, ihre Zurückhaltung, und brauchte wohl kaum ein Publikum, um sich lebendig zu fühlen: Ihr gehörte die Welt.

Riesige Wohnungen, Glastüren, Parkettböden, Korridore mit langen Wendungen und Windungen, eine gewisse Körperhaltung, ein Kleidungsstil, und Paul war eher neugierig als beeindruckt; er schien inkognito da zu sein, sie hinters Licht zu führen, selbst das richtige Hemd, die richtigen Zigaretten zu haben; aber jemand in der Nähe der Küchen (denn in diesen riesigen Wohnungen war alles vielfältig, multipliziert, die Küchen, Treppen, Türen und Fenster) nannte ihn hörbar den *Concierge,* worauf ein vergnügtes Lachen folgte, und Paul fühlte sich angegriffen, Paul fühlte sich entblößt und ausgelöscht zugleich. Entlarvt, dachte er, und eine eisige Panik packte ihn, weil er nicht wusste, nicht verstand, was man in ihm sah, das ihn verriet.

Gegen Ende (aber er wusste nicht, dass es das Ende war) bestand Amélia darauf, dass sie in ein großes Hotel gingen, ein Luxushotel, das nichts mit denen der Elisse-Kette zu tun hatte; sie hatte diesen schelmischen Blick, den er manchmal bei ihr gesehen hatte und den er mochte. Einer dieser Orte, die viel Geschichte hinter sich haben und deren Name allein Anlass zum Träumen gibt. Nach langem Hinausschieben war nun doch die Entscheidung getroffen worden, das legendäre Interieur komplett neu zu gestalten. Und vor der Schließung, die mehrere Monate dauern sollte, hatte ein PR-Profi die Idee für eine Werbeaktion, die sich auszahlen sollte: Vor der Ankunft des für die Bauarbeiten verantwortlichen Teams wurde eine Horde junger Leute eingeladen, von Hand ausgewählt, reich, fotogen, die überwältigende Mehrheit weiß, eine Horde, die man auf die Etagen losließ, mit Champagner so viel sie wollten und der vollkommenen Freiheit, *Dampf abzulassen*, sich *abzureagieren*, die königlichen Kammern und Präsidentensuiten zu zerstören, alle Wände zu zertrümmern, die Vorhänge und Stoffe abzureißen, die Matratzen aufzuschlitzen, auf denen einige von ihnen gezeugt worden waren, die Erben dieser Welt. Und Paul erinnert sich, dass er zum ersten Mal Amélias Wut gesehen hatte, ihre Rage, zum ersten Mal schien es ihm, dass sie ihre Gesten vollendete, diese trägen Bewegungen, die sonst nur zu neun Zehnteln ausgeführt zu werden schienen, ihr letzter Teil, derjenige, der fehlte, war die Zerstörung. Amélia, die Kronleuchter mit Kristallgehänge von den Decken riss. Amélia, die leere oder volle Flaschen gegen hohe Spiegel warf, die anfangs zu zerspringen schienen, in sich selbst zu versinken, um den Schlägen zu entkommen, konzentrische Kreisrisse, die ein verzerrtes Bild widerspiegelten, in dessen Brüchen sich auch Paul und Amélia vervielfachten, wie die Lampen, Möbel und Gemälde, und er hatte sie noch nie so gesehen. Nichts, nicht einmal Sex löste bei ihr eine derartige Begeisterung aus, dieses Leuchten, als sei sie in ihrem Element, als sei sie zu Hause; und zum ersten Mal hatte er ein wenig Angst vor ihr.

In seiner Erinnerung an diesen Abend, an die *demolition party*, ist Paul ganz und gar Blick, ein benommener Zeuge dieser Orgie der Vernichtung. Aber es gibt andere Erinnerungen als seine eigenen, insbesondere eine, die niemandem oder allen gehört, die auf jeden Fall unabhängig von ihrer Verankerung in einem bestimmten Gehirn in Form eines kurzen, leicht zittrigen Videos im Umlauf ist. Junge Rüpel mit von Drogen, Alkohol und ihrer eigenen ungezügelten Macht leuchtenden Augen, und unter ihnen ein großer, muskulöser Braunhaariger, wie ein Raubtier, und wenn Paul sich selbst so sähe, er würde sich nicht erkennen, nicht sofort, und doch ist er es, der eine Tür eintritt und eine lange Rothaarige hineinzieht, die er gegen eine Wand drückt und küsst, er schiebt seine Hand unter ihren Rock, sehr hoch, man sieht ihre Gesichter nicht, die wie versiegelt sind, wie miteinander verschmolzen, wenn sie sich jetzt trennten – wenn etwas sie trennte –, wer weiß, ob ihre Gesichtszüge nicht verschwimmen würden, für immer vermischt wären. Sie hält einen Hammer, sie bearbeitet die Wand mit ihrem Pfennigabsatz, nach ihnen stürmt die betuchte Jugend tobend ins Penthouse, der Braunhaarige macht jetzt mehr, als sie nur zu küssen, und sie schlingt ein Bein um seine Hüfte. Lässig tastet er mit einen Arm nach der Wand, als wolle er sich abstützen – und reißt ohne hinzusehen eine Wandleuchte ab, mit einer trockenen, instinktiven Bewegung, wie von einer langen Ahnenreihe von Halsbrechern geerbt. Danach gibt es in dem Raum nur noch Schatten.

*

Und dann war es zu Ende. Es war eine ruhige, dem Studium gewidmete Zeit, Paul lernte für seine Klausuren, Amélia hatte anscheinend die Idee, sich Fähigkeiten anzueignen, völlig aufgegeben und schaute (dachte Paul) Chips essend Pornos, den Blick ins Leere, die Gedanken ganz woanders, aber wo, das konnte er nicht sagen und er hatte wenig Zeit, darüber nachzudenken. Nach den Prüfungen, hatte er sich gesagt, werde ich sie darauf ansprechen. Sein Ehrgeiz oder seine Angst vor dem Scheitern, was auf dasselbe hinauslief, hatten ihn selbst vorübergehend wieder in den Mittelpunkt seiner eigenen Existenz gerückt. Für einige Tage würde sich das Universum nicht um Amélia drehen, die sich (dachte Paul) mit dieser Wendung würde abfinden können.

Er war wieder auf seinem Posten, an der Rezeption, und manchmal verschwamm alles, er betrachtete den Überwachungsbildschirm wie ein Lehrbuch und sein Lehrbuch wie den Überwachungsbildschirm. Aber er machte Fortschritte. Albers hatte ihm wörtlich gesagt, sie mache sich überhaupt keine Sorgen um ihn; das hatte ihm geschmeichelt, ihn aber auch ein wenig traurig gemacht, als ob sie ihn verlassen würde – tief im Inneren wollte er, dass sich seine geliebte Professorin um seine Leistungen sorgte, wenn auch nicht um seine Fähigkeiten. Er arbeitete bis zur Abstumpfung, und das Hotel Elisse desensibilisierte ihn auf besondere Weise. Er hätte nicht immer sagen können, wann er schlief und wann er wach war, und alles vermischte sich, Theorie und Praxis, die Abstraktion der Vorlesungen und die unmittelbare Erfahrung, hier, jetzt, die abhob, ein wenig zu schweben begann.

*

Eine veraltete Architektur aus einem anderen Jahrhundert, die keinen Bestand mehr haben wollte. Trotz der betonten Sauberkeit und Hygiene hatte die starke Zunahme von Hotels diese in die Kategorie des parasitären Wachstums überführt. Und so wie eine Termite oder ein Floh nicht mehr eigene Identität hat als eine andere Termite, ein anderer Floh, so war ein Hotel Elisse wie ein anderes Hotel Elisse. Wenn die Spezies eine Geschichte hat, so haben die Individuen – kann man dann noch von Individualität sprechen? – kaum mehr eine. Oder nur diejenige, die sie beinhaltet und übersteigt, ihre Ausbreitung von einem Kontinent zum anderen, die Klimatisierung oder die Modernisierung der Türschlösser – weiße Karten, die Paul für die anreisenden Gäste mit einer Geste magnetisierte und ummagnetisierte und die die Zimmer, die Aufzüge für eine verlängerbare, aber immer begrenzte Zeit öffneten. Alle Elisse-Hotels wurden nach dem gleichen Modell gebaut, nur die Maßstäbe variierten. Der Empfang immer vor den Aufzügen, immer links vom Eingang, nach der durch einen Bewegungssensor aktivierten

Drehtür, deren Flügel mit einem leichten pneumatischen Seufzer über den Boden rutschten; die Böden waren identisch marmoriert, von trostloser grünschwarzer Farbe, fast ein wenig geheimnisvoll.

Natürlich variierte die Anzahl der Zimmer in jedem Etablissement, die alle mit dem Elisse-Siegel versehen waren – ein Doppelbett mit einer liegenden Acht darüber, die, wie clever, ein bisschen an eine Helix erinnerte (vom Ursprung des Namens Elisse ist übrigens nichts weiter bekannt); eine liegende Acht, eine Kette von kleinen Sternen, die wie Asteriske aussehen, als ob jedem einzelnen eine Fußnote entspräche, eine vertragliche Beschränkung im Kleingedruckten, so klein, dass sie nirgends zu finden ist – unmöglich zu wissen, wozu genau man sich verpflichtet; und der Slogan *Wir schlafen nicht, Sie schlafen besser* nach jeder zehnten Tür. So war jedes Hotel, egal welcher Größe, eine Zelle des Elisse-Ensembles, dieses exponentiell wachsenden Systems, wie eine mathematische Sequenz, wie eine schwere Krankheit. Aber wenn Paul ein Talent voll ausgebildet hatte, dann war es das, seine unmittelbare Umgebung zu ignorieren; so tangierte ihn all das, glaubte er, kaum.

Verkehrsstatistiken zufolge schlafen Fahrer während einer Nachtfahrt unwissentlich mehrere Minuten pro Stunde. Was für sie galt, musste auch für Paul vor seinem Bildschirm gelten. Per Definition konnte er das nicht wissen und einer der Vorteile seines Jobs war, dass er wohl kaum die Kontrolle über ein Fahrzeug verlieren würde. Es sei denn, sein Kopf ist das Fahrzeug. Sein Schädel, der schwerer wird, wegknickt, auf seiner Schulter zusammensackt. Und vielleicht ist es das, was passiert, er denkt, dass er wach ist, aber er ist es nicht, er denkt, dass er wach ist, aber er träumt, und sein Traum sieht genauso aus wie das, was er sieht, was zu sehen er bezahlt wird und was im Laufe der Zeit zerbröckelt, zerfällt, ohne dass er es merkt, und zu einer Welt für sich wird; vielleicht ist Mariam deshalb so plötzlich da und ruft seinen Namen, mehr noch, sie berührt ihn, berührt seine Schulter, aber sobald er zu sich kommt, ist sie zwei Schritte entfernt, ihre

Arme am Körper, deutlich sichtbar, als ob sie betonen wollte, dass alles wieder normal sei, Paul ist wach und sie berührt ihn nicht. Man berührt Paul nicht, oder nur, wenn er schläft, und er schläft immer mit Amélia, zumindest einen erheblichen Großteil der Zeit.

Ganz am Anfang hatte es einen Moment der Ungewissheit gegeben, wo er gerne mit Mariam eingeschlafen wäre, aber sie hatten nicht dieselben Arbeitszeiten, sie machte sehr früh am Morgen die Zimmer, zu der Zeit, wenn er Schluss hatte. Ihre Arme hatten ihm besonders gefallen, lang und muskulös, und ihre makellose Haut, ihr Gesicht, dessen Relief, die Wangenknochen, der Amorbogen, die Augenhöhlen auf beiden Seiten der Nase, sanft glänzte, von einer geübten Fingerkuppe mit Perlmuttschimmer bedeckt. Sie hatten *ihren Moment gehabt* (wie Paul sagte); ein bisschen geflirtet, nur ganz wenig, ohne sich zu kompromittieren, und konnten nun so tun, als sei nichts gewesen. Seit er mit Amélia zusammen war, sah Mariam ihn, wenn sie ihm über den Weg lief, an, als unterdrückte sie ein unkontrollierbares Lachen. Aber nicht heute. Heute schien sie eher besorgt zu sein als spottlustig. Paul, es gibt ein Problem mit Der 313, sagt sie. Mariam nannte Amélia nie bei ihrem Namen, vielleicht kannte sie ihn nicht einmal, sie sagte Die 313, wie alle Anderen; aber in ihrer Stimme konnte man den Großbuchstaben hören, den einzigen Ausdruck von Ironie, den sie sich erlaubte, für alle anderen hatte sie zu viel Selbstachtung.

Wie meinst du, ein Problem, fragt Paul, verunsichert. Mariam, die ihn normalerweise mustert, als bekäme sie gleich einen fürchterlichen Lachanfall, einen Lachanfall, der, wenn sie ihn zuließe, ein Leben lang dauern könnte, scheint nicht in der Stimmung dafür zu sein. Sie trägt eine eng sitzende weiße Uniform und kleine weiße Turnschuhe, die zu ihrem elastischen Schritt passen. Paul fährt sich mit einer Hand über das Gesicht, streift ihren Blick, Mariam hat ständig neuen Schnickschnack, diesmal farbige Kontaktlinsen, tote grüne Flächen, die auf ihren tiefschwarzen Pupillen herumrutschen, ohne Halt zu finden und jedes Mal ein wenig abdriften, wenn sie blinzelt, und als er sie eine oder zwei Stunden später wiedersieht, hat sie sie bereits weggeworfen. Es ist vier oder fünf Uhr morgens. Wie meinst du, ein Problem, fragt Paul noch einmal. Mariam schaut bockig und zuckt mit den Schultern, er steht auf.

Seltsam, wie etwas so Banales, so Gewöhnliches wie ein Hotelzimmer plötzlich beunruhigend werden kann. Es genügt, dass die Tür mitten in der Nacht halb offen steht, es genügt, dass der Korridor, in dem es sich zwischen anderen, ähnlichen Zimmern befindet, auf seiner Höhe schlecht beleuchtet ist – Paul wettert gegen diese Glühbirne, die vor der 313 ständig durchbrennt und die Türschwelle ins Halbdunkel taucht. Es genügt, dass man durch den Türspalt eine vollkommene Dunkelheit, ein perfektes Schwarz ausmachen kann; diese leichte Variation, ein drei Zentimeter breiter Streifen Nacht – mehr braucht es nicht, und Paul ist wie erstarrt auf der Schwelle zu diesem Raum, in dem er seit Wochen, Monaten Sex hat, sich wäscht, isst, liest – und eine Art Furcht umklammert ihn, vergleichbar mit der, die Mariam fühlt, ihnen kommen Erinnerungen hoch an Momente, die sie nicht erlebt haben, an in einem Schrank aufgehängte Körper, an Badewannen voller Blut, an schreckliche Todesfälle, geheimnisvoll und ohne Geheimnisse zugleich, zu denen es in anderen, ähnlichen Zimmern gekommen ist, in anderen Etablissements der Kette, Erinnerungen, die sich von einem Ort zum anderen übertragen im Gedächtnis derer, die sie reinigen, die Fenster putzen und die Betten machen, unpersönlich gewordene Erinnerungen, die durch die klimatisierte Luft schwirren, in die Synthetikfasern des Teppichs eindringen, in die Wandfarbe, und darauf warten, in einen Körper zurückzukehren, oder in zwei, Paul und Mariam schauen sich an, und keiner von ihnen kann sagen, woher diese finstere Vorahnung kommt, außer aus dem Raum selbst.

Was wirst du tun, flüstert Mariam und lässt ihn mit diesem Satz vor der halboffenen 313 allein. Nein, ihr ist nicht mehr zum Lachen zumute, sie möchte ihn eher bemitleiden, diesen Rezeptionisten, der sich bis ins Mark kompromittiert hat, der einen Verrat begangen hat und dafür bezahlen muss, bereits bezahlt, es aber noch nicht weiß – denn Mariam hat ihn gesehen, wie er ein Luxushotel verwüstet, eine andere Tür eingetreten hat, anderswo, mit einem brutalen Tritt, sie hat gesehen, wie er mit einer Erbin gegen eine Wand gelehnt Sex hatte, eine Wandleuchte mit Kristallgehänge abriss, sie hat gesehen, wie er so tat, als sei er einer von ihnen, so tat, als sei er aus ihrer Welt, und sich an diesem Traum berauschte wie ein Tier im Blutrausch. Aus diesen verwackelten Bildern hat sie herausgelesen, was er gerne wäre und nie sein wird, und das bringt sie zum Lachen, so wie nur eine Frau lachen kann, die abgeblitzt ist, sie vergnügt sich nun damit, ihm beim Schlafen zuzusehen, schlecht rasiert und ohne zu wissen, dass er schläft, in einem unbequemen Stuhl unter Neonlichtern, die seine Augenringe hervorheben und seine Gesichtszüge hohl aussehen lassen. Sie sieht die Liebe, die er für ein reiches Mädchen fühlt, eine leidenschaftliche Liebe, sie sieht auch, dass es für dieses reiche Mädchen, wie für alle reichen Mädchen, eine Selbstverständlichkeit ist, geliebt zu werden, dass es zu derartigen Gefühlen selbst nicht in der Lage ist, andere Probleme hat. Sie ist verrückt, Mariam weiß das. Sie lacht über Pauls Niederlage. Über all seine Niederlagen, die jetzigen und die, die noch kommen werden. Sie lacht, aber nicht heute Nacht, nicht um vier oder fünf Uhr morgens, nicht vor Paul, dessen Herz in ein bis zwei Minuten brechen wird.

Amélia?, ruft er halblaut. Er drückt die Tür mit den Fingerspitzen auf. Wie in einem Horrorfilm, denkt Mariam, wenn auch eine der am wenigsten schrecklichen Passagen. Paul hat Angst, eine schreckliche Angst, die von der Spannung kommt, die dadurch entsteht, dass er bereits weiß und gleichzeitig noch nicht weiß.

Amélia? Tastend macht er das Licht an.

Das Zimmer ist leer. Vollkommen leer. Keine Kleidung mehr auf den Stühlen, kein chaotischer, wenngleich unverfänglicher Plunder mehr auf dem Schreibtisch, keine Bücher mehr unter dem Bett, nichts mehr. Überhaupt nichts. Paul steht unschlüssig an dem Ort, an dem er die intensivsten Stunden seines jungen Lebens verbracht hat, und dieser Ort ist bar jeder Spur einer Präsenz, als ob noch nie jemand dort gewohnt hätte, als ob sich nie jemand auf das Bett hätte fallen lassen, zu ihm in die Dusche oder in die Badewanne geschlüpft wäre, das festverglaste Fenster mit seinem Atem beschlagen lassen und ihn von hinten umarmt hätte, während sie sich mit Blick auf die Stadt liebten. Nichts. Oder schlimmer als nichts. Schließlich findet er etwas, das eigentlich ein Minus, eine Subtraktion ist. Der Korb im Badezimmer ist voller Rot. Langes, seidiges Haar – ein, zwei, fünf Jahre rotes Haar; eine Masse, die wie Wasser durch seine Finger gleitet, die noch lebendig wirkt, es aber wahrscheinlich nicht mehr ist.

weder allein noch in Begleitung

1.

Er war unglücklich. Er tat, was man in solchen Fällen tut; er tat es und sagte dann, dass er es getan hatte. Er erzählte alles, ohne Zurückhaltung, in seinem Gedächtnis wühlend wie in einer Wunde, ohne dass es ihm je gelungen wäre, den Fremdkörper zu finden, geschweige denn ihn zu entfernen. Er zerriss Fotos, gab Bücher und Kleidung weg, schlief mit wem er nur konnte. Er war dieser fiebrige Mann, der seine Lebensgeschichte in Bars erzählt, in trostlosen Kneipen mit klebrigem Boden, die alle Frauennamen tragen, die Namen von schönen ausländischen Frauen, die an Liebe gestorben sind, Chez Carmen, Chez Aïda. Dieser Mann mit geröteten Augen, der mit Fremden spricht, ihnen sein Herz ausschüttet und eines Tages im Morgengrauen einen Hammer aus seiner Tasche zieht und ihn vor sich hinlegt, zwischen die leeren Gläser, ihn dann anschaut, ohne zu wissen, was dieser Gegenstand dort zu suchen hat oder wie lange er ihn schon mit sich herumträgt, und natürlich weiß sein Gesprächspartner es noch weniger, und eine Stille macht sich breit. Ein schlecht rasierter Mann, der am frühen Morgen mit einem Hammer in der Hand durch die Straßen läuft. Sein Gewicht beruhigte ihn. Er schob ihn unter sein Kissen, um sich vor seinen Träumen zu schützen, in denen sie war. Seine Träume, in denen sie ihm alles ins Ohr flüsterte, was er hätte sagen und tun sollen, damit sie blieb, und in seinen Träumen verstand er, verstand er alles, er quoll über vor Dankbarkeit und Liebe, und seine Freude weckte ihn auf, seine Erleichterung weckte ihn auf, und wenn er sich an das erinnern wollte, was sie ihm anvertraut hatte, war nichts davon übrig, eine Leere breitete sich aus.

Eines Nachts trank er zu viel, begegnete den falschen Leuten, benutzte den Hammer, und zwischen den verrückten Schlägen seines Herzens schlich sich die seltsame Idee ein, dass es ihre Abschiedsgeste gewesen war, beim Gehen ein Werkzeug, Kopf und Stiel, in seine Tasche zu stecken, in dem Wissen, dass es ihm eines Tages nützen würde. Und nachdem er den Hammer benutzt hatte, ging er in einem dunkelroten Nebel nach Hause und erbrach sich die ganze Nacht, den ganzen Morgen, wie er es nicht für möglich gehalten hatte, wie in einem Aufstand gegen sich selbst. Er schlief schließlich auf den Fliesen ein, und als er aufwachte, war er vor Kälte erstarrt und hatte Amélias Gesicht vergessen, als hätte er das Gift und die Quelle seiner Qualen schmerzhaft ausgestoßen, woraufhin die Dinge allmählich einfacher erschienen. Er warf den Hammer in die Seine und tat so, als wüsste er nicht, wovon sein Vater sprach, als er danach fragte. Der Vater kaufte einen neuen Hammer und man beließ es dabei.

Paul konzentrierte sich auf sein Studium, auf sein ausgezeichnetes Studium, das sein ultimatives Tarnmanöver war, die beste oder die einzige ihm bekannte Weise, sich anzupassen. Seine Freizeit verbrachte er wie alle Anderen, er hing vor den Bildschirmen herum, von denen es immer mehr gab, die kleiner wurden und nun in die Hand und die Tasche passten. Einige Jahre später, als Paul anfing, gut (sehr gut) zu verdienen, besuchte er seinen Vater und fragte ihn, wohin er verreisen wollte. Ich nehme dich mit auf eine Reise, sagt er. Sie waren noch nie zusammen irgendwo hingefahren. Seines Wissens hatte sein Vater nur zwei Länder gesehen, dasjenige, das er verlassen hatte, und dasjenige, in dem Paul geboren war. Er hatte mehr Zeit im zweiten verbracht als im ersten. Sein Vater sagte nichts, nahm ein Stück Brot und ein Stück pikanten Käse, aber an seinen maßvollen, betonten Gesten sah Paul, dass er nachdachte. Sein Vater dachte mit seinen Muskeln. Sein Vater dachte mit seinen Gelenken, seinen Gliedern, seinem ganzen Körper, und gerade wägte sein ganzer Körper, klein und lebendig und leicht wie der eines Boxers, und energiesparend wie der eines Boxers, der aber der eines Arbeiters war – sein ganzer Körper wägte unter allen möglichen Antworten die Antwort auf diese Frage seines Sohnes ab. Und je mehr sein Vater nachdachte, desto mehr erkannte Paul, dass er nicht die geringste Ahnung hatte, was sein Vater sagen würde. Er kaute still Brot und Käse, und Paul stellte fest, dass alle Reiseziele, die er erwartete, Reiseziele waren, an die er, Paul, gerne fahren wollte, und dass dieser sechzigjährige Mann, der stark und agil wirkte und im vollen Besitz seiner Fähigkeiten war und nur in der tiefen Falte zwischen seinen Augenbrauen wie sechzig wirkte, die seine Stirn durchschnitt, als sei sie nicht nur in der Haut, nicht nur in den oberen Schichten der Epidermis, sondern auch in den Tiefen des Schädels, eine Erschütterung, eine Tektonik der Knochen, und noch tiefer als in den Knochen, eine Aufruhr der darunter liegenden Gelatine, der Gehirnhaut, die sich sträubt, eine Falte, die Paul, er wusste nicht wirklich, warum, an den Tod seiner Mutter erinnerte – dieser sechzigjährige Mann, der ihm gegenüber kaute, hatte in Wirklichkeit keine Ahnung, wohin er reisen wollen würde oder reisen wollte; vielleicht nirgendwohin; und Paul kam sich lächerlich vor, er schämte sich für seinen Vorschlag, Ich bin hergekommen, um vor meinem Vater den Wohlstandsbürger zu spielen, dachte er, und nach einem zweiten Bissen und einer langen Zeit des Schweigens: Die Wahrheit ist, dass ich diesen Mann überhaupt nicht kenne, dachte er.

Sein Vater kaute seinen zweiten Bissen zu Ende und bereitete sorgfältig den dritten vor, und Paul dachte, er würde nicht antworten, aber er sah zu ihm auf in einer Weise, die er nicht kannte, mit Schüchternheit und fast mit Koketterie, und fragte: Wohin ich will? Wirklich?, und Paul war plötzlich gerührt, seltsam gerührt, und sagte Ja Papa, wohin du willst, und sein Vater aß sein Brot und seinen Käse auf, ohne zu reagieren, aber sein Sohn hatte den Eindruck, dass er sich fühlte, als hätte ihm jemand gerade eine schwere Bürde abgenommen. Er stand auf, ein schlanker, aber kräftiger Mann, nahm seinen Teller, spülte ihn, trocknete ihn; spülte und trocknete die Spüle; Vielleicht nach Hause, dachte Paul bei sich, vielleicht will er in die Heimat; oder nach New York; oder vielleicht will er nach Rom, Neapel oder Griechenland; wohin möchte mein Vater, der sein ganzes Leben geschuftet hat? Er hatte es nicht gewagt, das Wort *Urlaub* auszusprechen, er hatte *Reise* gesagt, er hatte darüber nachgedacht, wie er es ihm vorschlagen sollte, um ihn so wenig wie möglich zu kränken. Er erinnerte sich, dass er seinen Vater gesehen hatte, wie er nachdenklich Tierdokumentationen anschaute; der Kreislauf des Lebens, die Savanne bei Sonnenuntergang, die Menschenaffen, die im Dschungel lachten; die Tiere der Tiefsee, seltsam, bleich, nur Kiefer und eine blasse Strahlung. Er wusste, dass sein Vater nicht viele Hobbys hatte, dass er manchmal Karten spielte, ein wenig würfelte; dass er manchmal auf Hahnenkämpfe und Hundekämpfe wettete, aber nie auf Boxkämpfe, nie auf Faustkämpfe, auf nichts mit, wie sein Vater es nannte, *menschlichen Personen*; und Paul hatte sich immer gefragt, wer sie waren, wer sie sein könnten, diese *unmenschlichen Personen*, deren Existenz dieser Ausdruck vorauszusetzen schien. Die letzten Jahre waren eher angenehm gewesen, sagte er, er arbeitete auf einer Baustelle, die im Gegensatz zu den früheren nie fertig werden zu müssen schien. Es gab immer etwas zu tun; und für das bloße Auge ging es voran, ja, aber so, als ob es kaum voranginge, oder doch gar nicht. Es war ein Witz zwischen Paul und ihm geworden, diese Baustelle, die nie enden würde, diese endlose, staubige Baustelle, die Paul aus irgendeinem obskuren Grund an Amélia Dehr erinnerte, an die nicht zu denken er versuchte, wie man versucht, auf einer stockdunklen Straße geradeaus zu gehen. Es war zu einem Witz geworden, und sein Vater konnte damit leben, aber in den letzten Jahren hatte Paul auf seiner Brust, auf seinem Rücken Wunden, Prellungen oder lange Kratzer gesehen oder eher entdeckt, die von einem wilden Tier zu stammen schienen und die Paul ebenfalls an Amélia Dehr erinnerten, aber er wusste, dass es diesmal nichts mit ihr zu tun hatte, sondern mit dem Alter, das auf seinen Vater hereinstürzte, und dass er nicht unbegrenzt auf seiner unbestimmbaren Baustelle weiterarbeiten konnte. Das war es, worüber Paul auf der Reise mit ihm zu sprechen hoffte.

Vielleicht auf einer Safari; oder in Alaska; aber nein – wohl eher auf dem Land. Wohl eher an einem dieser Orte, wo die älteren Herrschaften morgens ihre Stühle herausholen und in die Sonne rücken und abends wieder hineinbringen und das ganz unbeschwert einen ereignisreichen Tag nennen können. Oder aber nirgendwohin, sagte Paul sich noch einmal. Je mehr er darüber nachdachte, desto weniger konnte er sich seinen Vater an einem anderen Ort vorstellen als in seiner kleinen, sehr sauberen, sehr hellen Wohnung. Paul konnte sich kaum einen kleineren, saubereren und helleren Ort auf der Welt vorstellen als die Wohnung seines Vaters. Nach langem Nachdenken, scheinbar bis in seine Fingerspitzen, sagte dieser:

Ich wollte schon immer mal nach Hawaii.

Paul arbeitete nun in einer renommierten Agentur an sehr teuren, sehr wettbewerbsfähigen Projekten, bei denen er für die Fenster zuständig war. Ob es sich um eine Ausschreibung für ein Museum oder ein Hotel, ein Einkaufszentrum oder ein Renditeobjekt handelte, oder um eine dieser neuen Planstädte irgendwo in einer verlassenen Gegend, die nicht für die Urbanisierung geschaffen war, aber dennoch urbanisiert werden würde: Die Fenster, das war seine Aufgabe. Es war ein guter Job, aber er wusste, dass er das nicht sein Leben lang machen würde. Er wusste es, weil es immer öfter vorkam, dass das, was er sich vorstellte, wenn er an bestimmte Orte dachte oder sich an bestimmten Orten befand und seine Aufmerksamkeit sich ganz automatisch auf die Fenster richtete, was er sich gerne vorstellte und was ihm die größte Freude beim Gestalten bereitete, derselbe Ort war, aber mit zerbrochenen Fenstern. Er stellte sich die Risse im Glas, die Aufprallpunkte und die sternförmigen Sprünge vor und ihren Effekt auf das Licht, darauf, wie das Licht in den Raum eindringt, und die gebrochenen Schatten, wie sie am Boden eines Schwimmbades entstehen, wenn sich das Sonnenlicht auf der Wasseroberfläche bricht. Auch das erinnerte ihn an Amélia Dehr. Seit ihrer Geschichte hatte er in der Liebe eher Glück gehabt, fand er; gerade weil er eben nicht mehr wirklich geliebt hatte.

Er kümmerte sich um alles und füllte den blassgrünen Fragebogen für seinen Vater aus: *Waren Sie jemals an einer Verschwörung gegen die Vereinigten Staaten beteiligt, Sind Sie jemals wegen Völkermords oder Verbrechen gegen die Menschlichkeit verurteilt worden* – er nahm ihm den Bogen sanft aus den Händen, zehntausend Meter über einem Meer, das sein Vater noch nie zuvor überquert hatte, weil dieser jede Frage sorgfältig und gewissenhaft las und sich bei jeder Frage, *Sind Sie jemals wegen Menschenraubs oder versuchten Menschenraubs verurteilt worden,* in ein langes Nachdenken vertiefte, als würde er sich das Gedächtnis zermartern, um sich zu erinnern, ob er sich dieser Vergehen schuldig gemacht hatte oder nicht. Also nahm Paul ihm das Papier sanft aus den Händen, füllte es aus und kreuzte schnell alle Kästchen in der Spalte Nein an, und sein Vater sah ihn voller Stolz an, als sei er überrascht, dass sein Sohn ihn so gut kannte. Er sprach im Flugzeug Englisch, bestellte ihnen Bloody Marys, von denen der Vater nur den Tomatensaft trank und sich die kleine Flasche Wodka schnell in den Ärmel schob, mit einem fast verschlagenen Blick, den Paul nicht von ihm kannte, und all das, die Handbewegung und den Gesichtsausdruck, sah er als Einziger, so flink, das hatte er nicht geahnt, waren die Finger seines Vaters; er sprach Englisch am Flughafen von Los Angeles, sein Vater wartete brav wie ein Kind darauf, dass man ihn anwies weiterzugehen; Ich zeige meinem Vater Hawaii, sagte er zu dem Einwanderungsbeamten, und dieser nickte, Paul und er waren etwa im gleichen Alter, und unter Söhnen verstand man sich. Ihr habt über mich gesprochen, sagte sein Vater dann zu Paul. Das schien ihn glücklich zu machen.

In Oahu fand er alte weißhaarige Seebären, die ihm einen Trimaran zeigten, und als der Deal abgeschlossen war, machten sie sich über seinen Anzug lustig, obwohl Paul ihn ohne Krawatte trug, sie machten sich über seine Stadtschuhe lustig, sie, die in Shorts und diese sogenannten Hawaiihemden gekleidet waren, von denen Paul überrascht feststellte, dass sie keine Legende waren, dass sie weder Mythos noch Übertreibung waren, mit Blumen- oder Meeresmotiven oder beidem, dann versuchten sich die alten Seebären zu erinnern, wann sie zuletzt einen Anzug angehabt hatten; sie lachten; und der Einäugige, der eine Augenklappe über seinem blinden Auge trug und ein Stirnband, das mit einem kleinen goldenen Anker verziert war, und der seit dem Tag, an dem er auf die Insel gekommen war, kein Jackett mehr getragen hatte, Paul war damals noch nicht geboren gewesen, sagte ihm, er solle ihr Verhalten nicht persönlich nehmen, und dass er ihm und seinem Vater den Archipel zeigen würde. Sie verbrachten acht Tage auf dem Wasser und Paul war anfangs etwas seekrank, aber sein Vater nicht. Acht Tage unter Männern und der Matrose und der Bauarbeiter hatten eine vergleichbare Muskulatur und keine Möglichkeit, miteinander zu sprechen, schienen sich aber recht gut zu verstehen. Männer mit Messern, dachte Paul, der sich nicht traute, seinen Vater zu fragen, wie er dieses Klappmesser in dieses Land eingeführt hatte, dieses Messer, das vage Kindheitserinnerungen in ihm hervorrief und ihn aus unbekannten Gründen auch an seine Mutter und den Tod seiner Mutter erinnerte. Als sie gestorben war, hatte sein Vater ihm mit diesem Messer eine Orange geschält, erinnerte er sich plötzlich, alles war da, der Geruch von Saft und das Metall. Er glaubte nicht, dass er den Gegenstand seitdem gesehen hatte, aber er hatte immer gewusst, dass er da war. Dass sich dort, wo sein Vater war, auch das Messer befand. Sie sprachen über die Mutter. In Einzelheiten, die den Sohn sehr überraschten, beschrieb der Vater ein Kleid, das sie besessen hatte. Ausgestellt, Knopfleiste auf der Vorderseite, mit Punktmuster. Und dieses Kleid und diese Knöpfe erinnerten ihn auch an das Messer, auch wenn er nicht wusste, warum, und sich nicht traute zu fragen. Paul sprach ein bisschen über Amélia Dehr. Er sagte, dass sie nicht aus demselben Milieu stammten. Er sagte, dass er in ihren Armen geglaubt hatte, sein eigenes Herz schlüge unter ihrer Haut. Sein Vater schien zu verstehen. Dann schwiegen sie lange. Sie sahen Schildkröten und Delfine, am besten gefielen dem Vater aber die Wale, die friedlich, freundlich und kraftvoll schwammen, ohne zu wissen, dass Menschen eine Gefahr für sie darstellten oder, falls sie es wussten, sich trotzdem nicht entfernten.

Als sie nach Honolulu zurückkamen, überraschte ihn sein Vater erneut, als er den Wunsch äußerte, ein bisschen wie ein Kind, das weiß oder zu wissen glaubt, dass es zu weit geht, ein paar Tage in Waikiki zu verbringen. Das war der teuerste und touristischste und vulgärste Ort auf der Insel, und sein Vater war begeistert. Paul mietete ihnen Zimmer im elegantesten Hotel der Uferpromenade, einer großen Residenz im Kolonialstil, die direkt am Strand lag, so nah, dass das Restaurant und sogar der Eingang voller Sand waren, wie in einer Geisterstadt. In dieser Phase der Reise war der Vater sonnengebräunt und trug ein T-Shirt der Universität Hawaii und schaute eher neugierig als lüstern den jungen kalifornischen Blondinen hinterher, die barfuß die Straße überquerten, riesige Getränkebecher in der Hand, und in riesige Limousinen oder Jeeps oder SUVs einstiegen, deren Türen sie zuschlugen, sodass der Vater in den getönten Scheiben seinem eigenen Spiegelbild gegenüberstand. Tagsüber ging er die Surfer beobachten. Er ging nie ins Wasser, Paul hatte sich schließlich gefragt, ob er überhaupt schwimmen konnte, aber er setzte sich an den Strand und beobachtete die Wellen und die Surfbretter und die Jugendlichen, die auf ihnen balancierten. Dann ahmte er für seinen Sohn die Figuren nach, die ihm am gefährlichsten erschienen. Bei jeder Sache schien ihn vor allem die Gefahr zu interessieren, die sie darstellte.

Am Abend schlief er sehr früh ein und Paul ging wieder hinaus. Er lief durch Waikiki, das nie ruhiger wurde geschweige denn schlief, und ein Gefühl der Fremdheit stieg in ihm auf, als ob er allein auf der Welt wäre. Alles schien ihm falsch. Eine seltsame Klaustrophobie ergriff ihn in diesen Straßen, die ihm unwirklich erschienen, obwohl sie wirklich so einsam inmitten von Wasser, inmitten des Meeres lagen. Er versuchte, sich all diese Dunkelheit vom Himmel aus vorzustellen. Vom Flugzeug aus. Manchmal fuhr er weit nach Westen in die Katastrophengebiete, verseucht von Waffen und Crystal Meth, und lauschte dem Rauschen der Wellen in der Dunkelheit, bis das, was in ihm beruhigt werden wollte, sich beruhigte. Eines Nachts rauchte er am Strand vor dem Hotel eine Zigarette und sah eine Frau aus dem Wasser kommen, von der er sich sicher war, fest überzeugt, dass sie Amélia war. Er sah sie lachend zu einem Mann hintaumeln, den sie auf den Mund küsste, als würde sie eine Wette einlösen. Der Mann trug ein zerknittertes Hemd und eine helle Hose und Paul glaubte, den nassen Körper der Frau gegen sein zerknittertes Hemd, seine helle Hose zu fühlen. Dann bemerkte er, dass sich ein zweiter Mann in der Nähe befand. Er bemerkte es, weil er ihr mit den Augen folgte, als sie sich von dem ersten Mann löste und in der Nacht verschwand. Ihn küsste sie auch, auf die gleiche Weise, leidenschaftlich. Das ist ein Albtraum, dachte Paul. Am nächsten Tag trank er Alkohol zum Frühstück, und bei Tageslicht wurde alles besser, aber als er an der Rezeption vorbeikam, wurde ihm mitgeteilt, dass jemand eine Nachricht für ihn hinterlassen hatte, und alles fing wieder von vorne an. Sehr schnell fing alles wieder von vorne an, und er fuhr sich mit der Hand übers Gesicht. Aber in Wirklichkeit war es nur die Agentur.

Falls sein Vater etwas bemerkte, sagte er nichts.

*

Nach Hawaii, das für ihn und seinen Vater ein Abschiedsversuch gewesen war, auch wenn keiner von ihnen das so sagte, machte sich Paul im Auftrag der Agentur auf zu einem langen Hürdenlauf, obwohl diese Hürden nicht physisch, nicht materiell waren – im Gegenteil, nichts stand ihm im Weg, die Türen öffneten sich von selbst vor ihm, alle Treppen waren Rolltreppen, junge liebenswürdige Frauen schienen den geringsten Anflug von Durst bei ihm zu antizipieren, in Restaurants präsentierte sich sogar das Essen mundgerecht, unter transparenten Glocken, auf schmalen Fließbändern, und Paul vollführte immer dasselbe Ritual, eine Runde zum Schauen, eine Runde, um die Hand auszustrecken und zu greifen, was er wollte oder glaubte zu wollen, was manchmal nicht dasselbe war, nicht übereinstimmte, was ihn in eine seltsame Zerrissenheit stürzte, wie einen kopflosen Körper, einen herzlosen Kopf. Wochenlang, monatelang berührte er kein Bargeld, keine Banknoten, keine Münzen, nichts, was sein Vater, mit (ein Ausdruck von Paul) seinem gesunden Drittweltverstand als *real* betrachtete; nichts, was ihm diese besondere Freude bereitete, die ein Witwer eines bestimmten Alters empfindet, wenn er im Halbdunkel seiner Tasche die Scheine erfühlt, die durch Abnutzung weich geworden sind. Ein Messer. Bargeld. Mein Vater hat Wege gefunden, seine Macht zu spüren. Er hat nur wenig davon, aber es ist seine, er kann sie berühren, in der Hand halten, seine Faust um etwas schließen, das ihm Kraft gibt. Einfluss. Und ich? Die Türen öffnen sich auf meinem Weg, dachte Paul. Mein Körper befindet sich jenseits oder diesseits von Zeitzonen, Rhythmus, Biologie, und ich weiß nicht, ob das ein Vor- oder Nachteil, eine Stärke oder eine Schwäche ist, ich stelle mir nicht einmal die Frage, ich gehe weiter. Das ist meine Macht. Das ist keine Kleinigkeit.

Es war keine Kleinigkeit, aber manchmal zitterte er ohne Grund. Es war keine Kleinigkeit, aber eines Tages, in einem Land mitten in der Wüste, einem Land, das Parks unter Glasdächern baute, Skipisten unter Glasglocken, war Paul, der Fenstermann, der an diesen Projekten mitwirkte, diesmal für ein Hochhaus, ein vertikales Königreich, ein Imperium ohne Kaiser verantwortlich; und es war lange her, dachte er, dass er seinen Kunden etwas Anderes angeboten hatte oder in Betracht gezogen hatte, ihnen etwas Anderes anzubieten als Hartglas, wobei Panzerglas die neueste Mode, der neueste Standard war – falls niemand wegen Ihrer Tätigkeit oder Ihrer Identität darauf aus ist, Ihnen *das Fell zu durchlöchern* (ein Ausdruck seines Vaters), haben Sie es anscheinend zu nichts gebracht im Leben –, an diesem Tag also stand er im dreißigsten oder vierzigsten oder fünfzigsten Stock eines sich im Bau befindlichen Hochhauses in diesem Wüstenland am Fenster und beobachtete eine Stadt, die es einige Jahrzehnte zuvor nicht gegeben hatte oder nur in Form eines Lagers, wobei das Herz des Ortes damals leicht zu erkennen gewesen war, es schlug so, wie der Wind gegen die Leinwand der Zelte schlug, während es heute verloren, versteckt oder versunken war, oder aufgehört hatte zu schlagen, an diesem Tag also war er geblendet worden durch Lichtspiele an den Fenstern der Wolkenkratzer, kurze, lange Spiegelungen, das Spiel der Sonne an den Glasfronten, etwas, das niemand bemerkte außer einem kleinen Mädchen, das im Schneidersitz im 63. Stock eines Gebäudes saß und das Paul nicht sah, und Paul selbst, der Fenstermann. Er sagte sich, dass er den Verstand verlor: Denn er musste besser als jeder Andere wissen, dass diese Scheiben festverglast und entspiegelt waren und nicht in der Sonne leuchten konnten. Er sagte sich, dass dieses Aufleuchten, das zwischen Erde und Himmel schwebte, manchmal kurz, manchmal lang, eine Sprache hätte sein können, und er dachte an die Arbeitskräfte, er dachte an jene Zehntausende von Arbeitern, die aus anderen Ländern und manchmal von anderen Kontinenten gekommen waren, um diese Stadt aufzubauen, eine unterbezahlte Armee, die bei schrecklichen Unfällen ums Leben kam, aber immer diskret, Ich verliere den Verstand, sagte er sich. Aber ein paar Tage später wurde er überstürzt evakuiert, mit allen anderen Westlern, plötzlich geschah etwas, plötzlich befand er sich auf dem Rücksitz eines gepanzerten Autos, an Fremde gedrängt, und ausnahmsweise dachte mal niemand an die Klimaanlage.

Er war wieder zu Hause und verfolgte an seinem Fernseher das Chaos, das, als er sich mittendrin befunden hatte, nicht so klar definiert gewesen war, das sich in Unebenheiten auf der Straße ausgedrückt hatte, in vor dem Flughafen abgefeuerten Schüssen, aber nicht wie jetzt in großen

Luftaufnahmen, auf denen Brände zu sehen waren, nicht wie jetzt in Massenhinrichtungen. Ab welchem Moment wird man zum Feind?, fragte sich der Fenstermann, der sich erst mal Urlaub genommen hatte. Er schlief 48 Stunden und wachte nur auf, um Melatonin-Tabletten unter seiner Zunge schmelzen zu lassen, die ihm helfen sollten, *das subjektive Gefühl des Jetlags zu überwinden*. Wachte nur auf, um sich über die Verwendung dieses Wortes zu wundern, *subjektiv*, er, dessen Schädel im Moment zu schwer schien, um getragen zu werden.

Als er endlich ausgeruht, geduscht und glücklich darüber war, ein sauberes Hemd anzuziehen und auf einen Kaffee nach unten zu gehen, die einfachen Freuden des Lebens zu Hause zu genießen, tat er, was er sich lange gezwungen hatte, nicht zu tun: Er ging zu Albers.

2.

Der Zugang zur Universität schien ihm von einer unerhörten, sinnlosen Komplexität, und er, der sie als Zwischenraum in Erinnerung hatte, ein Innen und Außen gleichermaßen, wo man nach Belieben ein- und ausgehen konnte, voller aneinandergereihter Gänge, langer Fensterfronten, langer Feuertreppen, die von Terrassen überragt wurden, auf denen man eine Zigarette rauchen konnte, auf dem Boden liegend, so nah am Himmel, wie man es in einer Altstadt anständigerweise sein kann, er war überrascht von dem Wachpersonal, den Sicherheitsschleusen, dem Protokoll, zum Schluss musste er seinen Ausweis gegen eine temporäre Zugangskarte eintauschen, der Ordnungsdienst – junge Leute aus bescheidenen Verhältnissen oder auf Bewährung – begleitete ihn zum Eingang des Gebäudes, und doch, sagte er sich, fühlte man sich nicht sicherer als zuvor, ganz im Gegenteil. Die Räumlichkeiten verharrten in einem Zustand schwebenden Verfalls, der ebenso der Nachlässigkeit wie den größten Instandhaltungskünsten geschuldet war. Erinnerungen kamen in ihm hoch, an seinen Körper in diesen Gängen, in diesen heruntergekommenen Sälen, die er gemütlich fand. Als er den schweren Türflügel aufdrückte, war der Hörsaal in Dunkelheit gehüllt, Bilder wurden ohne Leinwand direkt auf das Whiteboard projiziert, drangen in die Wand ein, was das Video abschnitt oder ihm eher Fülle verlieh, eine aufgebrochene Materie, und Paul lehnte sich mit einer geflüsterten Entschuldigung hinten an die Wand – junge Leute, überall, auf der Treppe, oder zu dritt auf einem Platz, einer auf dem Sitz, der nächste auf der Armlehne, der letzte auf der Rückenlehne – so jung, dass auf ihren Gesichtern die Ausdrücke spurlos vorüberzogen, wie auf Wasser, als hätten sie in ihrem ganzen Leben noch nie etwas Dauerhaftes empfunden; und ganz unten in diesem Zirkus, wie dem Publikum zum Fraß vorgeworfen (er hatte nie bemerkt, wie verletzlich diese Position war), Albers, deren Gesichtszüge er nicht ausmachen konnte, da sie von den Lichtern des Projektors ertränkt wurden, sodass sie selbst eine Emanation aus dem Film zu sein schien, sein Vordergrund, aus der ebenen Fläche hervortretend, aus einer Reihe bewegter Bilder, plötzlich Fleisch geworden. Sein Gehirn brauchte einen Augenblick, um die Bilder selbst wahrzunehmen, sie in kohärenter Weise zusammenzusetzen, ihnen eine Bedeutung zu geben: Sie waren zu seltsam, zu schockierend und zu zerschnipselt durch die verschiedenen Unebenheiten – Antons Gesicht, ihre kleinen gestikulierenden Hände, das Pult hinter ihr, die Tafel, die Wand, die ganzen visuellen Komplikationen, die das Entschlüsseln schwieriger machten als auf einer leeren Oberfläche, als auf einem weißen Bildschirm (Waren diese lamentablen Bedingungen, diese eingeschränkte Sichtbarkeit, war das Teil der Vorlesung?, fragte sich Paul, *war* das die Vorlesung?) –, letztendlich musste er akzeptieren, was er sah, ein Labor, Tiere, ein Affe, ein Kaninchen, und diesen Tieren (sein ganzer Körper weigerte sich, zu sehen, was er sah: Er musste sich dazu zwingen) hatte man die Schädeldecke entfernt, diesen Teil, den man, glaubte er zu wissen, *Neurocranium* nennt, sodass ihre Gehirne freilagen, und in diese Gehirne steckten einige Laboranten Nadeln und entluden gekonnt leichte (oder nicht?) elektrische Stimuli, und auf den Gesichtern der ansonsten, in Anbetracht der Situation, gelassenen Tiere wurde durch die wissenschaftlichen Impulse reiner Horror gezeichnet, und wenn dieser in den Gesichtszügen eines Kapuzineräffchens, die den unseren so ähnlich sind, leicht erkennbar ist, so war Paul überrascht, dass auch das Kaninchen mit seinem Kaninchenkopf und seinen flaumigen Ohren, die neben seinem nackten Gehirn herunterhingen (so ein kleines, fast durchscheinendes rosa Gehirn, das in eine Kinderhand passen würde) – dass auch das Kaninchen einen ängstlichen Gesichtsausdruck hatte, den sein eigenes, Pauls Gehirn, gut geschützt im Dunkel der stärksten Knochenplatte im Körper, sofort erkannte, und wenn ich seine Angst sehe und sie verstehe, muss das bedeuten, dachte er mit klopfendem Herzen, dass dieses Kaninchen ein Gesicht hat, so wie ich ein Gesicht habe, über das er mit seiner Hand fuhr, er musste noch erschöpfter sein, als er gedacht hatte.

Angst hat eine räumliche Existenz, sagte Albers: Ohne Raum keine Angst. Der erste Ort der Angst ist ein Bereich des Gehirns, der aktiviert werden kann, wie diese Bilder zeigen. Ob sie es wert waren, aufgenommen zu werden, das können Sie selbst beurteilen. Der zweite Ort der Angst, zumindest für den Menschen, ist die Dunkelheit. Die Nacht. Die Abwesenheit wahrnehmbarer Grenzen, ein formloser Raum – und die Nacht ist in Wirklichkeit das Gegenteil von einem Ort: ein Gebiet, eine Unbestimmtheit. Übrigens scheint es, dass intensive und anhaltende Angst empfänglicher für Abstraktion macht – betrachten Sie die *Angstgeschichte* der modernen Kunst, das Explodieren der Abstraktion nach dem Zweiten Weltkrieg und dem Holocaust zum Beispiel. Der dritte Ort der Angst, und derjenige, um den es uns geht, ist die Stadt. Licht, bitte.

Ein langes blondes Mädchen, das nach Minze roch, nicht weit von Paul entfernt, betätigte den Schalter; die Neonlichter knisterten, Albers wurde bei der eigentlich intimen Handbewegung des Zurechtziehens ihres Revers angeleuchtet, sie blickte zu denen auf, die sowohl ihre Untertanen als auch ihre Richter waren, und sah Paul und lächelte ihn an, das schelmische Lächeln eines kleinen Mädchens und einer Mutter gleichermaßen, das ihr Gesicht und ihre Augen runder wirken ließ, und Paul fühlte sich zu Hause. Am Ende der Vorlesung hatte Albers, wie gewohnt, weder über die Stadt gesprochen noch über morgen, und er lief gegen den Strom der hinausgehenden Studenten zum Pult hinab; die letzten, die noch da waren, die schüchternen oder die ehrgeizigen, die persönlich mit ihr sprechen wollten, waren überrascht, als sie sahen, wie ihre verehrte Professorin einem großen braunhaarigen Mann um den Hals fiel, auf Zehenspitzen stehend sein Gesicht in die Hände nahm und laut und verständlich rief: Mein kleiner Paul! Was für eine Überraschung! Das ist ja Jahre her!

Sie gingen in das Parkhaus hinunter, in dem Paul während seines Studiums manchmal gearbeitet hatte, Albers hatte sich bei ihm untergehakt und er fühlte sich erwachsen, endlich, als sei er in der Zwischenzeit größer geworden, obwohl er natürlich sein Wachstum bereits damals abgeschlossen hatte, als er sich ängstlich in dem Wärterhäuschen versteckt hatte, dessen Plexiglas die mit bloßem Auge erkennbaren Fingerabdrücke all derer, die dort gearbeitet hatten, in Spiralen, in kleinen fettigen Galaxien aufbewahrt hatte – er musste dem Impuls widerstehen, stehen zu bleiben und die Oberfläche mit seinem Ärmel abzuwischen. Albers tschilpte an seiner Seite. Diesmal fuhr er die deutsche Limousine, immer noch dieselbe, immer noch auf demselben Stellplatz geparkt, als ob sich nichts geändert hätte, obwohl er einen unregelmäßigen silbrigen Kratzer an der Seite des Autos bemerkte, als hätte jemand es mit einer langen Kralle – oder, viel wahrscheinlicher, mit einem Schlüssel – zerkratzt. Er zog besorgt eine Augenbraue hoch. Albers fegte seine Bedenken mit einer undeutlichen Geste hinweg.

Als er das Wohnhaus betrat, begann sein Herz schneller zu schlagen, er hatte Angst, der Ort würde ihm kleiner erscheinen, Angst, enttäuscht zu werden, wie man es manchmal ist, wenn man an Orte seiner Kindheit zurückkehrt; aber nein, nichts hatte sich verändert, und er machte leichten Schrittes einen Rundgang durch Albers' immense Wohnung, die eine Familie hätte beherbergen können, in der sie aber allein lebte; wo jede Facette ihrer Persönlichkeit, jede ihrer Stimmungen Anspruch auf ihre Ecke, auf ihre Intimität hatte, als sei sie im Angesicht ihrer selbst ein ganzer Stamm, mehrere Generationen, die friedlich zusammenlebten. Ein ideales Leben. Bücher, überall; Sessel und Lampen, deren Namen und Preise Paul jetzt kannte; und sogar ein Flipperautomat, ein altes Ding, vor dem sich sein Magen ein wenig zusammenzog, weil sie ihn ihr geschenkt hatten, Amélia und er. Ein Gerät aus den 1980er Jahren, mit dem Abbild einer nackten Heldin, eine Kaskade aus blondem Haar, Brombeersträucher und Rosen um sie herum, Martyrologien-Kitsch, dunkle Romantik und Fetischismus japanischer Mangas, eine Französin, die sich im 18. Jahrhundert als Mann ausgegeben hatte, sie hatte während der Revolution gelebt, niemand würde ihren Namen je vergessen. Paul fand es lustig, darauf Vorlesungsaufzeichnungen zu finden, Probeabzüge von Artikeln, die gerade korrigiert wurden, Albers kicherte und reichte ihm ein Glas Wein, Das ist mein alternativer Schreibtisch geworden, stell dir vor, es scheint ja, dass Sitzen tödlich ist, und außerdem hilft mir eine kleine Partie von Zeit zu Zeit beim Denken. (Albers sagte nicht *Flipper*, sondern *elektrisches Billard*.) Sie war immer noch genau so sehr ihrer Arbeit (dem Ende der Welt) verschrieben, konnte dem Vergnügen nicht widerstehen, ihm ihre Forschungsergebnisse vorzutragen, dort, vor dem alten Spielautomaten, noch bevor sie ihm einen Sitzplatz anbot – alles an ihr erwärmte ihm das Herz, das Mark, Albers schrieb seit Kurzem über Ausgrenzung, Exil als Prinzip räumlicher Organisation. Sie war älter geworden, ein bisschen; ihr Haar war jetzt grau, sie war, sagte sie zu Paul, ein wenig stolz darauf; sie achtete auf sich, ging zum Friseur; ihre Augen, auch grau, wurden mehr betont. Gerührt von einem Gefühl, das ihm gar nicht ähnlich sah und das er anderswo erstickt hätte, aber in diesen Mauern willkommen hieß, nahm er sie in seine Arme, achtete darauf, ihre Gläser nicht umzuwerfen. Albers lachte. Mein kleiner Paul! Komm schon, erzähl. Natürlich wusste sie bereits alles, die Agentur, die Fenster, der Aufstandsversuch in der Wüste; sie wusste, dass er gut verdiente, sehr gut sogar; falls sie von der von ihm gewählten Laufbahn enttäuscht war, sagte sie nichts davon. Nicht jeder konnte sich der Forschung, der Lehre widmen, das war nicht Pauls Weg, Paul hatte zu sehr mit seiner Herkunft zu kämpfen gehabt, seiner Armut, der immensen Wut, die er gegen die wohlhabende

Klasse empfand, die er infiltriert, die ihn adoptiert hatte – eine Wut, die ihm selbst nicht bewusst war, nicht ständig. Manchmal erschien sie ihm kurz, aber eher wie ein Phantom, eher wie ein Gespenst, ein Bruch in der Raumzeit, ein Verstoß gegen die Gesetze, die die Welt regierten und als universell galten. Seine Wut war wie ein Fremdkörper und wenn er sie spürte, fühlte er sich buchstäblich außer sich, besessen – obwohl sie der ehrlichste Ausdruck dessen war, was er wirklich war, Paul, der Fenstermann. Was er war, sobald man eben die Fenster subtrahierte und die maßgeschneiderten Hemden und die eleganten Gesten; die in den Hauptstädten der Welt verbrachten Nächte, auf Abwegen, mit Kollegen, die er für Freunde hielt, und in den letzten zehn Jahren hatte er nicht nur gelernt, so zu sprechen wie sie, sondern auch, nicht zu sprechen. Er hatte die Machtspielchen gelernt, die politische Essenz persönlicher Beziehungen, den Verrat; es gab keinen erkennbaren Unterschied mehr, er schmunzelte (errötete innerlich) über alles, was er nicht gewusst hatte, als er jünger gewesen war; er hatte gedacht, dass eine Marke von Schuhen oder Zigaretten Zugehörigkeit ausmachte, dabei zeigte sie sich eher in einem Achselzucken, einer sarkastischen Bemerkung, einem Schweigen. Ja, selbst ihr Schweigen war anders. Hatte nichts zu tun mit dem seines Vaters zum Beispiel. Und Paul, der sich nicht damit zufriedengab, dass er jetzt mehrere Register zu handhaben verstand, beherrschte auch diese höhere Ausdrucksform, die darin besteht, zu wissen, wann, warum und wie man schweigt. Nur wenige Leute vermuteten bei diesem lässigen Mann, dass er brannte vor Wut, vor einem untilgbaren Ungerechtigkeitsempfinden, nur wenige Leute sahen in den schönen gepflegten Händen die Fähigkeit, zum Beispiel einen Hammer als Waffe zu benutzen, damit jemandem einen Schlag direkt ins Gesicht zu verpassen und zu spüren, wie unter dem Eisen der Kiefer, die Backenzähne zersplittern, und gleichzeitig an die eigene Trauer und die anbrechende Morgendämmerung denken zu können; jedoch war es in einigen Nächten vorgekommen, dass er in einer Gruppe von Geschäftsleuten, erfolgreichen Freiberuflern in ihren Dreißigern, die auf Nervenkitzel aus waren, alle in die gleichen Anzüge gekleidet, die gleichen Mäntel – es war vorgekommen, dass er in der Meute ausgemacht wurde, dass ein Türsteher oder Rausschmeißer oder eine andere nächtliche und marginale Autoritätsperson, bedeckt mit Tattoos oder Piercings oder Narben oder Haaren, etwas in ihm erkannte, das die Anderen nicht hatten, und ihn hineinließ, nur ihn, ohne seine Bande, und immer warf er ihnen ein kurzes verlegenes Lächeln zu und trat ein, atmete freier, sobald er allein war, und die Nacht gehörte ihm, ihre Tempel gehörten ihm, die stillgelegten Fabriken, in denen der Rhythmus der Bässe den seines Herzens ersetzte, die Privatvillen, an deren Eingang ein Aufkleber in Form eines Kreises oder Dreiecks oder Sterns oder Virus' auf die Kamera der Telefone geklebt wurde, und in dieser garantierten Anonymität, in der man nur noch seine Augen hatte, um zu sehen, sah man alles, Domina-Königinnen und Orgien mit Menschen und Tieren und gesichtslose Menschen und Geschlechtsteile, überall, und ihre Verlängerungen in Form von Absätzen, Reitpeitschen, Accessoires aller Art, aufwendige Inszenierungen, und Paul blieb eine Stunde oder zehn oder fünfzehn und wenn er wieder herauskam, wieder zu seinen Kollegen, seinen Bekannten stieß, war es zu einem Witz geworden, einem Mysterium, man verstand nicht, was er an sich hatte, das ihn so wenig salonfähig machte, das heißt so sehr salonfähig. Und Paul lächelte und schwieg.

Aber dort, bei Albers, nach so vielen Jahren und Hotelzimmern und Zeitzonen, überkam ihn eine Entspannung, die er schon lange nicht mehr gespürt hatte und die eine Form der Unschuld war, sie begannen, über alles und nichts zu reden, sie bestellte ihnen Essen – Albers kochte nicht: nach eigener Aussage *befüllte sie Schalen* und *manchmal Teller* – und als der Lieferbote klingelte, bestand Paul darauf, die Tür zu öffnen, die Rechnung zu bezahlen, er erinnerte sich einige Tage lang an den Betrag, aber kaum an den, der an der Tür gewesen war – es war das Übel dieses Jahrhunderts, man erinnerte sich nicht an Gesichter. Ein Lieferbote wie es so viele gab, ein boomender Wirtschaftszweig, junge Menschen auf Fahrrädern, mit straffen Muskeln und prekärer Zukunft, und später, als sich alles geändert (verschlechtert) hatte, würde ein Mann dieser Art vor Albers' Tür stehen, sie würde öffnen und von einer Kugel mitten ins Herz getroffen werden, von einer weiteren in den Kopf, und na-türlich würde sich niemand an den Mann erinnern können, während die bessere Welt, die sie im Sinn und im Herzen gehabt hatte, aus ihr entwich, aus dem einzigen Ort, an dem diese Welt wirklich existiert hatte, und nun in kleinen Blutlachen auf dem Boden dahinrann, die abkühlten – die Zukunft der Utopien.

Stunden vergingen, Albers machte ein paar vereinzelte Lampen an, deren Kreise aus blassem rosa oder gelbem Licht wie Liebkosungen auf die Oberflächen fielen, und bei einem dieser Schattenspiele bemerkte Paul, dass eines der Fenster im Wohnzimmer einen Sprung hatte: ein dezentes Netz, das aber zu bestimmten Uhrzeiten, wie jetzt, zwangsläufig die Blicke auf sich zog. Ein Wurfgeschoss, das von unten, aus dem Hof, gekommen war, vermutete er; ein Stein oder eine Münze, die jetzt nicht mehr da waren, deren Einschlag aber in Albers Wohnzimmer sichtbar war, es verunstaltete, war es nicht schließlich der Ort auf der Welt, an dem sich Paul am sichersten fühlte? Es erinnerte ihn wieder an den silbernen Kratzer an der Limousine, an ein Märchen, ein Sprichwort in einer Sprache, die nicht seine eigene war; es erinnerte ihn an ein Verlangen, das er tief in sich begraben hatte und das nun wiedererweckt wurde. Lange Zeit verharrte er vor dem Sprung, er, der Fenstermann, auf der Couch kniend wie ein Kind, drehte seiner Gastgeberin den Rücken zu, seine Finger auf der Scheibe. Schließlich ging er zu Albers zurück, die eine Frage auf seinem Gesicht gelesen haben musste, bevor ihm eingefallen war, sie zu stellen. Oh, als Amélia zurückgekommen ist, hatte sie ihre Schlüssel nicht mehr, sagte sie, und ich frage mich auch, wo sie sind, wo sie sie verloren hat, in welchem Wald; ich frage mich, ob das Metall dort im Boden ringsum Moleküle freisetzt, durch Oberflächenkontakt, durch das Regenwasser, ob die dort wachsenden Pflanzen und Bäume eine Erinnerung an meine Schlösser und diese Wohnung in sich tragen, eine Erinnerung an meinen Schlaf, meine Arbeit, meine Einsamkeit, dort oben, in ihrem Laub. Aber Paul hörte nicht zu, nicht wirklich, er war wie niedergestreckt, als würde er nun endlich, ohne Vorwarnung, bei Tageseinbruch von dem Hammerschlag getroffen, den er zehn Jahre zuvor jemandem versetzt hatte, und Albers unterbrach sich: Das wusstest du nicht, Paul? Und ich dachte, deshalb seist du gekommen.

3.

Sie war in einem erbärmlichen Zustand. Paul wollte etwas sagen, Umso besser, Das überrascht mich gar nicht, aber er brachte nichts heraus. Sie war im Hof aufgekreuzt, ohne Koffer, ohne Tasche, mit der Kleidung, die sie am Leibe trug, mit der Haut auf den Knochen, und hatte Gegenstände an Albers' Fenster geworfen, bis diese verärgert ihren Schreibtisch verließ, um zu sehen, wer oder was sie auf diese Weise belästigte. Als ich das Fenster öffnete und Amélia unten sah, sagte Albers, habe ich sie zuerst nicht erkannt. Zuerst glaubte ich, ihre Mutter vor mir zu sehen und machte einen Freudensprung, mein Körper glaubte, meine Jugend sei mir zurückgegeben worden. Nadia hat ihr Leben damit verbracht, wegzugehen und zurückzukehren, und ich hatte lange gedacht, sie würde wieder auftauchen, aber nein, Nadia war das Kunststück gelungen, zu verschwinden, ohne Spuren zu hinterlassen. Oder aber sie ist als Amélia wieder aufgetaucht. Ich weiß nicht, ob es eine gute Sache ist, dass eine Tochter von ihrer Mutter heimgesucht wird. Ich glaube nicht. Aber im Gegensatz zu Anderen, zu mir, als ich Mutter war – vierzehn Monate lang, was kurz ist, aber sobald man es ist, bleibt man es für immer, es ist passiert und man kann es nicht rückgängig machen, man kann eine Mutter ohne Kinder sein, wie ich (aber das Mütterliche in ihr drückte sich anderswo aus, auf andere Art, in ihren Vorlesungen, zwischen den Zeilen ihrer Bücher, in dem Blick, mit dem sie jetzt Paul ansah, Paul, der noch immer sprachlos war) –, war Nadia, als sie ihre Tochter bekam, der Ansicht gewesen, dass sie sich damit das Recht verdient hatte, von der Bildfläche zu verschwinden, dass sie etwas Wesentliches weitergegeben hatte – nichts

Persönliches, nichts Genetisches, Nadia hatte nicht diese Leidenschaft für sich selbst, sie war nicht so vulgär, nein –, sie sah ihr Kind als etwas Abstraktes an, es ist schwierig, es jemandem zu erklären, der sie nicht gekannt hat; da war Leben, sie hatte Leben weitergegeben, sie dachte eher in derartigen Begriffen; sie hatte ihren Beitrag geleistet und konnte sich nun ihren dunkleren Neigungen widmen. So verstand sie, glaube ich, die Mutterschaft: Sie hatte Leben gegeben, gelassen, und dieses würde von nun an weitergehen. Mit ihr oder ohne sie. Ich weiß nicht, ob du jemals Gilles kennengelernt hast, Amélias Vater? Nein? Nun ja, wenig überraschend dachte Gilles, dass das keine Art war, ein Kind großzuziehen. In diesem Sinne war er *mütterlicher* als Nadia; wenn man seine fast tierische Neigung zum Konventionellen so auslegen wollte, denn wenn es eine Sache gibt, hinsichtlich der wir uns immer einig waren, sie und ich, dann ist es die, dass es verschiedene Arten gibt, Mutter zu sein, da es verschiedene Arten gibt, eine Frau zu sein; dazu gehört auch, keine mehr zu sein und sogar nie eine gewesen zu sein. Nadia und ich reflektierten über unsere Zeit; uns war nicht bewusst, dass unsere Zeit sich in uns reflektierte. Ich glaube, ich versuche wohl zu erklären, warum ich nichts getan habe, um sie zurückzuhalten: weil ich damals, wie heute auch, dachte, dass man sich nicht zwischen eine Frau und ihre Entscheidungen drängt, dass man nichts zwischen eine Person und ihre Freiheit stellen kann. Nicht ihre sogenannten Verantwortlichkeiten, nicht einmal ihre Kinder. Freiheit ist eine Haut, die wir tragen, und wie die Haut hat sie mehrere Schichten und kann nur zu einem hohen Preis abgelegt werden.

Paul hörte zu, ohne etwas zu sagen, und seine Emotionen setzten den Raum um ihn herum neu zusammen, diesen Ort, der ihm bisher vertraut und sicher vorgekommen war und es nun nicht mehr war – er wurde sich seiner auf andere Weise bewusst. Der Einsatz, der auf dem Spiel stand, war plötzlich nicht mehr derselbe. Was er fühlte, war Angst. Nichts hatte sich verändert, aber alles hatte sich verändert, und die

Angst drang durch seine Ohren ein, durch die Sätze, die Albers in seine Ohren schüttete, nicht nur die Worte, sondern auch das Schweigen zwischen ihnen, das nicht mehr neutral oder notwendig, sondern furchteinflößend war. Wo ist sie?, fragte er schließlich. Sie schläft, antwortete Albers, und er wäre beinahe aufgestanden und gegangen, er konnte die Vorstellung nicht ertragen – die von ihm selbst kam und deshalb erträglich sein sollte, vielleicht sogar angenehm –, dass sie irgendwo hier sein könnte, unsichtbar, hinter einer Tür, hinter einer Wand. Diese Momente in einem Leben (tierisches Denken; nackte Panik) sind nicht zu unterschätzen, so war Albers selbst, erzählte sie, zu dem geworden, was sie war – eine Frau auf der Suche nach Auswegen –, nachdem sie sich zum ersten Mal des Raumes bewusst geworden war, eines Tages, in ihrer Kindheit, als sie auf einem engen Treppenabsatz plötzlich vor einem wilden Tier stand. Paul hatte vergessen, welches Tier es gewesen war, oder aber die Geschichte war so oft erzählt worden, dass sie wie ein Mythos ihre eigenen Variationen zuließ, die sich nicht gegenseitig aufhoben, sondern einander verstärkten und bereicherten. Ein knurrender Hund, oder ein Fuchs, oder ein Wolf. Und im Angesicht der Reißzähne ein Gedanke, der sich plötzlich im Raum ausbreitet, ein Instinkt für Dimensionen, eine geschärfte Intuition für Auswege. Oder ihre Abwesenheit.

Zehn Jahre zuvor, als er die halbgeöffnete Tür zur 313 aufgedrückt und nichts darin vorgefunden hatte – nichts als eine rote Masse im Badezimmerkorb, ein Leben, vermutete er, aus Haaren –, hatte er die Polizei gerufen. Er hatte sich nicht vorstellen können, dass es sich um etwas Anderes handeln könnte als eine dieser furchtbaren Meldungen, wie die, die Amélia und er am Morgen gerne in der Zeitung gelesen und sich darüber gefreut hatten, dass nichts davon, nichts von diesem großen Zirkus menschlichen Elends, sie betraf. Sich gefreut, aneinandergekuschelt zu sein, geschützt durch die wunderbare Banalität der Umstände, eine kurze Nacht, ein schwarzer Kaffee, eine Büchertasche auf einem

Knie und auf dem anderen die Hand des geliebten Menschen. Er hatte die Polizei gerufen und auf der Straße gewartet, mitten in der Nacht, als das Auto angekommen war, mit Blaulicht, blauem, in regelmäßigen Abständen projiziertem Terrariumlicht – Licht aus einer anderen Welt, alle vier Sekunden. Alle vier Sekunden war die Szene ganz gewöhnlich, eine Glasfront, ein Hotel, eine kleine Menschenmenge; alle vier Sekunden wurde sie in eine parallele, unterirdische, man könnte sagen albtraumhafte Dimension getaucht. Blau neigt dazu, alles zu durchtränken, der Unterschied zwischen Menschen und Dingen verschwindet, Wände, Stoffe und Gesichter scheinen plötzlich von derselben Beschaffenheit; Tränensäcke werden ertränkt, genau wie das Weiß der Augen, genau wie die Venen, die von Pauls Händen verschwinden, von seiner besorgten Stirn. Ja, ein Albtraum, dachte er, unfähig, die einfachsten Fragen zu beantworten, vier Sekunden Leben, vier *andere* Sekunden.

Paul wusste es nicht, aber für einige Augenblicke war er der Haupt- (und der einzige) Verdächtige für Amélia Dehrs Verschwinden gewesen. Er sagte selbstsicher aus, seinen Posten an diesem Abend nicht verlassen zu haben, sie nicht hinausgehen gesehen zu haben, und seine Angst setzte in seinem Kopf fragmentarische Sätze frei, eine zersplitterte, journalistische Grammatik, DIE ROTHAARIGE IM KOFFER, ZERSTÜCKELUNG UND ROLLGEPÄCK, er sah die Aufnahmen der Überwachungskameras schon vor sich, X kommt mit einem schweren Schrankkoffer hinaus, Vogelperspektive, und Paul wünscht ihm noch einen schönen Abend, ohne zu ahnen, dass sich in diesem kleinen Behältnis, doppelt und dreifach gefaltet, seine Geliebte befindet. Aber in Wahrheit war der Verdächtige er, er, der eine Affäre mit der Vermissten hatte, er, der zum Tatort zurückgekehrt war, er mit seiner *Wachmannvisage*. Und dann wurden die Überwachungsbänder durchgesehen, und Paul wurde vom idealen Täter zum Gelackmeierten der Geschichte, da man deutlich sehen konnte, ohne jeden Zweifel, wie eine frischgeschorene Amélia aus dem Aufzug kommt, in weißen Turnschuhen und einem dicken hellen Mantel (die Jeans, die sie trägt, gehört – gehörte – Paul), einen Blick zur Rezeption wirft, zum Rezeptionisten, dessen Kopf in einem fast komischen Winkel herabhängt, wie ein Mann, der schläft ohne zu wissen, dass er schläft, und über Amélias Gesicht zieht ein rätselhafter, unergründlicher Ausdruck. Sie setzt sich für einen Moment an den Rand des nutzlosen Brunnens, fährt mit einer überraschten Hand über ihr kurzes Haar, erkundet ihren eigenen Schädel wie ein unbekanntes Gebiet, eine Mondoberfläche. Bindet sich einen Schnürsenkel neu, der nicht offen war, schaut lange in die Lobby und auf den schlummernden Braunhaarigen. Dann steht sie auf und verlässt das Hotel, ohne sich nochmal umzudrehen.

Nun wird ihm bitterlich vorgeworfen, grundlos angerufen zu haben, »Feuer!« geschrien zu haben, oder »Wolf!« und die wertvollen Humanressourcen der Stadt verschwendet zu haben. Ein Einblick in seine soziale Stellung in diesem Land: Egal was passiert, er ist immer an irgendetwas schuld. Aber Paul war damals zu traurig und zu wütend, um darüber nachzudenken. Die Ungerechtigkeit hatte die Gestalt Amélia Dehrs angenommen. Die weder entführt noch ermordet worden, sondern einfach gegangen war, auf die einzige Weise, die sie gefunden hatte, auf endgültige Weise, und er (das Tier in ihm) hatte ganz einfach geglaubt, daran sterben zu müssen. Er war bis zu Albers' Treppenabsatz gekommen, er hatte nicht einmal die Kraft gehabt zu klingeln, er hatte sich nur auf der Fußmatte zusammengerollt, und am Morgen, als sie die Tür aufgemacht hatte, war er drinnen zusammengebrochen, wie ein Hund, der vor Kälte stirbt.

Er hatte nach Zeichen gesucht, nach einer Erklärung, vielleicht hatte sie ihn nie geliebt, vielleicht hatte sie sich von Anfang an fürchterlich über ihn lustig gemacht; aber sein Stolz sagte ihm, dass er nicht so blind gewesen sein konnte, dass er sich nicht so sehr hätte täuschen lassen. Er betrachtete das Bild auf dem Kamin, von Albers und Nadia Dehr, von der er zum ersten Mal fand, dass Amélia ihr ähnelte, weil es eines Aktes extremer Grausamkeit bedurfte, um die

Familienähnlichkeit zwischen ihnen auszumachen. Bei Albers hatte er Nadia Dehrs ersten Sammelband gelesen, die Geburtsurkunde der dokumentarischen Poesie, einen dünnen Band mit dem Titel *Das Leben L*, von dem er nicht einmal wusste, ob es sich um eine Zahl oder einen Buchstaben handelte, ein Buch, das auf mehreren Kontinenten geschrieben wurde, in Fahrzeugen und in Dachkammern und unter Bäumen – und was in den Zeilen, zwischen den Zeilen von diesen verschwunden Bewegungen und Landschaften der 1960er, 1970er Jahre blieb, konnte er nicht sagen, es war nicht das, wonach er suchte. Er suchte nach der Tatwaffe, und schließlich fand er sie. In einer Sintflut von Grauen ein paar Verse (wenn es denn Verse waren), die ihm, in dem Zustand, in dem er sich befand, grauenvoller erschienen als alles Andere –

dieser Junge ist bezaubernd, er könnte
perfekt sein
er könnte perfekt für uns sein – wenn nur
jemand, vor uns, die Liebenswürdigkeit,
die Freundlichkeit
besessen hätte,
ihm das Herz zu brechen – er wäre perfekt
für uns, wenn ihm nur,
wenn ihm nur jemand diesen wertvollen Dienst erwiesen
hätte, den man uns erwiesen hat,
aber in diesem Moment, genannt Moment M, in diesem Leben,
genannt Leben L,
können wir ihm selbst das Herz brechen
wir und niemand sonst
und ihn so
perfekt machen
perfekt für uns
natürlich bedeutet das
(alles hat seinen Preis)
ihn aufzugeben
für immer

Und ob *wir* Nadia Dehr und ihr Ego waren, oder Nadia Dehr und ihr Wahnsinn, oder Nadia Dehr und Anton Albers, die damals alles teilten, sich die Welt zu gleichen Teilen untereinander aufteilten und auch die, denen sie darin begegneten, oder sogar, wer weiß, Nadia Dehr und die Tochter, die sie noch nicht hat, die Jahre später geboren wird – das blieb für Paul eine offene Frage, ein formloser Raum, in den er sich manchmal hineinwagte, um sich durch intellektuelle Anstrengung auf andere Gedanken zu bringen; was ihm natürlich nie gelang.

Einige Zeit nachdem sie weggegangen war, hatte Amélia versucht, ihn anzurufen. Er hatte geglaubt, nur noch dafür zu überleben, für die Hoffnung, ein Zeichen von ihr zu erhalten; aber es war zu wenig, zu spät, und als er abgenommen hatte und nach einer Pause, nach einem Atemzug, den er sofort als den ihren erkannt hatte, seinen Namen aus ihrem Mund gehört hatte, *Paul* – ein Zögern, eine Scham, eine Reue –, war all die Liebe, die er noch für sie fühlte, die er noch für sie zu fühlen glaubte, sofort in Hass umgeschlagen. Er hatte aufgelegt. Danach hatte sie ihm manchmal E-Mails geschrieben, die er gelöscht hatte, ohne sie zu öffnen, und ein oder zwei Briefe, die bei Albers angekommen waren und die er mit Entsetzen betrachtet hatte, als ob ihm jemand ein blutiges Organ vorgesetzt hätte. Er hatte sie nicht angerührt, und ob Amélia danach aufgehört hatte, ihm zu schreiben oder Anton, es ihm zu sagen, hatte er nicht einmal wissen wollen.

Er ging auf Abstand. Mied Albers' Wohnung, lehnte ihre Einladungen höflich ab. Er besuchte weiterhin ihre Vorlesungen, setzte sich aber im Hörsaal woanders hin, und wenn er sich noch mehr in sein Studium vertiefte, dann nur, um sich den pragmatischsten Aspekten zu widmen, die sich finden ließen, den Materialien, den Kosten, der weitreichenden Frage der Rentabilität, die die Grundlage der Fundamente bildet. Er ließ die Philosophie, die Ideale und sogar die Ideen beiseite. Wurde den Museen abtrünnig. Kehrte nie wieder ins Hotel zurück, nahm Wacheinsätze an. Das ist alles, was es jetzt noch zu tun gibt, dachte er manchmal: überwachen. Dinge, Menschen, Orte überwachen. Mal in Uniform, mal mit Hund oder Schlagstock, in Lagerhallen, in denen wertvolle Waren schlafen, in riesigen Tiefgaragen, in verlassenen Unternehmen, die tagsüber immaterielle und schwer zu verstehende Werte produzieren; einsame, nächtliche Jobs für junge Männer bei guter Gesundheit, die ihrer körperlichen Stärke, aber in Wirklichkeit auch ihrer Hautfarbe entsprechend auf mehr oder weniger dunkle, mehr oder weniger gefährliche Räumlichkeiten verteilt werden, in denen sie zum Echo ihrer eigenen Schritte, zum diskreten Atem ihres Wachhundes auf und ab gehen, auf einen seltsamen Ausdruck ihres Nutzens reduziert: ein Mann an einem leeren Ort. Er besuchte öfter seinen Vater, diesen Mann, der weder von dem Land sprach, das er verlassen hatte, noch von dem Land, in dem er lebte, diesen Mann, der weder von der Gegenwart noch von der Vergangenheit sprach, diesen Mann, der nicht sprach. Manchmal begleitete er ihn auf Baustellen, riss Mauern ein, Haare und Augenbrauen vom Staub gebleicht; aber sobald es ihm besser ging (sobald er anfing, Amélia Dehr zu hassen, deren Namen er vor seinem Vater erst Jahre später auf einem im Pazifik dahinschippernden Boot aussprechen würde), verweigerte ihm der Mann, dem er sein Leben verdankte, seine Gesellschaft, und Paul verstand, dass er nicht gerne mit ihm arbeitete, dass er seine Anwesenheit der Umstände wegen tolerierte, die zwar verschwiegen wurden, aber außergewöhnlich waren: Tief im Inneren genierte er sich und mochte es nicht, das, was er tat, vor seinem Sohn zu tun. Er brauchte keinen Zeugen, brauchte kein Publikum, um zu sein, wer er war. Paul ging zurück an die Universität. Er hatte so viel Sex wie möglich (er würde nie *vögeln* sagen, das Wort war durch den Gebrauch, den sie davon gemacht hatte, für immer aus seinem Mund verbannt worden), mechanisch, hämisch, aus Egoismus und aus Hygiene, um so viele Körper wie möglich zwischen sich und sie zu bringen, zwischen sich und denjenigen, der er an ihrer Seite gewesen war. Er beendete sein

Studium, seine Intelligenz war kalt, söldnerhaft, er wurde zu dem, als den man ihn kennt – dem Fenstermann –, er verdiente Geld, immer mehr, die Zeit verging, immer weiter, und diese vergangene Zeit und seine Schutzmechanismen und seine Distanziertheit lösten sich sofort in Luft auf, als er Albers sagen hörte, dass Amélia zurückgekehrt sei. Und dass sie schlief.

Natürlich sahen sie sich wieder. Er hoffte, sie hässlich zu finden, war aber doch erleichtert, sie wiederzuerkennen – wiederzuerkennen, was er an ihr geliebt hatte, auch wenn sie sich unbestreitbar verändert hatte, sie waren in dem Alter, in dem ein Mann noch jung ist und eine Frau jung *aber* sie hielt sich weniger gerade, ihr Hals und ihre Hüften neigten sich in Winkeln, die er nicht kannte, runder, fast fragend; sogar ihre Nase schien weniger gerade zu sein als in seiner Erinnerung, ihre Linie wich ein klein wenig ab. Sie trug Herrenjeans, die über dem Knöchel abgeschnitten waren; ein weißes Oberteil; keinen Schmuck außer, über dem Ellbogen, einem dünnen Goldarmband; mehrere Windungen, die um ihren Bizeps gewickelt waren und in einem Schlangenkopf endeten, in dem zwei weiße Steine als Augen strahlten. Flache Sandalen, drei Streifen aus blassem Leder, die wie durch ein Wunder am Fuß hielten. Haare, die weder lang noch kurz waren, oder eher lang und kurz zugleich, seidige Strähnen, fast schwerelos, die ebenfalls wie durch ein Wunder auf ihrem Kopf zu halten schienen, geschmeidig, ein Schnitt, der sowohl männlich als auch weiblich war, oder besser gesagt erst eher männlich, und dann, wenn man darüber nachdachte, weiblich jenseits von Worten, entzündlich. Kein Make-up. Kein BH. Am Hals – dem wahren Ort, an dem man das Alter ablesen kann, an dem man die Zukunft ablesen kann, die Linien eines Lebens, das auf- und abgebaut wird – zwei neue Falten, eine tiefer als die andere, und sie tat nichts, um sie zu verbergen. Wahrscheinlich zu mager. Sie hatte das zweifelhafte Strahlen, das von Nährstoffmangel hervorgerufen wird, eine Besorgnis, die an ihren Knochen nagte und manchmal an die Oberfläche trat, ohne dass es ihr gelang, sie zu verbergen. Sie musste an Fotogenität gewonnen haben, was sie an Eisen, an Vitaminen verloren hatte, ihre Füße zitterten, ihre Hände zitterten, sie merkte es nicht. Ihre Fingerknöchel waren gerötet, als sei ihr zu lange zu kalt gewesen. Ihr Lächeln war aufrichtig, aber aufrichtig traurig, und Paul sollte erkennen, dass Aufrichtigkeit und Traurigkeit für sie ein und dasselbe geworden waren. Ihre Erscheinung hatte nichts mehr von der zwanzigjährigen Pasionaria, die er unzählige Male geküsst hatte, ohne sich jetzt jedoch an ein einziges Mal erinnern zu können. Sie hatte die Stadt vergessen, zögerte an den Kreuzungen, er führte sie.

Sie hatte nichts mehr von ihrer Härte, ihrer früheren Selbstsicherheit. Für Paul galt das genaue Gegenteil. Es war neu für ihn, er war auf alles vorbereitet gewesen außer auf das, auf diese Zerbrechlichkeit, die Unsicherheit, die er bei jeder Sache an ihr spürte, als ob der geringste Schritt, das geringste Wort sie eine unendliche Energie kosteten. Er zog in Betracht, ihr wehzutun. Wusste, dass er dazu fähig war, konnte sich aber nicht dazu entschließen. Es schien ihm, als ob etwas in ihr schwankte und nur darauf wartete, zu zerfallen. Ohne es zu wollen, passte er seinen Schritt an den ihren an, richtete sich nach ihrem Schweigen, mit einer Fürsorglichkeit, wie er sie noch nie zuvor empfunden hatte. Sie bezahlt in ihrem Körper dafür, dass sie mich verlassen hat, dachte er bei sich und das tröstete ihn, obwohl er tief im Inneren wusste, dass er sich selbst zu wichtig nahm, dass es darum nicht ging, dass es sogar um alles andere ging, nur nicht darum; und es grauste ihm davor, es zu hören, aus Angst, von Amélia verleugnet zu werden, zum zweiten Mal.

Sie war weggegangen. Das war eine Tatsache. Ohne ihm etwas zu sagen – das war eine weitere. Sie hatte nicht gewusst, wie es ging, die Sprache hatte sie im Stich gelassen, wenn sie mit ihm darüber gesprochen hätte, sagte sie, hätte sich ihr Vorhaben in Luft aufgelöst, hätte sich ihr Wille in Luft aufgelöst. Sie, die mit Worten spielte, die sich mit derartiger Leichtigkeit ausdrückte, hatte nichts gefunden, was ihre Entscheidung hätte erklären können. Ich dachte, du würdest es verstehen, sagte sie. Dann: Ich dachte, es wäre nicht so schlimm. Dann: Ich konnte mich nicht binden, ich wollte mich nicht binden, es schien mir, als sei das meiner nicht würdig. Ich hatte anderes zu tun, als verliebt zu sein. Verliebt zu sein ist eine Art, nicht zu leben.

Paul schwieg. Zehn Jahre später litt er nicht mehr darunter, er hatte die Ursachen und Folgen etabliert, ganze hypothetische Landschaften errichtet, die den Maßstab der Welt angenommen hatten, die er seitdem vermessen hatte, und die sich schließlich reduziert, abgebaut hatten und sich auf eine einzige Feststellung beschränkten, Sie war weggegangen, weil sie weggegangen war. Diese Tautologie hob alles auf, enthüllte die Absurdität von Beziehungen, die Absurdität dieses Traums, den man manchmal hat, jemand Anderen perfekt zu kennen, von einer Fusion, einer Transparenz. Ich versuche schon lange nicht mehr, es zu verstehen, sagte er, und du bist mir nichts schuldig. Wenn du mir etwas schuldig wärst, hieße das, dass da noch etwas zwischen uns wäre, und soweit ich weiß, ist da nichts. Gar nichts, Amélia, ich bin nicht mehr der, der ich einmal war, und ich kann nichts für dich tun. Ich möchte nichts für dich tun können. Seltsamerweise brachte sie das zum Lachen. Ich habe versucht, mich zu entschuldigen, fügte sie hinzu, erinnerst du dich? Er erinnerte sich an alles, verneinte aber. Das erschien ihm einfacher.

Auf der Grundlage dieser Lüge lernten sie sich neu kennen, einer Lüge über ein Vergessen, ein Abgeschlossenhaben. Auf gewisse Weise stimmte es, es war nichts zwischen ihnen, aber auf andere Weise stimmte es nicht, denn als alles vorbei war, was mit der Zeit vorbeigeht, gab es noch immer etwas Unbewegliches, etwas Unpersönliches zwischen ihnen, unabhängig von ihnen – er träumte von zerbrochenen Fenstern und sie, sie zerbrach Fenster. Das konnte alles und nichts bedeuten: Paul versuchte, nichts darin zu sehen. Er nahm sie eines Nachts mit auf eine private Feier in einem gerade eröffneten Hotel, einem ehemaligen Bordell mit obszön bedruckten Teppichen, Zimmern, die von roten, blauen Neonlichtern beleuchtet wurden oder in ein Halbdunkel gehüllt waren; junge Leute, die in der Öffentlichkeit duschten, allein, zu mehreren, endlose und schamlose Duschen, für die sie bezahlt wurden, werden sollten; junge Sängerinnen, junge Schauspielerinnen, taumelnd, Gläser in der Hand; Badewannen voller Champagnerflaschen, außer der, in der zwei Aale schwammen, zwei lange muskulöse Aale, Amélia, auf dem Rand sitzend, betrachtet sie, lässt drei Finger über die Wasseroberfläche gleiten, die Fische sind obszön, ihr Schicksal ist es auch, mit bloßen Händen von einem Koch oder seinem Küchengehilfen gepackt zu werden, mit einem einzigen heftigen Schlag vor Zeugen enthauptet und zugeschnitten zu werden, um dann angebraten, flambiert zu werden auf einem provisorischen Kocher von einem Koch mit steigendem Bekanntheitsgrad. Wie seltsam es ist, sich ein Wesen einzuverleiben, das man lebendig gesehen hat, das vielleicht weiterhin ein wenig Leben in sich hat, auf andere Weise, seine Gedanken ohne Sprache denkt, ohne sich damit abzufinden, unfähig zu kapitulieren, zu akzeptieren, zu verstehen – insofern siegreich selbst noch in seinem Tod. Ich bin müde, Paul, sagt Amélia, und er streckt ihr seine Hand hin. Sie betrachtet sie, abwesend, als ob die Informationen Schwierigkeiten hätten, sich von ihrem Sehnerv zu ihrem Gehirn, zu ihrem Herzen, zu ihren noch immer geröteten Fingern zu übertragen – sie schaut sie so an wie sie zehn Minuten zuvor den Aal angeschaut hatte, der nun sein dunkles Dasein in Pauls Magen fortsetzt, in den Mägen von Fremden, die bereits in alle Richtungen verstreut sind und das tote Wesen über die Zimmer, die Etagen, die Stadt verteilen; und ob dies seine obskure Macht verbreitet oder verwässert, das kann er nicht sagen. Schließlich nimmt sie seine Hand.

*

Er machte Fehler, wartete drei Tage, um sie zurückzurufen, hielt sich an den unausgesprochenen Zeitplan. Respektierte die Gesetze des Begehrenswertseins, die Rituale der Verführung der großen Primaten dieses Jahrhunderts. Sie scherte sich kein bisschen darum, schien keinerlei Zeitgefühl zu haben, keinerlei Gefühl für Konventionen, konnte eine Stunde am Telefon damit verbringen, ihm zu beschreiben, was sie durch ihr Schlafzimmerfenster sah, konnte eine Woche lang nicht antworten oder ihn mehrmals hintereinander anrufen, um ihn zu fragen, wie man ein Taxi, eine Mahlzeit, Pflanzen bestellt; sie sagte Ja zu allem, auf eine sanfte und abwesende Art, die er schlimmer fand, als wenn sie zu allem Nein gesagt hätte, er wollte sie an den Schultern packen, sie schütteln, sie schien nie ganz wach zu sein und vermittelte ihm den Eindruck, selbst in einem dieser Träume zu leben, aus denen man nicht mehr aufwacht. Kurz: Sie war weggegangen. Sie hatte ihre Mutter finden wollen. Sie hatte sich gelangweilt. Sie hasste die Liebe, sie hasste das, was die Liebe aus ihr machte, ein zwanzigjähriges Mädchen, das vor Pornofilmen Chips aß und auf einen Mann wartete, der sich um seine Zukunft kümmerte. Du verarschst mich doch, du und dein dämlicher Stolz, das hat eine Woche gedauert, höchstens zwei. Du hattest alles und ich nichts, dachte Paul, aber er sagte kein Wort. Schließlich war auch sie nicht mehr die, die sie gewesen war. Nach dem Krieg im ehemaligen Jugoslawien, wie nach allen Völkermorden oder versuchten Völkermorden, war die Suche nach den Verschwundenen zu einem eigenständigen Geschäftszweig geworden, sowohl zu einer Branche der regulären als auch zu einem Teil der Schattenwirtschaft, und Amélia hatte beschlossen, ebenfalls ihr Glück in diesem neuen Wilden Westen zu versuchen, zu dem der gerade erst befriedete Balkan geworden war.

4.

Man musste zwei Flugzeuge nehmen, um in das zu gelangen, was die belagerte Stadt gewesen war. Unterwegs las Amélia, von Anfang bis Ende, die Sonderausgabe einer populärwissenschaftlichen Zeitschrift – die Art, die Paul mochte. Sie las sie mit Hingabe, Seite für Seite, als führte sie eine Art Ritual durch. Die Ausgabe war dem Gedächtnis gewidmet. Es wurde darin dargelegt, dass unsere Erinnerungen nicht stabil sind. Im Gegensatz zu dem, was man lange Zeit gedacht hatte, entwickeln sie sich weiter. Wir rekonstruieren sie mit jedem Aufrufen neu, und jedes Aufrufen macht sie, anstatt sie zu festigen, noch zerbrechlicher. Im Weiteren ist eine Erinnerung am allerzerbrechlichsten, wenn sie gerade aufgerufen wurde. Das ist sogar der beste Zeitpunkt, um sie zu ändern oder zu löschen. Zum Beispiel mit Strom. Mit Elektroschocks. Aber auch wenn es ein unerwartetes, störendes äußeres Ereignis gibt, sagen wir eine Explosion, ein Attentat oder vielleicht nur einen Stromausfall, das unerwartete Klingeln eines Telefons, kann die Erinnerung von selbst verblassen oder zerbröckeln. Das nächste Mal, wir merken es nicht, hat sie sich verändert. In der Tat ist das Vergessen der permanente Prozess des Gehirns. Vergessen ist kein Scheitern, sondern ein Enzym. Jede Vergegenwärtigung ist eine entgegengesetzte Anstrengung.

Fazit: Unsere Leben sind Erfindungen. Je mehr Zeit vergeht, desto mehr werden unsere Leben zu Erfindungen.

Das ist ein schlechtes Omen für meine Ermittlungen, sagte sich Amélia hellsichtig. Sie dachte an ihre Mutter. Und an die Nachforschungen, an deren Beginn sie stand, die sie sich als Abenteuer vorstellte, die aber wahrscheinlich nichts anderes sein würden als eine besonders aufwendige Trauerzeremonie, ein barbarisches Ritual, das sie ohne es zu wissen wiederholen würde. Sie schloss die Zeitschrift. Sie schloss die Augen. Es sollte jedoch nicht umsonst gewesen sein, denn am Ende dieser Art von Riten, wenn sie erfolgreich durchgeführt werden, ist es nicht ungewöhnlich, dass der Eingeweihte eine Präsenz findet. Den Frieden oder eine Präsenz. Vielleicht ist das dasselbe. Es ist auch nicht ungewöhnlich, dass der Eingeweihte während des Ritus stirbt, sagte sie sich mit noch immer geschlossenen Augen, denn diese Zeremonien sind obskur und oft brutal.

Ich werde nichts mit Kreide auf den Boden zeichnen, dachte Amélia noch. Ich werde keine stinkende Brühe trinken, ich werde keine Kerzen anzünden, ich werde keine Kleintiere opfern.

Sie zögerte, die Zeitschrift an Bord des Flugzeugs zu lassen, sicherlich würden andere französischsprachige Passagiere den Flug zurück nehmen, warf sie aber schließlich weg, weil diese Art von Wissenschaft ihr bösartig vorkam, sie wollte Andere nicht mit dieser Geschichte über erfundene Erinnerungen kontaminieren, die ihren Sinn für Gerechtigkeit und Fairplay verletzte. Man kann nicht immer alles widerrufen, man kann die Spielregeln nicht neu verhandeln, wenn die Partie einmal begonnen hat, sonst verliert man garantiert.

Wie auch immer, man verliert ohnehin garantiert, dachte Amélia entschieden. Ihr ganzes Gehirn verschwor sich, um diesen Gedanken in dem Wasser zu ertränken, aus dem es zu mehr als siebzig Prozent bestand, und sie vergaß ihn, noch bevor sie ihn in Worte gefasst hatte, ihr blieb nichts davon, außer einer vagen Beklommenheit, die sie auf das Landemanöver schob. Sie schaute ein wenig in den Himmel. Dann kam sie an.

Natürlich nahm sie ein Zimmer im Elisse. Es war dunkel, als sie ankam, sie verharrte einen Moment an der Rezeption, stellte sich vor, dass derjenige, der auftauchen würde, derjenige sein würde, den sie verlassen hatte, und dass somit alles vergeben wäre oder dass sie den Beweis, den ultimativen Beweis hätte, in der Hölle zu leben. Aber es war nicht er, es war nicht Paul.

Sie schlief schlecht.

*

Als die Elisse-Kette 1984 anlässlich der Olympischen Winterspiele in Sarajevo einen Standort eröffnet hatte, wurde das Hotel sofort zu einem Symbol für die Offenheit des Landes und seinen Wohlstand, zumindest für seinen zukünftigen: Die nationalen Aussichten waren großartig und der goldene Glaswürfel schillerte zu Beginn einer neuen Ära. Zehn Jahre später, während der Belagerung der Stadt, unter dem internationalen Embargo gegen das, was ein und dasselbe Land gewesen war und nun nicht mehr willens oder nicht mehr in der Lage war, es zu sein, diente der gelbliche Bunker der internationalen Presse als Hauptquartier, was das Hotel in gewisser Weise – und nur in gewisser Weise – davor schützte, beschossen zu werden. Die oberen Stockwerke wurden trotzdem weitgehend zerstört. Auf den wenigen Fotos, die davon zeugen – meist wurden die Fotos gerade von dort aufgenommen –, sieht man etwas, das aussieht wie eine futuristische Ruine, eine Art Pyramide mit Stufen aus Glas und Stahl, die manchmal qualmt, weil im Schutt der oberen Stockwerke häufig Brände ausbrachen. Nach dem Krieg wurde der gesamte Würfel restauriert. Wie der Rest wurde er identisch wiederaufgebaut. Aber *identisch* hat nicht viel zu bedeuten, denn obgleich sich das Hotel Elisse nicht verändert hatte, konnte man das von der Zeit und den Sitten nicht sagen. Was in den 1980er Jahren der neuste Trend gewesen war, ein Zukunftsversprechen, war heute sowohl veraltet als auch anmaßend und damit ziemlich lächerlich, ein unliebsames Spezimen aus einer früheren Zukunft, wie so viele Orte und noch mehr Gegenstände (Minitel, Faxgerät), die man nicht ohne eine gewisse Fassungslosigkeit wiedersehen kann. Die Elisse-Kette gehörte der gleichen Dimension an wie manche

Science-Fiction-Filme vom Ende des Jahrhunderts: eine mögliche Richtung, die aber nicht eingeschlagen wurde. Ein zeitlicher Engpass, eine Sackgasse der Evolution, eine Avantgarde, die Kitsch geworden ist. Ein olympischer Palast, ein prunkvoller Bunker, eine Gedenkstätte mit allem Komfort – alle Epochen überlagern sich hinter den großen getönten Scheiben, in denen sie eingeschlossen sind, Scheiben, auf denen nichts eine Spur hinterlässt (augenscheinlich), große, perfekt quadratische Scheiben, als seien sie vergoldet und dann verdunkelt worden, es muss bemerkenswert gewesen sein, das Ende der Welt durch den Filter ihrer Tönung mitzuerleben. Hier wie anderswo leuchteten sie bei Sonnenuntergang auf und machten jeden Abend, für einige Minuten, aus diesem (augenscheinlich) seelenlosen Ort einen funkelnden goldenen Würfel, dessen Kanten in einem Lichthof verschwanden. Während des Krieges war das die beliebteste Show der ganzen Stadt. Und – aber Amélia wusste das noch nicht – der einzige Moment zum Lüften: Die Klimaanlage funktionierte seit der zweiten Belagerungswoche nicht mehr, man machte sich die Reflexionen zu Nutze, die die Silhouetten vor den Scharfschützen verbargen. Für Kenner ist es eine der schönsten Ironien, dass um des demokratisierten Luxus willen alle Zimmer des Hotel Elisse, dessen Etagen Zwischengeschosse hatten, einen Ausblick boten: So wurden sie alle gleichermaßen, oder fast, dem feindlichen Feuer dargeboten. Oft wurde in den Gängen geschlafen. Im Laufe der Belagerung waren die meisten Scheiben zerbrochen, hatten Sprünge bekommen oder waren eingeschlagen worden. Vom Obergeschoss gab es nur noch Bruchstücke, aber bei Sonnenuntergang rief sich der goldene Würfel immer in Erinnerung, in seiner widerstandsfähigen Form, die einen durchaus an manche aztekische Tempel erinnern konnte. Gezeichnet, zerfurcht, aber immer noch aufrecht.

*

Nach ein oder zwei Tagen, beschämt über ihre eigene Angst, ging Amélia hinaus. Es war schwierig, an zuverlässige, stichhaltige Informationen zu gelangen, und sie konnte lediglich etwas feststellen, was sie noch lange quälen würde – und gleichzeitig auf obskure Weise eine Sicht auf die Dinge bestätigte, die unsicher und verwirrt war, aber die schon seit langer Zeit, seit ihrer Kindheit, die ihre war und in der ihre Zeitgenossen eher ein Zeichen von Geisteskrankheit als das einer tiefgehenden Weltkenntnis sahen. Was sie feststellte, war Folgendes: eine Vervielfältigung, eine Verdampfung von Nadia Dehr, die sich scheinbar in mehreren Zuständen gleichzeitig befand. Und das betraf nicht nur sie, es war etwas, das der Krieg, so schien es, mit den Menschen, mit den Identitäten machte. Es traf nicht nur auf Nadia Dehr zu, es war wichtig, das zu betonen, denn sie hatte nichts Außergewöhnliches getan, im Gegenteil, sie hatte sozusagen die Gewohnheiten und Bräuche der Stadt im Krieg übernommen, war mit dem Hintergrund verschmolzen, so perfekt, dass die Stadt im Krieg sie schließlich verschluckt hatte, sie war verschwunden, ohne Spuren zu hinterlassen oder vielmehr, sie hatte widersprüchliche Spuren hinterlassen, die verwischten, so wie Zeichnungen im Sand vom Wind verwischt werden. Damit die Geschichtsschreibung sich später bemühen würde, die Fakten zu rekonstruieren – später; wenn es keine Leben mehr zu retten gäbe. Aber wer würde über die Verwirrung berichten? Von dem, was Verwirrung zu sein schien, aber eine Ordnung war, vorübergehend sicherlich und doch real –, wer würde sich daran erinnern, an jene multiplen und sich ständig verändernden Zustände, die das Chaos zuließ, die dieser neue von Granaten und Raketen bedeckte Himmel zuließ? So passten sich die großen Ganoven, diese kleinen Gauner, die zu Kriegshelden geworden waren, an diese Daseinsform aus der Hölle an: Sie waren überall zur gleichen Zeit. Die allgemeinen Gesetze galten nicht mehr; *Hier* und *Jetzt* änderten ihre Bedeutung und konnten sowohl entschieden *hier* und *jetzt* sein (der Moment, in dem man eine Kugel ins Bein geschossen bekommt, wenn man einkaufen geht zum Beispiel; trotz des provisorischen Schutzschildes, hinter dem man sich versteckt, zum Beispiel einem Mülleimer aus Metall oder der Tür eines ausgebrannten Autos) und überhaupt nicht *hier* und *jetzt*, sondern im Gegenteil von *Hier* und *Jetzt*, das so etwas wie *Überall* und *Immer* wäre, und so konnte man an mehreren Orten gleichzeitig sein, mehrere Funktionen gleichzeitig haben, sowohl Dichterin als auch Schmugglerin sein, und sich sogar in mehreren Zuständen gleichzeitig befinden: unbeschadet oder verwundet, geistig gesund oder verrückt und im Extremfall sowohl lebendig als auch tot. Die belagerte Stadt war ein Experiment im Maßstab 1:1. Sobald man es genauer betrachtete, änderten sich die Dinge, einfach weil man sie genauer betrachtete: Und so gab es, entgegen des Scheins, keine Zeugen. Alle waren aktiv am Schauspiel beteiligt. Alle führten Krieg. Bilder im Fernsehen zu sehen, Hunderte oder Tausende von Kilometern entfernt, in einer anderen Zeitzone, beim Gemüseschneiden, beim Weihnachtsbaumschmücken oder beim Telefonieren: Auch das, sagte Amélia, war Krieg führen.

Apropos Schauspiel: Sarajevo war damals eine Art Bühne, internationale Kameras waren auf die Stadt gerichtet, Journalisten strömten hin, engagierte Intellektuelle machten einen Abstecher, liefen eher durch das Sichtfeld der Objektive als durch das der Scharfschützen, es war eines der Paradoxe der belagerten Stadt, alle drängten herein und doch wollten alle auch heraus. Die Porosität der Grenzen hatte für diejenigen, die über das entsprechende Zehrgeld verfügten, etwas Theatralisches und Obszönes, etwas Obszönes und Unheimliches, und mehr als einmal hatte Amélia während ihrer Nachforschungen von Westlern gehört, die Kriegstourismus machten, sogar von solchen, die gegen ein hohes Entgelt auf die Berge und auf die Dächer stiegen, für das *Scharfschützenerlebnis*, um an Menschenjagden teilzunehmen, Zivilisten in ihren eigenen Straßen oder sogar in ihren eigenen Fenstern zu erschießen – und Paul erschauderte und sah darin ein Zeichen von Geisteskrankheit, aber ob es sich um Amélias Krankheit oder die der Welt handelte, konnte er nicht sagen;

es erschien ihm wie eine Legende, schwarz und grausam wie Legenden es sind, aber vielleicht lehnten sein Kopf und sein Körper, sein ganzer Organismus, etwas derart Skandalöses einfach ab, vor dessen Übertragung Amélia sich nicht hatte schützen können oder können wollen.

Apropos Theater: Amélias zukünftiger Ehemann erzählte ihr, dass er als Kind während des Krieges an einer Inszenierung von jemandem mitgewirkt hatte, von dem er glaubte, dass es Nadia Dehr gewesen sei, auch wenn sie diesen Namen damals nicht mehr benutzte oder *überhaupt keinen* Namen mehr benutzte. Ein Stück, von dem es keine Spur mehr gab, keinerlei Aufzeichnungen, außer den Erinnerungen von Kindern, die erwachsen geworden sind, und traumatisiert, und die sich vage daran erinnern, Bäume gespielt zu haben, die Bäume kamen auf uns herab, das war einer der Sätze, an die er (der Ehemann) sich erinnerte, ohne wirklich zu wissen, ob das in dem Stück, das Nadia mit Kindern (Kinderbäumen) inszeniert hatte, eine Drohung oder ein Versprechen gewesen war; nun jedenfalls war er dieses Kind in Tarnkleidung gewesen, das mit anderen auf die Bühne zumarschierte, auf die Mitte der Bühne zu (die keine Bühne war, sondern der Besprechungsraum im Untergeschoss des Hotels Elisse, und er erinnerte sich besser an die Fußballspiele, bei denen er dort mitgespielt hatte, als an die chaotischen Proben, die, so glaubte er sich zu erinnern, ausschließlich während der Stromausfälle stattfanden – und vielleicht nur eine Art waren, diese zu erleben, im Dunkeln zu leben –, sie hatten Kerzen, glaubte er sich zu erinnern; aber nicht immer). Aber vielleicht war seine Erinnerung trügerisch, denn genau das war es, was er als Kind während des Krieges ohnehin tat: Er blickte auf die umliegenden Berge und fragte sich, ob sie in die Stadt herabkommen würden. Ob die Berghütten, die Bäume, der Schnee in die Stadt herabkommen würden oder die feindliche Armee, oder die Schüsse der feindlichen Armee. Das war es, woran sich dieser erwachsene Mann, nennen wir ihn Paul, relativ zu Nadia Dehr erinnerte. Wobei relativ das Schlüsselwort war. Bevor ich versuchte, meine Mutter zu finden, und scheiterte, sagte Amélia, habe ich nicht verstanden, wie relativ alles ist. Wie sehr man gleichzeitig lebendig und tot sein kann.

Also: Die serbische Nationalarmee bombardierte die Stadt, die Widerstand leistete. Wie? Womit? Die Hauptstadt der internationalen Machtlosigkeit, das Weltzentrum des Schwarzmarktes. Wie eine große Bühne, aber die Zuschauer, die sich für Zuschauer hielten, waren auch die Schauspieler, ohne es zu wissen; denn Passivität ist eine Entscheidung, sich zu enthalten, ist eine Handlung, etwas geschehen zu lassen, ist ein Verbrechen, und so waren alle schuldig. Diejenigen, die komplottierten, des Komplottierens, die, die überlebten, des Überlebens, die, die zuschauten, des Zuschauens, die, die wussten, des Wissens, die, die nicht wussten, des Nichtwissens. Die schwersten und gelungensten Massenverbrechen fanden ohne Zeugen außerhalb der Stadt statt. Ethnische Säuberung, Folter, diese Dinge, über die Nadia Dehr geschrieben hatte, mit denen sie einen Karton gefüllt hatte. Hatte sie sie gesehen? Es gab Wege in die belagerte Stadt und aus ihr heraus, eine Porosität, die geheimen Gesetzen folgte. Flugzeuge, die auf keinem Bildschirm sichtbar waren. Ein Tunnel im Gebirge.

Und dann verschwand sie, man verlor ihre Spur, sagte Amélia, man verlor ihre Spur, wie man die des Kriegsgewinnlers verlor, von dem gesagt wird, und ich habe keinen Grund daran zu zweifeln, dass er im Hotel Elisse einen Salon führte, in der Bar des Hotels Elisse, und mit Zigaretten und Medikamenten spekulierte, und der eines Tages verschwand; und von dem gesagt wird (aber vielleicht war es einfach nur meine Mutter, die das geschrieben hat), dass er mit trockenem Mund und schmerzendem Schädel außerhalb der Stadt aufgewacht war, im Wald, an der Front; dass er zwischen dem Fußvolk, dem Kanonenfutter, den sechzehn- oder achtzehnjährigen Kindern aufgewacht war, die zur Verteidigung der Stadt angeheuert worden waren und alle fielen, und dass er kaum Zeit gehabt hatte, zu verstehen, wie ihm geschah, bevor er sich eine Kugel einfing. Die belagerte

Stadt mag die Hauptstadt des Schwarzmarktes sein, aber man darf nicht glauben, dass dort nicht eine Art Gerechtigkeit herrschte – eine Gerechtigkeit für Kriegszeiten.

Die Wissenschaft macht Fortschritte, sagte Amélia. Es gibt tausend Möglichkeiten, eine Stadt zu zerstören, tausend Möglichkeiten, Krieg zu führen, sie entwickeln sich weiter. Sie machen auch Fortschritte; manche sagen sogar, dass sie die Wissenschaft *sind*. Ihr direktester Ausdruck. Während die Möglichkeiten des Widerstandes, das heißt des Lebens, des Lebens in einer belagerten Stadt, immer dieselben bleiben. Durch Verstecken. Durch Beten. Durch das Verschlagen der Fenster. Durch wenig oder gar keine Beleuchtung, oder durch Kerzenlicht, oder behelfsmäßige Lampen. Durch das Tragen mehrerer Socken übereinander, oder all seiner Kleidung am Leib. Indem man seine Bücher zum Heizen verbrennt, vom ungeliebtesten zum am meisten geliebten, vom am wenigsten notwendigen zum notwendigsten (und was ein Buch in Kriegszeiten notwendig macht, ist wahrscheinlich nicht dasselbe, das in Friedenszeiten seinen Reiz darstellt). Indem man (in den Augenzeugenberichten kommt das immer wieder vor) auf die leuchtenden Schweife der Geschosse am Himmel schaut und sich fragt, wer wohl das astrale Diagramm dieses neuen Lebens entschlüsseln könnte, das man führt und in dem alle Schicksale vergänglich sind, neu gemischt, neu verhandelt werden, Tag für Tag, Nacht für Nacht. Indem man wie eine Katze mit der Dunkelheit verschmilzt; indem man ohne Grund feiert, Musikgruppen gründet; Rockmusik hilft beim Überleben, das ist die Wahrheit, noch nie hatte es in Sarajevo so viele Rocker und Rockbands gegeben wie während des Krieges. Indem man, während man die Straße entlanggeht, sagt oder denkt oder singt oder durch eine bestimmte Kopflage ausdrückt: Tötet mich, tötet mich, wenn ihr wollt, ich werde deshalb nicht weniger existieren, und vielleicht sogar mehr. Eine bis dahin unbekannte Form, Intensität von Existenz, die der Friedenszeit fremd waren. Indem man in Theaterstücken auftritt, die von halb verrückten idealistischen Ausländerinnen inszeniert werden; eine

Kindheit unter Bäumen, eine Baum-Kindheit; und danach vergisst man alles, tut man so, als würde man alles vergessen, was zählt, ist das, was zurückkommt, was nicht vergeht und worüber man nie wieder spricht; oder nur unter großen Schmerzen.

Ich finde meine Worte wieder, fügte Amélia nach einer Weile hinzu. Es ist keine Frage der Sprache. Dir kann ich Dinge sagen, die ich nicht sage. Zum Beispiel habe ich Blut gespendet. Für die DNA-Identifizierung, die Datenbanken – für die Massengräber, von denen man noch heute neue findet, dank eines Augenzeugenberichts oder eines starken Regens, eines Erdrutsches. Weil es keinen erkennbaren Unterschied zwischen Nadia Dehrs Oberschenkel- oder Oberarmknochen und dem Oberschenkel- oder Oberarmknochen einer anderen Frau gibt. Und auch das ist ein Markt, auch da wird man ausgenommen, wenn du wüsstest. Die Bestechungsgelder. Die falschen Hoffnungen. Falsche Hoffnungen waren in den Jahren, die ich in dieser Nachkriegsstadt verbrachte, eine eigenständige Beschäftigung. Falsche Hoffnungen waren eine Volkswirtschaft. Aber wenn sie dort ist, meine Mutter, in einem dieser anonymen Massengräber, wäre das der Höhepunkt der dokumentarischen Poesie, ihr Triumph, der Beweis dafür, dass man nicht nur das Leiden eines Anderen leiden, sondern auch den Tod eines Anderen sterben kann.

*

Der Wiederaufbau ging unglaublich schnell, sozusagen über Nacht verschwanden die Spuren der Granaten von den Mauern, die Einschusslöcher wurden neu verputzt, neu gestrichen, und die ganze Stadt roch nach frischer Farbe, heißem Teer, wie ein riesiges Bühnenbild. Vom Zentrum ausgehend, von den historischen Stadtteilen, die auch die kommerziellen Stadtteile waren, bis zur Peripherie; und Amélia suchte nach ihrer Mutter und erkannte, dass sie zu spät gekommen war, dass diese große Lebensbewegung, die die Spuren der Belagerung auslöschte, auch die Erinnerung an ihre

Mutter auslöschen würde, die in die zerstörten, gebeutelten Oberflächen eingeschrieben war und nirgendwo sonst existierte. Je mehr die Stadt zu dem wurde, was sie gewesen war – und noch mehr –, desto weniger schienen sich die Menschen, die sie traf, an Nadia Dehr zu erinnern, die an Glaubwürdigkeit, an Beständigkeit verlor und sich in Luft auflöste. Sie wurde ein Mythos, ein Phantom, die wirre Erinnerung nicht an einen Menschen, an ein Wesen aus Fleisch und Blut, sondern an eine Legende, mehr oder weniger gut erzählt. Amélia begann vor dem Wiederaufbau zu flüchten, ihr Exil immer weiter an den Stadtrand zu verlagern, in die Viertel, wo die Stadt noch immer die Stigmata des Konflikts trug; aber es war wie die Flucht vor einer riesigen Welle oder der Zeit selbst: zum Scheitern verurteilt. Obwohl sie nicht allein war, andere hatten ebenfalls ihre Gründe, nicht zu wollen, dass der Krieg aus der Stadt verschwand. Sie hatten ihn erlebt, sie waren in ihm aufgewachsen. Die Stadt war ihre Mutter. Der Krieg war ihre Mutter. So hatte sie ihn kennengelernt, sein Name spielt keine Rolle, nennen wir ihn Paul, wenn du willst, sagte sie zu Paul, der das nicht wollte, ganz und gar nicht, aber nichts sagte. Er war jung, aber nicht jünger als sie. Er war in der belagerten Stadt aufgewachsen, er kannte die Geschichten, die Gerüchte, ihre absurde, unmögliche Architektur; zuerst benutzte sie ihn, er war ein Führer, ein Dolmetscher, eine Zeitmaschine; dann lernte sie ihn kennen, lernte seine Zwangsvorstellungen kennen, zum Beispiel fragte er sich, ob die Kugeln der Scharfschützen in den Wänden geblieben waren, unter den Schichten aus Gips und Putz und Farbe, ob sie dort geblieben waren wie ein Fremdkörper, wie eine Perle, ein Fossil; und zu welchen Herzen, zu welchen Köpfen sie weiterwanderten, diese Geschosse, von denen man dachte, sie seien dort erstarrt, weil ihre Zeit nicht mehr menschlich, sondern geologisch war – geologisch gesehen war es jedoch sicher, dass sie ihren tödlichen Kurs fortsetzten. Unmerklich, aber tödlich. Nachts goss er Harz in die Klüfte, die die Granaten auf den Gehwegen, auf den Straßen, hinterlassen hatten, ein leuchtend rotes Harz, das zu Blutlachen erstarrte, die immer frisch aussahen, aber hart waren wie Eis, wie Bernstein. Das war ein anderes Konzept von Erinnerung. Ein anderes Konzept von Kunst. Er fühlte sich persönlich angegriffen, enteignet, durch diese programmierte, erwünschte Rückkehr zu etwas, das als normal bezeichnet wurde, ihm aber hoffnungslos fremd blieb. Das für ihn nicht mehr existierte, das an den Morgen ohne Wasser, unter dem Mörserfeuer, bei den nächtlichen Stromausfällen verloren gegangen war. Er fühlte sich vertrieben oder lebendig eingemauert, wie eine dieser Kugeln, die in den Wänden zurückgeblieben waren. Seine Stadt war die Stadt im Krieg.

Sie machte Fehler. All die Liebe, von der sie sich zu befreien gedacht hatte, als sie Paul verließ, war nun dem anderen Mann gewidmet, sie glaubte in ihm, in seinem scheinbar gesunden Körper (und welch ein Oberkörper, welche Augen) einen Seelenverwandten zu sehen, die Verkörperung ihrer eigenen Besessenheit in einem Anderen – sie sprachen eine universelle Sprache, die sie bei Albers gelernt hatte und er im Fernsehen, und jedes Mal, wenn sie glaubten einander zu verstehen, sagte sie, verstanden sie einander in Wirklichkeit nicht. Aber sie träumte von Einverständnis, sie träumte von dem Einverständnis, das sie Paul verweigert hatte, dem sie sich mit Paul verweigert hatte. Amélia stieß tiefer in ihre Labyrinthe vor, und Paul verstand nicht (nicht sofort), dass sie diesmal von ihm sprach. Sie machte Fehler: Sie versuchte, ihn vor sich selbst zu retten, sie sah nicht, dass sie diejenige war, die unterging. Er trank, er war gewalttätig, gewalttätig gegen sie, sie war so verloren, dass sie darin einen dieser Liebesbeweise zu sehen glaubte, über die so viel geredet wurde. Er renkte ihr die Schulter aus, brach ihr die Nase. Sie blieb. Paul wurde es beklommen ums Herz, er konnte nicht leugnen, dass dies das Einzige war, das er ihr nicht hätte geben können. Nie hätte er die Hand gegen sie erhoben. Er erzählte ihr von den Tagen, den Jahren des Krieges, sie wurde von Schuldgefühlen zerfressen, sie hätte sich in seiner Erfahrung auflösen wollen. Er rächte sich an ihr für den

Frieden, der anderswo geherrscht hatte, er rächte sich an ihr für all die Gedanken, die die Kinder des Westens gedacht hatten und die nichts mit dem Krieg zu tun hatten. Sie war glücklich und unglücklich zugleich. Sie wurde schwanger, ein Mal, dann ein zweites Mal, es setzte nicht an, das Leben, das sie in sich fühlen wollte, konnte sich nicht bewegen, war aber dort, eine winzige reglose Kugel, ein Fremdkörper. Was für eine Hölle, sagte Paul. Ich fühlte mich zu Hause, sagte Amélia, es ist schwer zu erklären. Je mehr mein Körper mich verriet, desto mehr fühlte ich mich zu Hause.

Sie ist verrückt, dachte Paul.

Sie blieb lange bei ihm, mehrere Jahre, sie lebten so lange zusammen, wie der Krieg gedauert hatte. Ihr Ehemann (ja, bestätigte Amélia) wob um diese Aktionen, die er nachts im Geheimen durchführte (das Harz, das Entgipsen), einen Diskurs, der eigentlich ihr Diskurs war. Er wurde zu ihrer Marionette, dieser Körper, der den Krieg erlitten hatte und durch den sie das ausdrückte, wozu sie sonst, glaubte sie, keinerlei Legitimität gehabt hätte. Die Obszönität des Wiederaufbaus; die Auslöschung als Verbrechen, als Fortsetzung des Krieges mit anderen Mitteln. Oder vielleicht die melancholische Wut eines Geistes, der in der Welt eine Landschaft sucht, die seiner eigenen Zerstörtheit würdig ist. Sie wollte eine Welt in Asche, um die unbeständige Glut ihres Herzens wieder zu entfachen. Sie machte einen Künstler aus ihm. Er wurde berühmt. Er färbte das Wasser der Brunnen der Alten und der Neuen Welt rot. Er feuerte automatische Waffen in die Decken renommierter Institutionen und nannte das Kunst. Sie, sie war nichts und alles gleichzeitig, sie war seine Frau. Das war mir recht so, sagte Amélia, und Paul wusste vor ihr, dass sie log. Er reiste. Er zog um die Welt, um seine Botschaft zu verbreiten, dieses Plädoyer für eine andere Erinnerung, die Raum geworden, Erfahrung geworden war, befreit von den begrenzten Arealen, in die man sie eingesperrt hatte. Gedenktafeln, Denkmäler, so groß sie auch sein mögen, sind eine Konzentration von falschen Erinnerungen, eine künstliche Synthese, die darauf abzielt, uns von dem zu befreien, dessen zu gedenken sie vorgeben. Sie sind Instrumente des Vergessens. So reiste er, lebte von dieser Diffamierung der Städte, die Museen geworden waren, und der Kriege und Frieden, die Museen geworden waren, und wenn das so weitergeht, sagte er (und es war sie, die aus seinem Mund sprach), wird es in der westlichen Welt bald nur noch Überlebende und Touristen geben. Man betrachtete ihn mit Interesse, wie ein Unikum, eine Anomalie. Die Zeit verging. Amélia begleitete ihn nie. Sie blieb dort, bei sich, bei ihnen zu Hause, sagte sie, obwohl die Worte falsch klangen. Sie fand ihre Mutter nicht, sie bekam kein Kind. Die Stadt wurde wieder aufgebaut und dann erweitert. Eines Tages kam sie nach Hause und fand ihn am Esstisch sitzend. Sie sahen sich einen Moment lang an, dann führte er den Lauf einer Waffe an seinen Kopf und pustete sich das Gehirn raus.

Siehst du, du bist mit knapper Not davongekommen, sagte sie zu Paul und brach in ein hohles, lebloses Lachen aus, das eher einem Husten glich und auch zu einem wurde. Sie kehrten ins Museum zurück. Erinnerst du dich, was Albers gesagt hat? Über eine *Angstgeschichte* der Kunst? Ich bezweifelte das damals, jetzt aber nicht mehr so sehr: Albers hat immer Recht. Man muss ihr nur Zeit lassen. Ich versichere dir, sagte sie und schob ihren Arm unter Pauls Arm, vor einem Großformat von einem amerikanischen Maler, einem abstrakten Expressionisten mit einem göttlichen Marktwert, unbezahlbar, lächerlich, und von dem viele Leute, die einander nicht kannten, Paul erzählt hatten, dass sie eines seiner Gemälde gesehen hätten, das nonchalant in die Badewanne von Amélia Dehrs Vater gestellt worden war, ebenfalls ein Mann mit einem göttlichen Marktwert, unbezahlbar und lächerlich; Gemälde, deren Form und Inhalt die Farbe war, die ganz zwanglos auf eine Leinwand ohne Grundierung gegossen wurde, Ich versichere dir, dass man manche Dinge nicht mehr auf dieselbe Weise sieht, nachdem man eine mit Kopf bespritzte Wand gesehen hat.

Sie hatte einige seltsame Zeitvertreibe. Sie lief durch die Straßen und zählte ihre Schritte. Sie lief durch die Straßen und zählte die öffentlichen Bänke, oder die Überwachungskameras, oder die zerfledderten Matratzen auf dem Boden, oder die zerbrochenen Flaschen, oder die Scherben dieser Flaschen. Sie sahen einander öfter. Sie wollten über Kunst sprechen; es ging nur um Verbrechen. Sie betrachteten Bilder von Chaos, Szenen von Gewalt, in denen sie weder ihre Stadt noch ihr Land wiedererkannten. Massenmorde oder versuchte Massenmorde; man konnte sie an einer Hand abzählen, aber sie dominierten nunmehr die gesamte urbane Lebenserfahrung. Das erste Mal rief er sie an, um zu fragen, wo sie war. Das zweite Mal war sie es, die ihn anrief. Das dritte Mal waren sie zusammen und mussten sich fragen, wen sie anrufen sollten. Kann eine Stadt vor Angst sterben?, fragte sich Paul. Das erinnerte ihn an etwas aus seiner Jugend, ohne dass er wusste woran. Was stirbt in einer Stadt, die vor Angst stirbt? Er hätte beinahe Amélia gefragt, hielt sich aber zurück. Eines Tages sagte sie zu ihm: Stell dir vor, wir würden Opfer eines Angriffs. Hier, sofort. Sie hatte auf die fast verlassenen Galerien des Museums gezeigt. Stell dir vor. Was würdest du retten? Paul hatte nachgedacht. Man müsste natürlich etwas Kostbares nehmen, aber nicht zu schwer, dachte er. Oder vielleicht etwas, das eine Kugel aufhalten könnte. Stell dir vor, sagte Amélia, der Rauch, die Explosionen, die Schüsse. Der Boden, der bebt. Die Schreie. Was würdest du aus dem 20. Jahrhundert retten?

Paul zuckte schließlich mit den Schultern. Meine Haut, sagte er. Sie hatte gelacht, mit diesem hohlen Lachen, das sie jetzt hatte. Du bist der Beste, sagte sie, ich habe es immer gewusst. Du wirst uns alle überleben.

Je dunkler die Stunde wurde, desto mehr kam Amélia zu sich, erwachte zum Leben. Wenn ich gewusst hätte – was ich dort gesucht habe, ich hätte einfach hier darauf gewartet, sagte sie eines Abends, in einem dieser unbezahlbaren Restaurants, in die Paul sie ausführte, wahrscheinlich eher, um sich selbst etwas zu beweisen als ihr, der alles gleich zu sein schien, außer vielleicht die Gefahr.

Sie versuchte zu leben. Sie versuchte es wirklich, er kannte sie und sah, dass sie es versuchte. Sie machte Listen auf blassgelben Blättern, die sie aufgrund des Leuchtens ausgesucht hatte, das von ihnen auszugehen schien, eine Wintersonne, die in ihrer Wahrnehmung der Tage wohl fehlte. Einkaufslisten. Wünschenswerte Dinge, Dinge, die man sich wünschen konnte, ihre Namen zu schreiben, reichte ihr aus. Eines Tages sah er oben auf einer Seite, in Kapitälchen, wie eine Überschrift, DIE BESTMÖGLICHE WELT, und nichts darunter. Sie kaufte Lippenstifte und ordnete sie nach Farbtönen, dann nach Textur. Sie schliefen miteinander. Das erste Mal war es zögerlich, ungeschickt, wunderschön. Sie hatten nicht denselben Rhythmus, waren unbeholfen, gerührt. Schon beim zweiten Mal hatten sie sich neu aufeinander abgestimmt, funktionierten, ein mechanischer Tanz, den nichts, nicht einmal das Herz, mehr durcheinanderbringen konnte. Paul fühlte sich traurig und ausgenutzt. Amélia fühlte sich ausgenutzt und traurig.

Nimm dir eine Wohnung, sagte Paul zu ihr, so kannst du ja nicht leben, von deinem Koffer. (Er reiste so viel, dass er die Sprachen verwechselte, oder besser gesagt, alles aus dem deterritorialisierten Englisch übersetzte, das zu seiner Marotte geworden war, die Unschärfe, in die alles eingetaucht war.) Sie befolgte seinen Rat zur Hälfte, lebte nicht mehr im Hotel, sondern bei Privatleuten, wo sie sich auf Wochen- oder Monatsbasis einmietete, sie kam an und ließ sich in einer häuslichen Fiktion nieder, in Wohnungen, die Zeugen anderer Leben als des ihren waren. Sie räumte ihre Lippenstifte ins Badezimmer, spielte, dass sie dort zu Hause war, Paul machte sich ein wenig Sorgen. Paul konnte nicht anders, als sich Sorgen zu machen. Sie kaufte einen hellen Mantel, cremefarben mit weiten Ärmeln, breitem Kragen, Gürtel – ein luftiges Kleidungsstück, das den Wind an die Gelenke lassen musste, genau dort, wo man sich den Tod einfängt – die Handgelenke, die Kehle –, einen bleichen Mantel, in dem sie umherwanderte, den sie jeden Abend bürstete und untersuchte, wie man einen Tatort untersucht, an dem man kaum wahrnehmbaren Staub, bunte Fasern entdeckt und manchmal Haare, die nicht von ihr waren: der Beweis dafür, dass sie in der Stadt, in der Welt gewesen war, dass ihre Begegnung mit beiden stattgefunden hatte. Sie trug Hosen, die ihren Knöchel freiließen, elegant flatterten, immer Zwischenlängen, ihre Garderobe sah aus wie ihre unvollendeten Gesten, die vor dem Erreichen des Ziels wieder erschlafften, vor dem Aufprall – wusste Paul, der sie kannte, er wusste, dass eine Geste von Amélia nicht so sehr eine Geste als vielmehr ein Hieb war. Sie versuchte zu leben, aber alles war kompliziert, Manchmal, vertraute sie ihm an, sehe ich mich in einem Spiegel und ich erkenne mich nicht. Eines Tages rief sie ihn an, um ihn zu fragen, wo sie war. Ich weiß nicht, Amélia, sagte Paul, überrascht. Zuerst glaubte er, sie hätte sich verlaufen. Was siehst du? Den Eiffelturm, sagte Amélia nach einer Weile. Nimm ein Taxi, sagte Paul. Nimm ein Uber. Stille. Paul, sagte Amélia, wenn ich den Eiffelturm sehe, bedeutet das, dass ich oben drauf bin? Er verspürte einen Kälteschauer, der nichts mit dem Wetter zu tun hatte. Nein, Amélia, wenn du ihn siehst, bedeutet das, dass du nicht oben drauf bist.

Sie zeichnete freihändig Pläne, weggeworfene Kartons und die Menschen, die in ihnen lebten, weggeworfene Matratzen und die Familien, die auf ihnen lebten. Jeden Tag, jeden zweiten Tag, musste sie von vorne anfangen. Die Stadt, die unveränderlich schien, wurde beweglich, schwebend, es mangelte schließlich selbst an bescheidensten Orientierungspunkten. Sie gab Geld weg. Sie gab ihren Mantel weg, ihre Uhr, ihre Adresse. Schlief auf Pauls Couch. Dann schlief sie nicht mehr, Ich weiß nicht, ich habe Angst, Aber Angst wovor, fragte Paul.

Sie hatte Angst zu verschwinden, oder dass ein entscheidender Teil von ihr verschwände (sagen wir: mein Gefühl, ich zu sein), oder dass ein Verbrechen geschähe, dem sie oder ein entscheidender Teil von ihr zum Opfer fiele (sagen wir:

meine psychische Gesundheit) und an dem ein Anderer schuldig wäre (sagen wir: der Teil von mir, den ich nicht wiedererkenne), Möchtest du, dass ich dir einen Termin bei einem Arzt mache?, fragte Paul, und Amélia verdrehte die Augen. Er ging nach der Arbeit nach ihr sehen. Er schaute ihr beim Einschlafen zu. Sie genügte sich nicht mehr selbst, sie brauchte ihn, um unter seinem Blick ihre Existenz spüren zu können. Es hätte wahrscheinlich auch jemand Anderes sein können, dachte Paul bei sich , aber es verhielt sich eben so, dass er da war, in der Wohnung eines Fremden, der ausreichend mittellos oder gierig oder pervers war, um seine Privatsphäre anderen Fremden zu öffnen – eine Idee, die Paul nie in den Sinn gekommen wäre. Da Amélia weder mittellos noch gierig war, betrachtete er mit Besorgnis diesen Lebensstil, für den sie sich entschieden hatte, der seiner Ansicht nach eine Entscheidung für ein Nicht-Ganz-Leben war. Mehr als einmal schlief er neben ihr auf dem Bett ein, oder auf dem Boden, oder auf dem Sessel, auf dem er saß. Eines Morgens tranken sie schweigend einen Kaffee in einer Küche, in einen Sonnenstrahl getaucht – die Komposition der Szene erinnerte an ein Gemälde von Edward Hopper und an einige Werbeplakate – er, schlecht rasiert, mit einem fragwürdigen Charme in seinen Kleidern vom Vortag, sie in einem blassrosa Kimono, der ihr fast das Leuchten wiedergab, das sie mit zwanzig gehabt hatte – sie sagte in einem verspielten Ton, der wie die plötzliche Rückkehr der Amélia war, die nicht mehr existierte, der früheren: Wäre es nicht lustig, Dinge in diesen Wohnungen zu verstecken? Unter dem Parkett? In einer Wand? Niemand würde es bemerken. Und eines Tages, sechs Wochen, sechs Monate später, wenn wir vielleicht nicht einmal mehr in der Stadt oder in diesem Land sind, oder (sie beendet den Satz nicht) – Bumm. Alles fliegt in die Luft.

Paul war in der Bewegung unterbrochen worden, seine Tasse an die Lippen zu führen, war so überrascht, dass er seine Geste nicht vollenden konnte – was in die Luft geflogen war, war ein Teil des Alltags, die Banalität des Augenblicks.

Was in die Luft geflogen war, war der Eindruck, dass dieser Morgen nicht nur von Anderen erlebt, sondern auch von anderen gespielt werden könnte und wurde; das beruhigende Wissen, dass sie andere Menschen hätten sein können, irgendwer aus ihrer Zeit und in ihrem Alter. Und Amélia, nachdem sie sich durch die Heraufbeschwörung der Katastrophe wieder in sich selbst hineinversetzt hatte, brach in Lachen aus. Paul, dem die Annehmlichkeit genommen worden war, nicht er selbst sein zu müssen, wusste einen Moment lang nicht, wie er reagieren sollte. Sie hatten Sex, stehend, in der Sonne, aber sie beschlossen, nie darüber zu sprechen, nie darüber nachzudenken, und schon bald war es, als wäre es nie passiert.

*

Natürlich erkundigte er sich. Sobald sie ihm den Rücken zuwandte, informierte er sich, zog alle seine Bildschirme zu Rate, die Kunst, der Krieg, der Revolver, er trug die Fakten innerhalb weniger Sekunden zusammen, bis hin zum Modell der Waffe, mit der er sein Leben beendet hatte. Nennen wir ihn Paul, wenn du magst: Das war natürlich nicht sein Name, aber das verlangsamte die Suche nicht, oder kaum. Die Identität eines Jeden war zu einem Netz von Wörtern geworden, das sich um einen abwesenden Körper zusammenzog, ihn einengte, bis das Gegenteil von Wörtern erschien: ein Bild. Das Foto eines bulligen und traurigen Mannes, bärtig, die Arme verschränkt, Ringe am Ring- und dem kleinen Finger. Ringe, aber keinen Ehering. Zeigefinger, Daumen und Mittelfinger, die zu allem nützten, einschließlich dazu, einen Schuss abzufeuern, frei von diesen ganzen Phantasien. Nennen wir ihn Paul, wenn du willst – aber warum? Paul wollte nicht. Er hatte alle Fakten zusammengetragen, hatte aber nie herausgefunden, wie es war, ein Zimmer zu betreten, das man sein Zuhause nennt und Zeuge dessen zu werden, eine Waffe, ein Mund (ein Kinn? eine Schläfe? so viele Dinge, die sich ihm letztendlich entzogen), er hatte nie herausgefunden, wie das Licht war, wie die seltsame Trennung verlief zwischen der, die alles sieht, ohne etwas zu fühlen, und der, die alles fühlt, ohne etwas zu tun, ohne etwas tun zu können, und die ein und dieselbe Person sind. Amélia, vielleicht mit einer über den Arm gehängten Einkaufstasche, vielleicht schwer genug, dass die blauen Venen auf ihren Handgelenken und Händen anschwellen, man kann das Alter einer Frau auch daran erkennen, wie sich ihre Hände unter Anstrengung verändern. So viele Dinge, die man nie erfahren würde, dachte Paul bei sich; und wenn Kunst die Ansteckung mit einer Erfahrung ist, die Einimpfung einer nicht erlebten und doch gefühlten Erfahrung, blieb immer noch die Suche nach der Form, die es ermöglichen würde, alles zu erfahren, das Licht, das seltsame Gefühl, gefühllos dort festgenagelt zu sein, die Detonation, der Geruch, die Gerüche, ein leichter Duft von Knochen, Pulver, gebratenem Gehirn und frischem Blut. Wenn es diese Form gäbe, gäbe es natürlich keine Möglichkeit, sie vom wirklichen Leben zu unterscheiden, und so würde sie einer Form von Folter gleichkommen.

Apropos Kunst, die Karriere des Typen war kurz gewesen, weniger bemerkenswert, als Amélia ihn hatte glauben lassen – weniger bemerkenswert, und vielleicht interessanter. Einmal hatte er einen Wolf in einem Stadtpark freigelassen, in Berlin, der einzigen europäischen Hauptstadt, die Kunst in diesem Umfang oder *diese* Kunst in diesem Umfang unterstützt; einen Wolf, der die Bevölkerung terrorisiert hatte, einen Wolf, den man gesehen hatte und dem man über den Weg gelaufen war, der im Gebüsch fotografiert wurde, *dort*, ein Wolf, der vielleicht zwei Wölfe war, ein Rudel von Wölfen, die intelligente Tiere sind, soziale Tiere, deren Organisation es nicht zulässt, dass ein Mitglied im Stich gelassen wird, selbst wenn es alt, selbst wenn es verwundet ist – das Rudel ist da und kümmert sich –, die aber keinen guten Ruf genießen. Ein Wolf, gegen den demonstriert wurde, Tag und Nacht, vor dem Park, geschützt durch die Umzäunung, auf dem Bürgersteig. Ein gejagter Wolf, der alte Ängste zum Leben erweckte, die man verschwunden geglaubt hatte, der die obsolete Kunst der Jagd wieder auferstehen ließ, deren Prinzip sich nicht geändert hatte und nie ändern wird – der dadurch eine Kontinuität wiedererweckte, einen zarten Faden, der sich durch die menschliche Erfahrung zieht, bewaffnete Männer, die im Morgengrauen durch Gras stapfen. Ein Wolf, den man eines Tages erschoss, und noch einer, aber das waren nur Hunde gewesen, und die Wolfspsychose erreichte einen Punkt der Unumkehrbarkeit, bis herauskam, dass es keinen Wolf gab, nie einen gegeben hatte. Trotz des offiziellen Dementis sah man ihn weiterhin, diesen Wolf, er spukt immer noch auf einigen Pfaden in der Nähe des Sees.

Amélia, oh, Amélia, dachte Paul.

*

Die Videoaufnahme einer Konferenz im Auditorium eines Museums. Der Mann beginnt zu sprechen, mit einem starken Akzent, auf Englisch, was er nicht beherrscht, er wirkt betrunken oder einfach unfähig, zutiefst ungeeignet für diesen Rahmen, und ein Unbehagen macht sich breit, das auch ein Vergnügen ist, die boshafte Freude darüber, ein Individuum zu sehen, das sich lächerlich macht, ohne ihm helfen zu müssen. Tatsächlich ohne sich auch nur fragen zu müssen, ob man ihm helfen sollte, denn das Lächerliche ist woanders passiert, zuvor, und wird für immer bestehen bleiben, ob man nun da ist, um es zu bezeugen, oder nicht. (Das ist eine mögliche Sichtweise.) Er versucht, sich zu erklären, den Wolf, den Park zu erklären, die Worte entziehen sich ihm, er verfängt und versenkt sich in dieser Sprache wie in einem Fischernetz, und verfällt letztendlich in ein erschöpftes Schweigen. Er schweigt wie ein Tier, das nicht weiß, wie es aus dem Leben scheiden soll, es aber dennoch tut. Er schweigt, und als die Stille unerträglich wird, leuchtet in seinen Augen etwas auf, er hat so etwas wie eine Idee, er bückt sich kurz und die Kamera folgt ihm, aber ihre Bewegung ist zu langsam für die des Mannes und es kommt zu einer Verzögerung durch das Gerät, das Gewicht des Geräts.

Eine Kiste steht neben seinem Fuß, ein Karton, den er geöffnet hat, bevor er von der Linse erfasst wird, aus dem etwas herausgekommen ist oder weiterhin herauskommt, das man nicht sieht, oder mehrere Dinge, die man nicht sieht und die unter den Tischen durchsausen, ins Publikum, und die Gesichtsausdrücke, die in diesem Moment von einer tragischerweise zu langsamen Kamera aufgenommen werden, zeigen Ekel, blanken Horror. Man sieht nie, was herausgekommen ist, ein schwarzer Schatten, der manchmal verrutscht; offensichtlich ist es lebendig. Eine Frau steigt auf ihren Stuhl, eine andere auf den Tisch. Sehr langsam, rückwärts, versuchen die aus der letzten Reihe den Ausgang zu erreichen. Die Anderen wagen es nicht, sich zu rühren, nur ihre Gesichter verwandeln sich ohne ihr Zutun in eine kollektive Maske, die Paul noch nie getragen zu haben glaubt, die er aber dennoch sofort erkennt. Das ist die Art von Kunst, die Amélia stellvertretend praktizierte. Die Weiterführung der dokumentarischen Poesie mit anderen Mitteln.

Auf einigen Fotos des großen Mannes, des Künstlers, hat man den Eindruck, im Hintergrund eine Präsenz zu sehen, jemanden, der Amélia sein könnte, es aber nicht ist. Amélia ist im Inneren dieses Schädels, dachte Paul, während er die Porträts seines unglücklichen Rivalen studierte, Amélia ist das leicht verrückte Glühen dieses Blicks, war es Amélia, die er mit diesem Pistolenschuss aus seinem Kopf zu vertreiben versucht hatte?

5.

Wenn sie ein Kind will, dachte Paul bei sich, dann mache ich ihr eben eins, warum nicht. Nie hatte er an seiner Fähigkeit oder ihrer gemeinsamen Fähigkeit, sich fortzupflanzen, gezweifelt. Allerdings schien sie keins mehr zu wollen; oder nicht von ihm. Nicht von dem, der ihr ohne Probleme eines hätte schenken können, ein Mann fühlt so etwas, dachte Paul, zu Recht oder zu Unrecht. Sie beschwerte sich, ihr ganzes Leben lang hin- und hergerissen gewesen zu sein, und das war in ihrer Kindheit der Fall gewesen, aber galt es noch immer für die, die sie heute war, eine erwachsene Frau, die nicht in der Lage war, etwas so Simples zu tun wie eine Wohnung zu mieten, ihr Namensschild an die Tür zu hängen oder nicht, das Spiel der vier Wände zu spielen; innen, außen; öffentlich, privat? Nur du kannst das ändern, sagte Paul, dessen geheime Mission im Moment darin bestand, sie zum Essen zu bringen, sie beim Schlafen zu beobachten, er entdeckte in sich einen Quell von Wörtern, die er noch nie ausgesprochen hatte, *hochfüttern, aufpäppeln,* er dachte sie, ohne sie zu sagen, aber das reichte schon und er verzog das Gesicht. Auf dem Grund seiner Liebe zu ihr – einer Liebe, die immer körperloser wurde, es ging nicht mehr um Sex, nicht mehr wirklich – auf dem Grund des Mitgefühls, das er empfand, wenn er sah, wie sie auf diese Weise gegen sich selbst oder einen Teil von sich selbst kämpfte, lag ein Boden aus Wut, ja Rage: als ob sie über all dem stünde, zu gut für ihn sei, für sie beide, für das Spiel, das sie alle spielten. Was alle, Paul inbegriffen, sich abmühten aufzubauen, ein Zuhause, ein Leben, sie, sie zerfledderte es, und ob das eine Entscheidung oder ein Verhängnis war, eine innere Verpflichtung, der sie sich nicht entziehen konnte, ihre Ablehnung all dessen, Arbeit, Familie, warf einen Schatten auf die Existenz der Anderen. Manchmal hasste Paul sie, besonders am Morgen, früh, wenn er in die Agentur ging. Er hasste sie, weil sie sich den Wahnsinn erlauben konnte, sagte er sich, sie konnte sich den langsamen Verfall ihrer Gesundheit, ihres Geistes erlauben: Die Rechnungen wurden trotzdem bezahlt. Aber er entschloss sich, diese unfairen und uneleganten Gefühle sorgfältig zu ignorieren. Paul hatte (glaubte er) nur das, was er sich selbst verdient hatte. Er erkannte nicht, dass er darin, in der Sorgfalt, mit der er jegliches Urteil, jeglichen negativen Gedanken über diese Frau vermied, tatsächlich der Sohn seines Vaters war. Er wischte diese Gefühle beiseite und versuchte es. Er versuchte es wirklich. Er nahm sich eine neue Wohnung, er hatte sich nie etwas aus Möbeln, aus Gegenständen gemacht, aber aus Räumen schon: eine gewisse Deckenhöhe, eine gewisse Helligkeit der Wände, natürlich ist nicht jedes Weiß gleich, er wählte mit der gleichen Sorgfalt einen pudrigen Farbton aus, mit der Andere ihre Elektrogeräte, ihr Bettgestell auswählen; es war das Licht, das ihm wichtig war. Für diese Stadt, für Paul, der kein Vermögen besaß, war es ein großartiger Ort, er stellte sich vor, wie Amélia ihn barfuß, in eines seiner Hemden gehüllt durchquerte, und als sie ihn dann barfuß, in eines seiner Hemden gehüllt durchquerte, bekam er einen Eindruck davon, was ein wahrgewordener Traum ist, eine Phantasie, von der er nicht wusste, ob sie seine eigene oder die der Stadt, der Epoche war: Wohlstand, das Gefühl von Besitz und Zugehörigkeit, Sicherheit. Oder was man dafür hält. Selten war er auf etwas so stolz gewesen, wie aufgeplustert, wie darauf, dass er Amélia das bieten konnte, einen Moment an einem Ort. Natürlich hatte er es vor allem sich selbst geboten, diesen Weg von ein paar Sekunden, der ihn Zeit und Geld gekostet hatte, seine Ersparnisse, einen Kredit, nicht nur aus den vergangenen Jahrzehnten, sondern auch über die folgenden, Jahre, die der Rückzahlung der auf diesen Moment anfallenden Zinsen gewidmet sein würden, an einem Mittwoch am späten Nachmittag, warmes Licht, ein helles Hemd, rote Haare, kurz, glühend. Sie, sie bemerkte nichts, sie würde sich weder an den Moment noch an den Ort erinnern, für sie war das alles banal, gewöhnlich, ihrer Aufmerksamkeit unwürdig. Er nahm es ihr nicht übel. Er hatte es ihr nie übelgenommen, das Begehrenswerte nicht zu begehren. All das, die Wohnung, die Hemden, er tat das für sich selbst, nicht für sie. Er hatte Angst vor dem, auf das sie hinsteuerte, im Grunde wusste er, dass er nicht viel Zeit hatte, dass er sich beeilen musste, um mit ihr das Simulakrum dessen zu leben, was sie hätten haben können und was sie nicht interessierte; überhaupt nicht. Er fürchtete, etwas zu bereuen.

Er ging mit ihr ins Restaurant, fuhr mit ihr nach London, nach Cabourg, ging mit ihr in alle Naturkundemuseen, die er finden konnte, in Häuser fiktiver Detektive, deren Wohnzimmer und Bibliotheken man bewundern konnte; deren Hüte man anprobieren konnte; Amélia standen sie besser. In einem Bett hatten sie ihre Gewohnheiten, in einem Zug, aufeinander abgestimmte, trockene, sparsame Gesten, die sie wie ein altes Paar wirken ließen (ein Paar, das älter ist als jeder Partner), die sie aber bereits mit achtzehn gehabt hatten, an der Universität. Sie brachte ihm bestimmte Dinge bei, die wieder an die Oberfläche kamen und die sie aussprach, nachdenklich, als ob sie sich wunderte, warum sie wusste, was sie wusste – zum Beispiel, dass man gerne in Gesellschaft schläft, weil der Körper vom Herzen des Anderen, von seinen Schlägen gewiegt wird, auch wenn man sie nicht hören kann. Ich habe noch nie jemanden getroffen, dessen Herz so stark schlägt wie deins, sagte sie zu ihm, nie, ein ausgesprochen starkes Herz, ein Schwimmerherz, kraftvoll und gleichzeitig nur genau so stark, dass einem schnell klar wird, dass es nur ein Muskel ist. Im Grunde genommen ist es nur ein Muskel.

Natürlich, sagte Paul.

In diesem Jahrzehnt wirkte er wie ein distanzierter Mann, ein kalter Mann.

Er stellte ihr seinen Vater vor. Sie nahmen den Regionalzug, er hatte nichts mehr zu verlieren, wollte mit ihr die

Momente erleben, die für ihn in seiner frühen Jugend unvorstellbar gewesen waren, ihm Entsetzen eingejagt hatten; er wollte sie provozieren, die Welt, aus der er kam, auf die ihre prallen lassen, ihr das zeigen, von dessen Existenz sie nichts wusste (aber es war noch schlimmer: Sie wusste es und pfiff drauf). Armut, Enge, bestenfalls pragmatischer Stolz – auswegloser Stolz, nichts, keine Alternative, nicht das geringste Anderswo. Sein Herz schlug schneller, als sie die Wohnung des Vaters betraten, sein Schwimmerherz, das Organ der Ungerechtigkeit, zwischen diesen Wänden, die der Mann trotz wiederholter Angebote nie hatte verlassen wollen und die ihm, Paul, Angst machten, ihn verschreckten. Der kleinste und sauberste Ort der Welt, und jedes Mal, so schien es ihm, kleiner und sauberer, er verstand nicht, wie sie alle drei hineinpassten, Amélia, der Vater und er; oder alle vier, Amélia, der Vater, er und die Fotografie seiner toten Mutter an der Wand, die der Vater so vorstellte, wie er eine lebendige Frau aus Fleisch und Blut vorgestellt hätte, *meine Ehefrau, Majda*, und ein aufrichtiges Bedauern zog über Amélias Gesicht, denn an diesem Tag hatte sie vergessen, was sie alles gemeinsam hatten, Paul und sie, den Verlust, den Mangel, die Erinnerungen, von denen man nicht weiß, ob sie echt oder erfunden sind, aus Anekdoten, Fotos, geheimen Wünschen zusammengeflickt. Die Einsamkeit. Aber das Umfeld war anders, wo waren die Familiensagas, die großen Geschichten, die politischen Überzeugungen? Wo war das Geld? Eine verstorbene Mutter ist eine verstorbene Mutter, auch wenn die eine Abenteurerin und die andere Hausfrau ist, mit einfachen Freuden – nicht aus natürlicher Einfachheit, sondern aus Selbstachtung, aus Disziplin, denn sie ist entschlossen, das zu lieben, was sie hat, so wie Andere entschlossen sind, das zu erobern, was sie nicht haben; denn sie beschneidet sich gnadenlos aller Träume von Anderswo, denen Andere nachgeben, in die Andere mit dunkler Wollust eintauchen. Die den Frauen zur Verfügung gestellten Mittel, um sich kleiner zu machen, sich selbst zu verstümmeln und sich letztendlich zu zerstören, sind grenzenlos. Dort ein Egoismus, eine Großspurigkeit; hier ein Martyrium der Entsagung, das sich jeden Tag wiederholt. Ein Gefühl von stiller Verantwortung und Würde; mit einem großen Herz – und wenn dieses Herz zu schlagen aufhört, wer besäße die Vermessenheit, nur einen Muskel darin zu sehen? Einen einfachen Muskel?

Falls er überrascht war, der Vater natürlich, zeigte er es nicht, bereitete Tee zu, Paul sah an der Wand die Spuren des Schwamms, mit dem sie gewaschen worden war, Paul sah das Gitter vor dem Fenster und dahinter den traurigen welken Rasen und noch weiter hinten ein ausgeschlachtetes Moped, und ihm wurde die geheime Freude zuteil, seinen Vater zu Amélia sagen zu hören: Ich glaube, mein Sohn hat mir eines Tages, vor langer Zeit, von Ihnen erzählt, woraufhin er sich Paul zuwandte, fragend und fast besorgt, zu viel gesagt zu haben, und für einen Moment sahen sie ihn beide an, im Dunst des Tees, in dem winzigen Wohnzimmer. Er wusste nicht, was sein Vater dachte, aber er wusste ohne jeden Zweifel, was Amélia dachte: dass sie sich nie gefragt hatte, ob Paul wohl von ihr sprach oder nicht. Sie nahm es an, ja. Sie erkannte, dass sie sich irrte.

Vor langer Zeit, ja, mein Vater hat ein ausgezeichnetes Gedächtnis, sagte Paul.

*

Sie reisten. Paul, von Natur aus besorgt, neigte dazu, zu viel zu gut machen zu wollen, Amélia, die von einem nicht leicht – nicht so leicht – zu beeindruckenden Temperament war, machte sich ein wenig über ihn lustig, über das, was sie seine Launen nannte. Die Launen eines Neureichen. Sie verschmähte Indien und die Paläste, sie verschmähte Malaysia und die Strände, er nahm seinen Mantel und ging. Sie fuhren nach Italien, ganz einfach, sie mietete ihnen ein fast kahles Zimmer auf Ischia, der Insel der Gärten und Quellen, er musste zugeben, dass sie Recht hatte.

Die Zeit verging für sie auf seltsame Weise, eine endlose

Gegenwart, die mindestens aus genauso viel Vergangenheit bestand, aus ihren Zwanzigern, in denen die Zukunft bereits heranwuchs, herandrängte. Ischia war eine sehr grüne, blumige Insel vor Neapel, bekannt für ihre Thermalbäder, in denen Soldaten und Zivilisten behandelt wurden. Heute noch sieht man dort – oder Paul sah dort – verwundete Körper auf dem Weg der Genesung: Diese Körper, die die heutige Zeit zu verstecken sucht, als obszön zu betrachten neigt, auf Ischia offenbarten sie sich schüchtern. Was sowohl ein Schock als auch eine Art Erleichterung war. Die rosa Haut von Verbrennungen. Die Ekzeme. Die Stümpfe. Die Bestätigung, dass die Welt uns übel zurichtet. Und zwischen den Narben, den wackligen Schritten, den Prothesen: Amélia. Strahlend. Die Stirn leicht gerötet, die Schultern noch mehr. Scheinbar intakt.

Sie schlenderten von Terrassenbecken zu Terrassenbecken, von heißem zu eiskaltem Wasser, landeten schließlich an einem Privatstrand, an den sie sich völlig illegal direkt vor der Nase und hinter dem Rücken des Rettungsschwimmers geschlichen hatten, der wahrscheinlich noch andere Fische zu fangen hatte. Bezahlen, um baden zu gehen, das kam nicht in Frage. Der Regelverstoß machte den Moment kostbarer, der Ort war ganz außergewöhnlich, einfach nur, weil sie sich fehl am Platz fühlten. Ich fühle mich ja offensichtlich nirgendwo an meinem Platz, dachte Paul bei sich, und so ist die Welt immer von Neuem ein Wunder. Amélia ging mit der vorgetäuschten oder wirklichen Gewissheit, wie kann man das wissen, von jemandem ins Meer, der von seinem guten Recht Gebrauch machte. Ich schwamm und dachte, dass dieses grüne und durchsichtige Wasser, dieser feine Sand, genau wie die Sonne und der Himmel – dass all dies das Ergebnis eines Betrugs war, und ich gebe zu, es wurde dadurch nur noch besser.

Als ich aus dem Wasser kam, fuhr sie fort, ging ich zurück zu meinem Liegestuhl und dem lächerlichen Strohschirm – Sonnenschirme, deren Aneinanderreihung eine Linie schuf, die vom Wasser aus sehr hübsch anzusehen war –, und ich blieb kurz in der Sonne stehen. Ich sah Paul an und fand, dass er sich in all der Zeit nicht verändert hatte, natürlich waren seine Gesichtszüge etwas tiefer, sein Kiefer breiter geworden, wie das bei einigen Männern so ist, aber letztendlich war es immer noch er, es war immer noch Paul. Scheinbar intakt. Als ob die Zeit überhaupt keinen Einfluss auf ihn hätte. Da flog eine Drohne über den Strand hinweg. Ich erinnere mich, dass sie so gut wie kein Geräusch machte, was angesichts ihrer beträchtlichen Größe überraschend war. Die Drohne wurde langsamer, drehte sich, kam auf Manneshöhe herab. Dann auf die Höhe einer Frau von durchschnittlicher Statur. Dann hielt die Drohne vor mir an, fast vor meinem Gesicht, und wir sahen uns an, die Drohne und ich.

Zuerst verschränkte ich die Arme vor meiner Brust. Ich fühlte mich nackt, was ich mehr oder weniger war, aber ich fühlte mich vor der Maschine nackter als, sagen wir, vor Paul. Mein Herz klopfte. Sie lügt nicht, sagte sich Paul nachdenklich, während er auf nachdenkliche Art mit einer Krume des Brotes spielte, das er auf Albers' Wunsch hin gekauft hatte, bevor sie gemeinsam zu Abend aßen. Draußen regnete es, Albers hatte Feuer im Kamin gemacht. Er erinnerte sich an diesen Tag. Amélia fuhr fort. Ich lächelte verlegen, zuckte mit den Schultern, als wäre die Drohne eine Person, die sich zudem noch von einer betretenen Miene ein wenig beruhigen oder berühren lassen würde. Dann schämte ich mich für mich selbst. Ich fragte mich, was die Drohne wohl dachte. Ich ging einen Schritt zur Seite und die Drohne folgte mir. Sie schien es nicht für absurd zu halten, für ein Bad im Meer zu bezahlen.

Am nächsten Tag kam ich zurück und wartete, aber vergeblich.

Zu Beginn dachten Paul und Amélia, wenn sie eine Drohne sahen, noch sofort an Krieg. Es war das Erste, was ihnen in den Sinn kam, und an diesem Tag am Strand hatte Amélias Körper reagiert wie vor einer Waffe. Das Gerät war ihnen obszön vorgekommen, und es war diese Obszönität, die sie unbedingt aus ihrer Wahrnehmung beseitigen wollten, vor allem Amélia, als ob man sich um jeden Preis an diese Gegenwart anpassen müsse, die sie noch für die Zukunft hielten. Ja, es hatte den Geschmack, die Form der Zukunft, dachte Paul, aber es war die Gegenwart. Vielleicht wurde er alt. Danach begannen sich diese Geräte hier und da in ihren Alltag einzuschleichen, sogar bis ins Schlafzimmer. Sie betrachteten eine interaktive Weltkarte auf Amélias Computer, auf der man von privaten Drohnen übertragene Bilder sehen konnte. Es machte seltsam süchtig, obwohl nie etwas passierte. Es erinnert mich an das Hotel Elisse, sagte Paul, nur dass sie statt der Korridore und Aufzüge in Schwarz-Weiß jetzt Luftaufnahmen von Feldern betrachteten, von Industriegebieten, Niemandsländern mit ungewissem Status, weder öffentlich noch privat. Allerdings in Farbe.

*

Es passierten Dinge, die ganz unscheinbar wirkten. Sie wählten mit Sorgfalt Möbel aus, die sie nie kauften. Er lernte endlich den Vater kennen, diese immense, schwebende Präsenz, die Amélia nur im Flüsterton und Albers nie erwähnte, die aber eine entscheidende, treibende Rolle bei allem spielte, was mit den Frauen der Familie Dehr geschehen war. Eine relative Präsenz, alles überragend: Das war es, was es noch im letzten Jahrhundert bedeutete, ein Mann zu sein. Ein weißer Mann, reich, mächtig. Andere hatten sich immer Mühe gegeben, so wie er zu denken; er hatte sich nie gefragt, wie Andere dachten; die Anstrengung, die sie aus der Not heraus unternommen hatten, aus der reinen und einfachen Notwendigkeit, neben ihm zu überleben, gab ihm die Illusion, universell zu sein. Seine Beziehung zur Welt war die des Niederstampfens.

Paul erinnerte sich an das einzige Mal, als er ihm begegnet war, der Mann hatte sich nicht die Mühe gemacht, ihm die Hand zu schütteln, er hatte ihn angesehen, als gehöre er zum Hotel Elisse oder zur Globalisierung, die es der Elisse-Kette ermöglicht hatte, sich wie die Lepra zu verbreiten, Dein

Vater hat mich angesehen und was er sah – war ein Paria, sagte er zu Amélia, aber nicht ganz. Es gibt keine Worte, um auszudrücken, was er sah, keine Worte, die ich selbst in den Mund nehmen könnte. Du irrst dich, sagte Amélia, und ich kann mich nicht daran erinnern, dass mein Vater je ins Elisse gekommen wäre, noch dass du ihn je getroffen hättest. Binde eine Krawatte um. Nein, sagte Paul. Amélia hatte gelacht.

Es war überhaupt nicht, wie er erwartet hatte, er hatte sich eine ungeheure Einsamkeit vorgestellt, wie ein Grab, es sei allerdings darauf hingewiesen, dass Amélia nie etwas über die Wiederheirat, über die anderen Kinder, über die Ehefrau gesagt hatte, die nur etwas älter war als sie. Amélia hatte Paul nie gesagt, dass die Frau, die er für die begehrenswerteste auf der ganzen Welt hielt, kein Wunschkind gewesen war, dass die epische Liebe zu Nadia Dehr eher ein Ausrutscher gewesen war, dass er zu dem Zeitpunkt bereits verheiratet gewesen war, wenn auch nicht mit der da. Mit der da, die von ihren Gesichtszügen, ihrer zu schmalen Nase, ihren zu hohen Wangenknochen die geringste Spur von Identität, die geringstmögliche Genealogie abgeschliffen hatte, außer die einer vertikalen Zugehörigkeit, eines Konformismus. Sie hatte sich ein Gesicht gebaut, das ihr objektiv und universell gelungen erscheinen musste und das sich in einigen Jahren als Code, als eine weitere Relativität entpuppen würde; das dann aber auch ohnehin schon zu rutschen begonnen haben würde.

Und der Vater, der den Patriarchen gab, und seine blassen Söhne, zweifellos aus Eitelkeit gezeugt, leblose Teenager ohne Konversation, als hätte er ihnen alles Licht genommen, das für ihr gesundes Wachstum notwendig gewesen wäre, was für eine eiskalte Familie, dachte Paul. Was für ein schrecklicher Mann, aber als letzterer plötzlich seine Existenz zu bemerken schien, ihn in seinen persönlichen Bereich, diesen Umkreis um seinen Körper hineinließ, der der Komplizenschaft, der Freundschaft vorbehalten ist – er spürte sogar die Wärme, die sein dicker Hals ausstrahlte –, fühlte er sich geschmeichelt; er konnte es nicht verhindern, er war seltsam verführt.

Er stand an der Spitze eines Imperiums und tat so, als hätte er alles allein aufgebaut; das war weder wahr noch falsch. Sein Vater hatte ihm ein halbes Jahrhundert zuvor ein paar tausend Francs gegeben; er hatte einen Lastwagen gekauft; dann dreißig; dann hatten diese Lastwagen Waren, Güter transportiert, aber eigentlich war das Geld aus dem Sand gekommen, und auch das wusste Paul nicht. Für Wohn- und Bürogebäude, Einfamilienhäuser und Hotels, das ist Ihnen natürlich nichts Neues. Sand für Beton. Amélia war seltsam still und Paul fragte sich, ob auch Nadia auf diese Weise geschwiegen hatte, für wie lange, warum. Wenn sie ihre Halbbrüder anschaute, schien sie sie nicht zu sehen, und sie schienen es zu vermeiden, den Blick in ihre Richtung zu heben; wenn sie in einem Winkel ihres Blickfeldes erschien, senkten sie ihre Köpfe, als ob man sich entschieden weigern müsse, an Gespenster zu glauben. Sie schienen in einem faden, von nichts Konkretem hervorgerufenen Schrecken zu leben, und es schien ihnen fast eine Erleichterung zu sein, sich vor Amélia zu fürchten. Wenigstens konnten sie es so beim Namen nennen.

Und der Vater redete, der Patriarch, der universelle Mann, allgemein beneidet und zweifellos verhasst – sein Erfolg, die Geschichte seines Erfolgs verführte Paul, der es nicht erwartet, nicht gewollt hatte, verführt zu werden, und er, der ohne Krawatte gekommen war, bereit, mit Amélia eine einheitliche Front zu bilden, fühlte sich gegen seinen Willen in die Umlaufbahn dieses Mannes gezogen, es war wie ein Zauber, er konnte nichts dagegen tun, er fühlte, dass er sich für einen Moment von ihr abwandte, der Frau, die er liebte, weil dieser Mann etwas Anderes in ihm erwärmte, seinen Wunsch nach Erfolg, einen Individualismus, der unter anderen Umständen vielleicht sogar gesund gewesen wäre. Denn in seiner Beziehung zu Amélia stimmte etwas nicht, das wusste er, in der Art und Weise, wie die Grenzen zwischen ihnen verschwammen, aber er weigerte sich, es zuzugeben. Wie in einem Traum folgte er dem Mann nach dem Essen in seinen sogenannten Fuchsbau, sein Arbeitszimmer, er wollte mehr über dieses Projekt erfahren, das Paul da hatte, über diesen Wunsch, sein eigenes Unternehmen zu gründen und die Gründe für diesen Wunsch, er wollte sehen, ob dieser Kerl dazu fähig war, *ob er das Zeug dazu hatte*, er war immer an einem guten Geschäft interessiert, aufrichtig bereit, die Ideen Anderer anzuhören, in seiner immensen Egozentrik hatte er die Demut, einzugestehen, dass Andere, vielleicht jüngere, anders ausgebildete, einen besseren Riecher für den Zeitgeist haben könnten als er. Zweifellos war es diese aufrichtige, wenn auch eigennützige intellektuelle Neugierde, die ihn vierzig Jahre zuvor zu Nadia Dehr hingezogen hatte; aber was Nadia Dehr vom Zeitgeist gespürt hatte, konnte kaum rentabel gewesen sein und hatte ihn sicher nicht lange interessiert.

Paul folgte ihm und Amélia ließ sie ziehen, sie spielte mit ihrem Glas, dem Fuß ihres Glases, drehte es, und das Kerzenlicht verfing sich im Kristall und sandte Paul Signale in einer Sprache, die er nicht lesen konnte, sie kam ihm so einsam vor, plötzlich, da er sich etwa zehn Meter von ihr entfernt hatte – er war es nicht gewohnt, sie aus dieser Entfernung zu sehen: Sie erschien ihm seltsam, fremd und von einer unbändigen Traurigkeit – nur ein paar Minuten, versprach er sich selbst, ein paar Minuten, nett zu Amélias Vater zu sein, ist schließlich eine Art, nett zu Amélia zu sein, natürlich belog er sich selbst. Er stammelte wie schlafwandelnd ein paar Ideen hervor und war sich sicher, dass der Mann ihm nur aus einer Höflichkeit zuhörte, zu der er eigentlich gar nicht fähig war. Er stellte ihm einige Fragen, über seine Ausbildung, über seine Karriere, was ihn überraschte, weil er in die Defensive gegangen und bereit war, Rechenschaft über seine Herkunft abzulegen, ihm diese um die Ohren zu hauen, aber, ehrlich, das interessierte den Oligarchen überhaupt nicht. Er sah keine Person vor sich, sondern, vielleicht, eine Gelegenheit.

Und Paul redete und sah durch die halb geöffnete Tür Amélia den Stiel ihres Glases zwischen zwei Fingern drehen, eine Haarsträhne zwischen zwei Fingern drehen, sie war seit mehreren Wochen nicht beim Friseur gewesen und vielleicht hatte sie beschlossen, sie wachsen zu lassen, die Längen würden ihr dreieckiges, zu früh erwachsen gewordenes Gesicht weicher machen. Der Mann folgte seinem Blick und irrte sich, Ihre Mutter hatte auch schöne Beine, lange schlanke und muskulöse Beine, endlos, sie hätte mich beinahe erledigt, ich kann nicht ertragen, was ihre Tochter von ihr hat, das ist Terrorismus, sagte er, und Paul schreckte ein wenig auf, runzelte die Stirn, Man macht ein Kind aber selten allein, und der Patriarch lächelte, weil er das im Grunde in der Tat gewollt hätte, mehrere seiner selbst durch spontane Fortpflanzung, die sture Nadia Dehr hatte ihm die da untergejubelt, die unbezähmbar war, er hatte es erneut versucht mit der Nächsten, milder, fügsamer und versöhnlicher, und es war auch ein Misserfolg, seine Söhne waren Waschlappen, Was musste man in dieser Welt bloß tun, um Nachkommen zu haben, die diesen Namen verdienen? Und Paul hatte gelacht und gesagt: Man hat sicher die, die man verdient, dem Patriarchen hatte das auf gewisse Weise gefallen, ja, *er hatte das Zeug dazu*, dieser seltsame Kerl, der sich überall wohlzufühlen schien, weil er nirgendwo zu Hause war. Er hatte ein paar von dieser Sorte kennengelernt, dachte er, und zwar immer an Orten und zu Zeiten, die sich kurz vor der Implosion befanden. Ruf mich am Montag im Büro an, sagte er, dann reden wir über deine Idee, das interessiert mich, und Paul hatte gedacht: So komplimentiert er mich also hinaus. Er konnte es nicht ertragen, geduzt zu werden. Er hatte überhaupt nichts begriffen.

*

Sie zog bei ihm ein. Er überzeugte sie davon, wie man ein verängstigtes, verwundetes Tier besänftigt, das sich in dem kleinstmöglichen Unterschlupf, unter einer Treppenstufe, zwischen zwei Mauern verkrochen hat und das man hervorzulocken versucht, in der Hoffnung, es nicht zum Angriff zu reizen. Sie sagten niemandem Bescheid außer Albers, die zum Abendessen in die riesige gepuderte Wohnung kam. Sie kam beladen mit Geschenken, Büchern, die so schwer waren, dass ihre Kunstform, so Amélia, die Verbiegung der Wirbelsäule sein musste, die sie ihr auf dem Weg verursacht haben mussten. Riesige Flaschen Champagner, luxuriöse Kerzen, die jeweils vierzig Stunden Brennzeit versprachen, vierzig Stunden immaterieller Außergewöhnlichkeit (krebserregend, sagte Amélia, als sie wieder allein waren), Seidentücher, die sie aus ihrer Handtasche hervorzog wie einer dieser gescheiterten Magier, die man noch manchmal, aber selten, sieht – solch eine glühende Inbrunst, Albers, bitte, sagte Paul, aber es schien nie enden zu wollen, diese aufrichtige Freude, und doch war etwas Gespieltes daran, etwas Falsches, das all diese Objekte verbergen wollten, aber im Gegenteil offenbarten. Blumen wären genug gewesen, sagte er. Albers lächelte, als ob er scherzte. Sie schwenkte eine riesige Schachtel, die größer zu sein schien als die Tasche, aus der sie kam, in glänzendes Papier gehüllt. Herrgott, dachte Paul, das ist der Karton von Nadia Dehr, das sind Nadia Dehrs Fragmente, das kann sie mir nicht antun, nicht jetzt. Er erinnerte sich an den Mann, dem eine Taube in den Mund gesteckt worden war, eine lebendige Taube, und der unter der Folter seine Zähne aufeinanderbiss. Er hätte beinahe Federn gespuckt. Nicht das, nicht bei mir zu Hause, sagte er sich, denn dieser Ort würde immer sein Zuhause sein, und nicht ihr Zuhause, *unser Zuhause*, sie wussten bereits, dass ihr Zusammenleben nur vorübergehend sein würde, ein Trauerritual. Amélia riss ungeduldig das metallblaue Papier auf, in dem sie ihr eigenes blasses, verzerrtes Spiegelbild erblickte, oder nicht. Sie waren aufrichtig überrascht, zum ersten Mal, und Albers lachte. Es war eine kleine Drohne. Sie hatte sich, sagte sie, an ihren letzten Urlaub erinnert.

Es gab sie nun überall zu kaufen, aber für sie war das immer noch die Zukunft, sie sahen die Maschine an wie ein paar Hinterwäldler, Sylvia, die jünger war, würde ihn später auslachen; Amélia ließ sie fliegen, und es war die Zukunft, die durch das riesige Wohnzimmer brummte, also wirklich (würde Sylvia sagen), was hast du dir dabei gedacht, dieser Raum ist viel zu groß, viel zu leer – hör mal hin: das Echo, du hast eine Höhle gekauft, du hast eine Schlucht gekauft, dieser Widerhall: das ist doch furchtbar – und das kleine Gerät wäre ein- oder zweimal fast gegen eine Wand oder die Decke geprallt, bevor Amélia lernte, es richtig zu steuern. Albers schenkt uns ein bisschen Zeit, verstand Paul plötzlich, Albers schenkt uns eine Zukunft, und er hätte sie am liebsten umarmt. Die Drohne war immer noch die Zukunft, selbst jetzt, als sie bereits die Gegenwart der beginnenden Kriege war, sie wussten um die Einsatzmöglichkeiten, aber diese waren nicht mehr spürbar für sie; diese neuen Waffen waren für sie nun Worte, Ideen, eine Abstraktion, und sie fanden das Geschenk weniger schockierend, als wenn Albers ihnen zum Beispiel ein Plastikgewehr überreicht hätte. Pauls Vater kam in der Woche darauf, spazierte durch die Wohnung, ohne etwas von der Deckenhöhe, dem historischen Parkettboden zu bemerken, er stellte ganz andere Überlegungen an: Gab es genug Steckdosen, Heizkörper; wo waren die Zähler, der Sicherungskasten; wie war der Gas/Strom-Verbrauch; hatte sich sein Sohn über den Tisch ziehen lassen. Als er sich schließlich überzeugen ließ, Platz zu nehmen, ließ er das Spielzeug abheben und landen, mehr nicht. Ließ es abheben, ließ es landen und bedachte es mit demselben undurchdringlichen Blick, mit dem er Jahre zuvor die Surfer angesehen hatte, die sich in die Wellen gestürzt hatten. Paul fuhr ihn nach Hause und sie sprachen nicht, bis sie aus dem Auto stiegen und der Vater seine Fleecejacke zuknöpfte und wie spontan (aber Paul wusste, dass es das Ergebnis einer langen Überlegung war) sagte: Ich mache mir keine Sorgen. Er sagte es, als wöge er seine Entscheidung ab und schließe noch nicht aus, dass er sich irren könnte.

*

Sie ließ es nicht mit sich machen. Sie ließ sich nicht lieben. Nicht so, wie Paul es sich gewünscht hätte. Es gab ein paar heftige Streitereien, als er zu wissen verlangte, wo sie war und mit wem; ein oder zwei Morgendämmerungen damit verbrachte, überall anzurufen, er kannte keine ihrer neuen Bekanntschaften, vorausgesetzt, sie hatte welche; um die Besorgnis und den Schrecken und die Wut in ihm zu lindern, rief er letztendlich die Krankenhäuser an, irgendetwas musste er ja schließlich tun, und verlor selbst ein wenig den Verstand, hörte sich in Hörer sprechen, an deren Ende es niemanden gab, der sich für sein Anliegen interessierte, oder schlicht überhaupt niemanden. Er war dieser Mann, dessen Frau nicht wirklich seine Frau war und die ganze Nacht nicht nach Hause gekommen war. Er schloss die Augen und beschrieb sie, zuerst ihre Haare, ihren Teint, ihre Wimpern, die nicht hell, aber auch nicht dunkel waren, er sprach mit geschlossenen Augen, erzählte, wie sie sich kennengelernt hatten, teilte seine Hoffnungen, die sie systematisch zu zerstören entschlossen war, dann erzählte er, was er sah, die Verletzungen, die sie erlitten haben musste oder erlitten haben könnte oder (er verstand schließlich) erlitten haben *sollte*, dafür, dass sie ihm derartige Nächte zumutete, derartige Vormittage. Am anderen Ende der Leitung war schon lange niemand mehr, so lange, dass es nicht einmal mehr einen Wählton gab, und Paul beschrieb die schrecklichen Unfälle, die er befürchtete und zwangsläufig – er sah, wie ihre Knochen ihre Haut durchbohrten, oder sie in einem brennenden Fahrzeug feststeckte, oder halb zerfetzt war –, zwangsläufig verstand er schließlich, dass er sich das, was er so fürchtete, vielleicht genauso sehr herbeisehnte. Er verharrte still, voller Trauer nicht nur um sie, sondern auch um sein Selbstbild. Sie blieb so lange weg, dass sie ihn, Paul, wütend vor Sorge und Wut, zwang, sich selbst für einen kurzen Moment ins Gesicht zu sehen. Zu sehen, wer er wirklich war. Seine dunklen und obskuren Wünsche in vollem Umfang anzuerkennen, die zu ignorieren ihm eine Ehrensache gewesen war. Verreck doch, sagte er schließlich in seinem Kopf zu Amélia, verreck endlich, damit wir es hinter uns bringen können, und dann war er gezwungen, es einzusehen: Was für ein mieser Schuft ich bin, und er verharrte dort, ein gebrochener Mann, in dieser riesigen Wohnung, für die sie sich kein bisschen interessierte. Dann erst kam sie nach Hause – keine Minute früher. Er hörte, wie sie ihre Schlüssel auf eine Kommode legte, ihre Schuhe auszog, sie war unversehrt, er war erleichtert, enttäuscht, wütend. Er tat, als würde er schlafen. Ein anderer Mann, zu einem anderen Zeitpunkt in ihrem Leben, wäre ihr vielleicht gefolgt oder hätte einen Profi, einen Beschattungsspezialisten angeheuert, der ihm einen dokumentarischen Bericht über Amélia Dehrs geheimes Leben vorgelegt hätte; nicht Paul. Noch ein Anderer, oder derselbe, hätte angefangen zu trinken, hätte sie wahrscheinlich geschlagen; nicht Paul. Aber das Einzige, was ihn zurückhielt, wusste er, hatte nichts mit seiner im Grunde leeren und albernen Vorstellung von sich selbst als gutem Menschen zu tun, sondern ausschließlich mit seinem Stolz, mit seiner Selbstliebe, die, so dachte er immer öfter, die einzige Form von Liebe war, die in dem Heim herrschte, das er zu schaffen versucht hatte und in dem der Abwesenheit Amélias oder ihrer heuchlerischen Anwesenheit, die etwas Aalartiges hatte, einzig eine Vielzahl von Paul gegenüberstand, von erniedrigten Möglichkeiten seiner Person, ein Paul, der mit all seinem alkoholkranken, gewalttätigen, egoistischen, grausamen Potenzial konfrontiert wurde, so viele würdelose Versionen von dem, der er war. Er selbst zu bleiben, derjenige zu bleiben, mit dem er leben konnte, wurde zu einer Prüfung, einer Qual.

Was für ein mieser Schuft ich bin, dachte er bei sich. Und wie ein mieser Schuft würde er sich letztendlich benehmen. Natürlich hätte niemand das so gesagt, im Gegenteil, die Leute lobten etwas, das sie nur schwer definieren konnten und das – sie wussten es nicht – sein Überlebensinstinkt war. Aber Paul wusste, dass es komplizierter war. Auf gewisse Weise hatten sie Recht, aber auf andere Weise war Amélia zu überleben genau das, eine Schuftigkeit, eine Leiche im Keller, mit der er nunmehr zu leben versuchen musste. Der große Verrat, für den er geübt hatte. In Wahrheit geschah es auf ganz natürliche Weise. Eines Tages zerbrach etwas in ihm und er hörte auf, sich zu wehren. Er sah Amélias Vater wieder. Er ließ sich zu all den Gesten der Komplizenschaft herab, die Gesten der Loyalität waren, bernsteinfarbener Alkohol, Zigarren, einige schlüpfrige oder zumindest doppeldeutige Witze. Im 21. Jahrhundert werden wir alle in Sicherheit sein, sagte er, wie »abgemachte Sache«, wie ein Handschlag, der Satz kam ihm ironisch vor, er erinnerte sich später, dass es sich um eine Fehlinterpretation, einen Übersetzungsfehler, einen missverstandenen Satz von Albers handelte. Darauf kommt es jetzt auch nicht mehr an, sagte er sich. Er nahm das Geld. Verließ die Agentur. Gründete diese Firma, von der er gesprochen hatte. Je mehr er an Selbstvertrauen, an Gleichgültigkeit gewann, desto mehr verlor Amélia an Hochmut und vielleicht sogar an Persönlichkeit. Als würde sie schrumpfen, dachte er. Er hatte den Eindruck, nur Zuschauer zu sein, und natürlich war es das, diese Gleichgültigkeit, die er empfand, was ihn zu ihrem Henker machte. Ihre Gesten verloren an Präzision, sie taumelte, sie blickte auf, um ihn anzusehen, sprach mit unsicherer Stimme. Sie schrumpfte, bis sie zu dem Kind wurde, das sie gewesen war, ein ungeliebtes Kind, das niemand wollte. Ein Kind, das sich imaginäre Freunde erfindet. Sie verstand nicht, was geschah, sie war da, ihm gegenüber, lebendig, und er verschloss ihr sein Herz, verweigerte ihr jegliches Mitgefühl, denn an dem Punkt, an dem sie waren, dachte Paul, hieß es: er oder sie. Alle fanden, dass er sich ihr gegenüber anständig verhalten hatte, mehr als anständig, dass er ihr alles hatte geben wollen, sie aber nichts davon hatte haben wollen. Sogar sein eigener Vater, dessen Hellsichtigkeit und Urteil er mehr als alles andere fürchtete, bemerkte überhaupt nichts. Die Wahrheit war, wusste Paul, dass er sich wie ein echter Schuft benahm. Die Wahrheit war, dass sie Hilfe brauchte, Liebe brauchte, dass sie krank war und dass seine Liebe zurückzuweisen für sie ein Weg war, sie anzunehmen, mehr davon zu fordern, aber er konnte nicht mehr. Er hatte genug, ganz einfach.

So kann es nicht weitergehen, sagte Paul, das weißt du selbst, Amélia, ich bin erschöpft, ich kann nicht mehr, ich verdiene etwas Besseres. Sie senkte den Blick. Dann hob sie ihre Beine ganz leicht an und schob ihre Hände unter ihre Oberschenkel, wie ein Kind. Sie weinte ein wenig, ganz leise. Aber du liebst mich, sagte sie, du liebst mich wirklich. Es ist zu spät, Amélia, es funktioniert nicht. Eigentlich hat es nie funktioniert.

Das war auf eine Art wahr, sie konnte es nicht leugnen, aber es war auch falsch. Sie konnte es nicht in Worte fassen. Es funktionierte sehr gut zwischen ihnen. Und wenn Paul nicht gefiel, wie es zwischen ihnen funktionierte, dann war das sein Problem, er hatte ihr das nicht vorzuwerfen. Ich fühle mich, sagte Amélia, zerrissen. Ich fühle mich, als würde ich mit den Fingern meiner linken Hand die Finger meiner rechten Hand brechen.

Ihre Blicke trafen sich einen Moment, und dann gehörte Paul auf einmal zu dieser Kategorie von Männern, die Macht haben und sie auch nutzen, so wie sie Lust haben, auf Kosten derer, die sie gemacht haben. Ich rufe dir ein Taxi, sagte er. Warte, Amélia unterbrach ihn, aber er wollte nichts hören. Er sprach mit ihr als Unternehmer, entschlossen, Gefühle und Bankrott nicht zu akzeptieren; Gefühle nicht zu akzeptieren, die Bankrott gegangen waren; und da dies die vorherrschende Sprache der Zeit war, war die Gewalt darin nicht so deutlich spürbar, man musste eine Weile warten. In einem anderen Jahrhundert wäre er einer jener Adligen aus der Provinz gewesen, die ihre erste Frau verstießen oder in ein Irrenhaus sperrten oder auf dem Dachboden oder im Keller oder in einer anderen dunklen Ecke einmauerten; die dann ein unerfahrenes, strahlendes junges Mädchen verführten und zu sich ins Bett legten; und wenn trotz allem hinter den dicken Mauern etwas laut wurde, sagen wir, eine Klage, hörten sie nichts oder gaben vor, nichts zu hören oder sagten Das ist der Wind, der durch die Heide bläst.

Ich bin schwanger, sagte Amélia.

das Fortschreiten der Nacht

1.

Und Sie, was tun Sie für Ihre Sicherheit? Eine gepanzerte Tür vielleicht, eine Alarmanlage oder ganz einfach eines dieser sogenannten Dreipunktschlösser, solide, zuverlässig. Ein paar einfache Regeln, hüten Sie sich vor der Dunkelheit, hüten Sie sich vor Fremden; ein sogenanntes Smart Home weiß, ob Sie da sind oder nicht; und weiß oder wird bald wissen, ob Ihr Herz heute Abend zu schnell schlägt, ob Ihr Herz wie ein Herz in Sicherheit schlägt – oder nicht.

Je reicher man ist, desto paranoider ist man, Paul weiß das, aber natürlich sagt er es nicht. Was er sagt: Angst schützt nicht vor Gefahren. Was er sagt: Im Falle eines Einbruchs dauert es in Ihrem Viertel durchschnittlich x Minuten, bis die Einsatzkräfte vor Ort sind. Sie müssen zumindest dafür gerüstet sein, so lange durchzuhalten. Etwa eine halbe Stunde: Er bringt seine Statistiken regelmäßig, sorgfältig auf den neuesten Stand, Viertel um Viertel, Einsatzart um Einsatzart. Alle Zahlen, die er anführt, sind verlässlich; verlässlicher als ihre Summe, das Bild, das sie malen, das eine Fiktion ist – eine Fiktion aus der Hölle, die sie bereits in sich tragen, seine potenziellen Kunden, und die nur darauf wartet, sich auszubreiten. Ein Kubikmeter Sauerstoff pro Person ist ausreichend, um bei einem Angriff mit Biowaffen oder einem Atomunfall fünf Stunden lang völlig autark zu sein. Denken Sie gut darüber nach, denn die Antwort auf diese Frage wird Ihnen das Leben retten: Was brauchen Sie? Rufen Sie mich in drei Tagen an. Und sie riefen an. Und die Antwort war nie die richtige, das wusste Paul, sagte es aber nicht.

Bestimmte realistische Gefahren auf der einen Seite, auf der anderen Seite unrealistische Schimären. Hirngespinste.

Persönliche und kollektive Angstvorstellungen. Diese Spannung, das Kraftfeld, das so erzeugt wird und sich in entgegengesetzte Richtungen – nach innen, nach außen – ausdehnt, das ist der Raum, der es Paul ermöglicht hat, sich zu etablieren, voranzukommen und zu prosperieren. Im 21. Jahrhundert ist er im Sicherheitsbereich. Er konzipiert aufwändige Überwachungs- und Alarmsysteme, die durch einen Atemzug und vielleicht einen Gedanken ausgelöst werden können, er verkauft Panzerungen, Sensoren, die die Anwesenheit Anderer im Herzstück von Gebäuden registrieren können, durch mehrere Wanddicken hindurch. Ironischerweise verkauft er gleichzeitig Panikräume, die in einer Wohnung, in einem Haus unauffindbar sind und es ermöglichen, in völliger Abschottung und Autonomie zu leben und all den oben genannten Gerätschaften zu entrinnen. Er selbst hat zu Hause einen, den er nie betritt, eine Art geheime Gedenk- oder Grabstätte. Der Ort der Kunst, oder vielleicht der Ort der Verbrechen.

*

Sie liebte ihn, auch als er sie nicht mehr liebte, schweigend, hartnäckig, denn sie hatte ihre Gefühle schon einmal verleugnet, und was war Gutes dabei herausgekommen? Nichts. Kunst. Verbrechen. Verlorene Zeit. Sie liebte ihn neun Monate lang, liebte das Kind, das sie in sich trug, weil es seins war, und sie, die so redegewandt, so gebildet war, fand nie die Worte, es ihm zu sagen, fand nie die Worte, ihn davon zu überzeugen, dass sie jetzt da war, dass sie bereit war. Vergebliche Mühe, denn so oder so hatte sich etwas in ihr verschworen, sich zu entfernen, wollte abdriften und vergessen.

Er kümmerte sich während der Schwangerschaft um sie. Er verhielt sich tadellos, was vielleicht die schlimmste Art war, ihr Vorwürfe zu machen. Ihre Beziehung schien nun transaktioneller Art zu sein. Es ging ihr nicht gut genug, sie hatte nicht genug Selbstvertrauen, um zu erkennen, was sie schließlich später, viel zu spät, verstehen würde: Paul hatte sie geliebt und er hatte nur sie geliebt, und selbst als er sagte, dass er sie nicht liebte, als er sie nicht lieben wollte, liebte er sie immer noch. Sie war das Herz, das in seiner Brust schlug, dieses kräftige Herz, scheinbar unermüdlich, während sie, Amélia, so erschöpft war. Die Geburt war schwierig, sie starb fast, das Baby starb fast, es wurde ein Kaiserschnitt gemacht und sie, unter Narkose, glaubte sich später an Dinge zu erinnern, die sie eher erlitten als erlebt hatte, glaubte sich an das Kind zu erinnern, das aus ihrem Bauch gerissen wurde, blau, einen blutigen Aal von Nabelschnur fest um den Hals geschlungen, als ob nichts, was von ihr stammte, lebensfähig wäre, sein könnte. Kaum geboren und schon blau. Natürlich sah sie nichts davon, Paul erzählte es ihr später. War es schon immer zu spät für sie beide gewesen? Als sie die Augen öffnete, lag sie in einem Krankenhausbett, ein gutaussehender Mann saß bei ihr, ein winziges Baby in den Armen, und sie erkannte die beiden nicht. In dem chemischen Nebel ihrer Benommenheit hatte sie sich der Krankenschwester zugewandt, besorgt, und, als ob sie sich vor einem Gemälde und nicht in der dargestellten Szene befänden, nicht in diesem Leben, genannt Leben L, hatte sie ihr eine Frage zugehaucht: Sie sind sicher, dass die zu mir gehören? Und auch das hatte Paul ihr nicht verziehen. Sie hatte nie ausdrücken können, wie eine unbändige Hoffnung sie damals ergriffen hatte, als sie sie dort sah, so schön, so lebendig, gehörten sie zu ihr? Sie verdiente sie nicht. Sie konnte sie nicht verdienen, nicht sie, nicht Amélia Dehr, Tochter von Nadia Dehr und einem Mann, der sie nie geliebt hatte. Tochter von Nadia Dehr und dem Sand. Aber das zu sagen hatte sie nie die richtigen Worte gefunden.

Eine Grammatik von Gesten, von Reflexen, die sie nicht hatte, die nicht vom Herzen ins Gehirn oder vom Gehirn in die Hände übertragen wurden, wenn das Baby weinte, war es Paul, der aufstand, Paul, der auf dem Boden schlief, neben der Wiege, der den winzigen Körper auf den seinen legte, der sie aus den Tiefen seines Schlafes beschützte. Und doch versuchte er es. Er versuchte mit allen Mitteln, eine Mutter aus ihr zu machen. Eines Tages ließ er sie mit dem Baby allein, ohne Vorwarnung, um sie zur Fürsorge, zur Liebe zu zwingen. Bei seiner Rückkehr ein paar Stunden später fand er Amélia und die Kleine in einem Sessel, unter einer Lampe, das Kind im Halbschlaf, der Kopf wackelte hin und her, war schwer mit schweren Gedanken, Bildern ohne Sprache oder gar dem Fehlen von Bildern, denn ihre Augen waren geschlossen, fast geschlossen, eine dünne weiße Sichel schien zwischen den Wimpern hindurch; die Pupillen gut geschützt durch das Augenlid; und Paul wusste, dass seine Tochter manchmal so schlief, die Augen nicht ganz geschlossen, aber er fühlte trotzdem einen Stich im Herzen, einen kleinen Schock, denn man hätte meinen können, sie wäre ohnmächtig. Amélia, das Kind auf dem Schoß, studierte sein Gesicht, seinen Kopf, nicht wie einen Kopf, sondern wie einen Gegenstand. Ihre Finger, ihre schlanken Hände, die Paul gut kannte und die Paul gut kannten, glitten über die kleine Stirn, über den kleinen Schädel, dachte er, wie über einen Stein. Er näherte sich wie ein Tier oder wie man sich einem Tier nähert, das vielleicht gefährlich ist, lauter, als er gewollt hätte, und fragte mit leiser Stimme, ob alles in Ordnung sei.

Amélia schaute zu ihm auf, sie wirkte abwesend oder verärgert. Guck mal, sagte sie, auch mit leiser Stimme, um das Kind nicht zu wecken oder etwas Anderes nicht zu wecken oder beides; ich glaube, alles ist in Ordnung, aber schau trotzdem mal. Paul beugte sich über den schlafenden kleinen Kopf, die bläulichen Schläfen, das Gemunkel des Blutes dahinter, von dem er manchmal geschworen hätte, er könne es hören wie sein eigenes Blut, seinen eigenen Puls. Es ist bestimmt nichts, sagte Amélia, aber sie konnte die Anspannung oder Sorge in ihrer Kehle nicht verbergen, ein rein physisches Phänomen, Also ich weiß nicht, schau – es schien mir für einen Moment, ich möchte wissen, was du denkst, es schien mir, dass sie ein bisschen, dass sie rothaarig ist.

Danach versuchte Paul es nicht mehr. Er kümmerte sich um seine Tochter und führte ein einsames Leben, das ganz in einigen wenigen hier und da gestohlenen Momenten enthalten war – eines Tages sah Amélia ihn auf der Straße mit einer Frau, von der sie zuerst dachte, dass sie es war. Aber wenn ich auf der anderen Straßenseite bin, in Pauls Armen, mit Pauls Küssen – wenn ich dort bin, wo bin dann *ich selbst*? Diese Frage hatte sie erledigt. Sie stimmte allem zu. Sie nahm Medikamente, die ihr Gesicht, ihre Handgelenke anschwellen ließen und sie dumpf machten, ihr Haar stumpf. Sie ließ sich einweisen. Die Elektrizität, die die Stadt erleuchtete, die die Häuser wärmte, die Milch für das Kind, das Nachtlicht, das sein Zimmer in zarte Farben hüllte, grün, blau, rosa – diese Elektrizität lief durch ihre Schläfen hindurch, um das Licht und die Wärme in ihr Gehirn zu bringen, die diesem fehlten. Das war es, was sie sich selbst erzählte, obwohl sie wusste, dass es sich im Grunde um Folter handelte. Nicht mehr. Nicht weniger. Dass die Nacht ihres Kopfes der einzige Ort war, an dem sie noch hätte in Geborgenheit sein können, und dass diese gewaltsam vertrieben wurde. Sie biss die Zähne aufeinander. Sie wollte es nicht, aber sie biss die Zähne aufeinander.

Es ging ihr besser, und als es ihr besser ging, bat Amélia Paul, sich zu setzen, und sagte ihm, dass er Recht hatte. Dass es nicht funktionierte. Sie hatte Leben gegeben, Leben gelassen. Sie hatte ihr Bestes getan, es war das Beste, was sie hatte tun können, und jetzt würde sie weggehen, weil sie nicht diese betrogene Frau und kalte Mutter sein konnte, die sie war, diese Frau, die den Mann, den sie liebt, mit Anderen sieht, die das Gesicht ihrer einzigen Tochter wie einen Kieselstein betrachtet, in dessen Körnung sie nach einem Zeichen sucht, einer vagen Ähnlichkeit mit etwas Bekanntem und Geliebtem. Es ist besser, wenn ich jetzt gehe, denn ich weiß, wie es ist, seine Mutter gekannt zu haben und sie zu verlieren.

Paul sah sie an, ohne etwas zu sagen. Er sieht mich an, als wolle er mich umbringen, dachte Amélia. Als werde er ein

Messer aus der Tasche ziehen und mich umbringen. Ein Messer, das nicht da gewesen war, bis ich gesagt habe, was ich zu sagen hatte, eine Klinge, die meine Worte in der Dunkelheit, der Wärme seines Körpers, erschaffen haben. War so seine Mutter gestorben? Ich habe es nie erfahren. Ich frage mich, ob er es weiß, dachte Amélia. War das Böse, das sie überall sah, in der Welt selbst oder in ihrem Blick darauf? Das war die Form ihres Wahnsinns, diese Frage. Seine Form und sein Inhalt, für immer ohne Antwort.

Und Paul sah sie an, ohne etwas zu sagen. Er sieht mich an, als würde er mich gleich an den Haaren in diesen geheimen Raum schleifen, den er zwischen zwei Wänden hat einbauen lassen, dachte Amélia. Dieser schalldichte Raum, der allem widersteht, vielleicht sogar dem Ende der Welt, vielleicht sogar dem Ende von uns. Als würde er mich da hineinwerfen wollen und ihn hinter mir abschließen und nie wieder öffnen. Ja, es ist, als wäre ich schon da drin, dachte sie, dort werde ich den Rest meines Lebens verbringen, zwischen diesen Mauern. Klopfend. Schreiend. Ohne dass mich jemand hört. Meine Tochter wird aufwachsen, ohne zu wissen, dass ihre Mutter dort ist, nur ein paar Meter entfernt. Im Dunkeln. Für immer.

Und Paul sah sie an.

2.

Was blieb übrig, auf der Welt, von Amélia? Nichts, scheinbar. Nichts oder so wenig. Paul biss die Zähne aufeinander. Er wollte es nicht, aber er biss die Zähne aufeinander. Er müsste seiner Tochter von ihr erzählen, sagte er sich; er drehte und wendete in Gedanken die Sätze, die er sagen würde, die man sagen konnte – aber der Rest? Was war wirklich wichtig? Seine eigene Kunst, seine eigenen Verbrechen – seine Erinnerungen? Was mache ich, fragte er sich, mit all dem, für das ich keine Worte habe? Und so schwieg er. Zuerst wie aus Unachtsamkeit. Und so wandte er das an, wovor ihn Amélia selbst viele Male gewarnt hatte – die Lektion der ausgemerzten sowjetischen Astronauten, die Lektion von Sarajevo, aus dem allmählich alle Spuren des Krieges verschwunden waren. Er wandte es auf Amélia selbst an, auf die Frau, die er geliebt hatte, die er liebte, deren Tochter er großzog. *Denn tot noch sollst du,* und während seiner schlaflosen Nächte vervollständigte er diesen Satz, diesen Vers, den sie ausgesprochen hatte, den einzigen, der nicht von Nadia Dehr stammte. *Denn tot noch sollst du eine Rose sein,* nur noch Straßen und Viertel sein, die Stadt sein, in der ich lebe und die mich erdrückt und vergiftet. Alle Städte sein, alle Gifte. Alle Nächte. Versuchen wir, nicht daran zu denken, dachte er. Aber die Vergangenheit ließ sich nicht vergessen, der Krieg ließ sich nicht vergessen. Beide schwelten vor sich hin, schlichen sich ein, wie war das möglich? Kaum schließt man die Augen, nur einen Moment, könnte man glauben, und schon ist sie da. Ihr Geruch. Ihr Puls.

Er würde nicht an Gespenster glauben. Das hatte er von Anfang an entschieden. Sie hatten es gemeinsam entschieden. Sie glaubten nicht an Gespenster. Sie glaubten an Liebe und Worte, und an das Ende der Liebe und Stille, aber an nichts Anderes. An nichts, was einem etwas ins Ohr flüstert. An nichts, was durch Wände geht. Er packte alles, was noch übrig war, in eine Kiste und verschloss sie. Diese Abwesenheit, deutlich, mit reinen Formen, klaren Abmessungen, war die Gestalt, die er der Zukunft zu geben beabsichtigte.

Natürlich würde die Zukunft das nicht mit sich machen lassen.

*

Er gab sich alle Mühe, ein guter Vater zu sein, und zweifellos war er das auch, denn auf dieser Welt, so wie sie war – allem, was sie war, zum Trotz –, war Louises erste Begegnung mit dem Tod der ihres gelb-grünen Wellensittichs, der einige Monate lang auf der Stelle herumgesprungen war, stoisch, mit einem gleichgültigen oder vielleicht traurigen Blick, in einem Käfig in Form eines japanischen Pavillons; von seiner dekorativen Berufung gerettet durch die Liebe, die Louise ihm entgegenbrachte, ohne sie wirklich ausdrücken zu können. Ein Leben, ein anderes Leben, kleiner als das ihre und gelb und grün – Louise war verrückt nach ihm. Sie hatte vor nichts Angst, weder vor dem Schnabel noch vor den Klauen; übrigens auch nicht vor der Dunkelheit oder vor den großen Hunden, denen sie manchmal ohne Vorwarnung um den Hals fiel, und Paul, gelähmt vor Angst, schloss die Augen, rechnete ganz sicher mit dem Schlimmsten; aber nichts geschah, Louise kam zu ihm zurück, er drückte ihre kleine Hand, schwor sich, sie nie wieder loszulassen. Zuerst erschien ihr der Käfig leer, ihr, die zu klein war, um von oben hineinzusehen, schien es wie ein Rätsel, Zauberei: ein geschlossener Käfig – kein Vogel. Ein Mysterium, das Versprechen einer Scharade. Aber Paul war die kleine Leiche nicht entgangen, und er hatte den Wunsch verspürt, etwas zu erfinden, eine Ausrede, um sie verschwinden zu lassen, damit nie davon gesprochen würde. Nie oder noch nicht. Louise ist noch zu klein, sagte er sich, was absurd war, ist der Fisch jemals zu klein für das Wasser? Ist man jemals zu klein für die Wirklichkeit? Also tat er nichts, ließ sie näher herangehen, sich auf die Zehenspitzen stellen, das tote Vögelchen sehen, Was hat es denn, Papa, und er hatte gewartet, bis sie es in die Hand nahm, mit ihren Fingerspitzen die Abwesenheit von Leben in dem Gefieder spürte, den Körper, den man nun in seine Handfläche drücken konnte, fühlen konnte, wie die Luft nicht aus dem Inneren, den Organen entwich, sondern aus den Räumen zwischen den einzelnen Federn, entdecken konnte, dass es in Wahrheit ein viel kleineres und zerbrechlicheres Tier war, als man gedacht hatte – eher ein Nichts als ein Etwas. Und doch, ein Leben, das nicht mehr war.

Louise hatte traurig gewirkt, ein wenig; aus seltsamen Gründen; weil ihr Vater zu erwarten schien, dass sie es war. Sie hatte dem toten Vogel etwas zugeflüstert, als versuche sie mit ihrem Atem, seine Federn wieder aufzublasen.

Er musste ein wenig, ganz leicht darauf bestehen, dass sie einwilligte, ihre Hände wieder zu öffnen.

*

Er gab sich alle Mühe, ein guter Vater zu sein, und bezweifelte, dass er einer war. Er wusste nicht, wie er sich verhalten sollte, er entdeckte alles erst, wenn es passierte, fühlte sich ständig verloren, überwältigt, in die Enge getrieben. Kurz gesagt, wie alle jungen Eltern. Er strengte sich richtig an. Verbrachte sein Leben gequält von seinem eigenen Verrat. Er versuchte, gegen sich selbst zu denken, wenn er vielleicht besser daran getan hätte, gegen die Zeit zu denken. Aber nein. Nicht er. Nicht Paul. Er war, sagte er sich, während er seine Tochter beim Schlafen beobachtete, ein völlig kompromittiertes Wesen. Durch seine Fortschritte, durch die ständige Neuerfindung seiner selbst, zu der er sich durch Ehrgeiz befähigt hatte. Durch Ignoranz, durch die Negierung seiner selbst, durch die Negierung seiner Herkunft. Die einzige Gewissheit, die er bezüglich seiner selbst hatte, jetzt, nachdem er sich biegsam und flexibel gemacht hatte und sich wie Wasser bewegte, war seine Liebe zu Louise. Er wollte sie beschützen, sie vor allem beschützen, vor der Welt, die zu Ende ging, und der Welt, die begann. Aber sie zu beschützen reichte nicht aus; man hätte sie vorbereiten müssen. Sie vorbereiten – aber worauf?

Er vermisste Amélia.

*

Er brachte ihr bei zu schwimmen. Er brachte ihr bei zu rennen. Genau wie er fand sie Gefallen an körperlicher Anstrengung, hatte das gleiche scheinbar unermüdliche Herz. Sie waren gute Kameraden. Sie besuchten ganz Paris, Schwimmbad für Schwimmbad. Am Sonntagabend übernachteten sie, der Vater und das Töchterchen, im Hotel. Immer in einem anderen, Louise liebte die Samtbänke, die seltsamen Lampen, die Gemälde oder Fresken, die Treppenaufgänge, in denen man sich verirren konnte, die Aufzüge, die auf verschiedenen Stockwerken anhielten, die Speisekarten des Zimmerservice, mit denen sie lesen lernte. Wenn er sie am Montag zur Schule brachte, war sie in Gedanken noch ganz bei ihrem Abenteuer. Er betete seine Tochter an und seine Tochter betete ihn an. Ich erziehe sie ja nicht, damit sie meine Frau wird, dachte er eines Tages, und die Seltsamkeit, die Obszönität dieses Satzes erfüllte ihn mit Scham, woher kam sie, diese Idee, die er sofort verjagte. Es reicht jedoch nicht aus, für ihre Unterhaltung zu sorgen, nahm er seinen Gedanken wieder auf. Nein. Sie muss vorbereitet werden. Aber worauf? Amélia hätte er sich anvertrauen können, aber niemand Anderem. Er hätte gewollt, dass seine Tochter, seine einzige Tochter, die wuchs und länger wurde, seine Tochter mit ihrem starken Herzen und ihrem scharfen Verstand – er hätte sich im Grunde gewünscht, dass seine Tochter in der Lage wäre, einen Mann mit bloßen Händen zu töten. Dann hätte er seine Aufgabe als erfüllt betrachtet, aber nicht vorher. Erst wenn sie ihn nicht mehr brauchen würde.

Jetzt war sie vier, acht, zehn Jahre alt. Lange Wimpern, dunkle Locken. Sie sah ihm ähnlich. Er war stolz darauf und besorgt zugleich, denn er dachte vor allem an Louises Sicherheit und wäre beruhigter gewesen, wenn sie nichts von ihm gehabt hätte. Er verstand seinen eigenen Vater immer besser, seine beharrliche Unauffälligkeit. Man änderte Namen, Sprachen, verleugnete sich selbst, nannte seinen Sohn Paul, man lebte, um keine Aufmerksamkeit auf sich zu ziehen. All das, um sich in Sicherheit zu fühlen. Um mit den Kulissen zu verschmelzen. Ein großangelegtes Tarnmanöver. Eine beispiellose Gewalt, eine private Gewalt, die man sich selbst antut.

Als würde man mit den Fingern der linken Hand die Finger der rechten Hand brechen.

*

Der Großvater, auf seine alten Tage, begann sich für Vögel zu interessieren. Er richtete an einem kleinen Fenster eine Voliere ein und es war das Schönste und Traurigste, was man je gesehen hatte, diese niedlichen Gefangenen. Gelbe, grüne. Blaue. Wir werden sie eines Tages freilassen, stimmt's, Louise, sagte der Großvater, und Louise nickte, weitsichtig und geduldig in ihrem kleinen Kleid, und da ihre Füße den Boden nicht berührten, nickten auch sie in ihren kleinen Schuhen. Wir werden sie freilassen, wenn sie soweit sind, sagte Louise und schaute voller Zärtlichkeit zu ihren Lieblingen, ihren Schätzen, die mit pochenden Herzen in ihre Hand passten, und Paul wusste, dass der Zweck der Voliere darin bestand, das Kind über etwas hinwegzutrösten, das es vielleicht schon vergessen hatte, von dem es nicht mehr sprach, über den Ersten Tod. Und auch, ganz einfach, um den reichen Sohn und die geliebte Enkelin hierher zu locken, in diese Wohnung, die kleinste und sauberste und traurigste, die es gab, die der Großvater, Opi genannt, nicht verlassen wollte. Sich hartnäckig zu verlassen weigerte. Papa, das ist idiotisch, du bist oft tagelang bei uns, gib doch diese

Wohnung auf, sagte Paul. Aber sein Vater tat so, als würde er nicht verstehen, nicht hören, mit einem Ausdruck komischer Verzweiflung im Gesicht. Louise lachte. Es gab nichts Fröhlicheres oder Flüchtigeres als Louises Lachen. Paul sagte es ihm noch einmal, Papa bitte, das ist idiotisch, zieh bei uns ein, wir haben mehr als genug Platz – *wir*, das waren Paul und Louise und, wie er bald feststellen würde, die Katze der Nachbarn, deren richtigen Namen sie nicht kannten und die sie wegen ihres schönen flauschigen Schwanzes Federkatze nannten, und wenn die Nachbarn die Tür öffneten, um besagte Federkatze spazieren gehen, umherstreifen zu lassen, um ihr geheimes nächtliches Katzenleben auf Dächern und Terrassen und in Hanggärten zu führen, die außer Sicht- und Reichweite waren – war sie in Wirklichkeit bei den Nachbarn, bei Louise, die mit ihr kuschelte, bis ihre Augen rot und geschwollen waren. Ein geraubtes Tier, eine sich jede Nacht wiederholende Entführung, und das allergische Kind, dessen federverliebte Lungen pfiffen, konnte seine eigene Leidenschaft nicht mehr aushalten, und Paul sah mehr als einmal das Netz der roten Äderchen auf dem vormals so weißen Weiß ihrer Augen, bevor er, beschämt, das Tier vor die Tür setzte, wie auf frischer Tat bei einem Mangel an Autorität ertappt, und Louise weinte, verlangte zwischen ihren Niesern Federkatze zurück, und Paul, um sie über die Realität der Dinge, Katzen und Nächte hinwegzutrösten, legte sich neben dem kleinen Bett auf den Boden, und Vater und Tochter schlossen die Augen und er erzählte ihr von der Wanderung des Tieres über die Dächer und Terrassen und Hanggärten, die außer Sicht- und Reichweite waren, und dem fast unhörbaren Tapsen der Pfoten auf den Blechdächern; Schatten – Schatten, die dort hineinglitten, wo man kein Durchkommen für möglich hielt; die Stadt, riesig und schlafend, oder riesig und schlafend in Louises Vorstellung, wie eine räumliche Erweiterung der Katze.

So sollte ich ihr von ihrer Mutter erzählen, sagte sich Paul, aber als er das dachte, waren sie beide schon eingeschlafen, sie ganz tief, er halb.

Mein Vater sieht, dass sie ein reiches kleines Mädchen ist, ein kleines Mädchen, das nichts mit ihm gemeinsam hat, die Vögel sind ein Trick, dachte Paul. Aber er irrte sich. Sowohl in seinem Vater, als auch in seiner Tochter. Beide weigerten sich hartnäckig, die zu sein, für die er sie hielt oder gerne gehalten hätte. In diesem Geheimnis lag ihre Identität. In diesem Widerstand.

*

Er fragte sich, was er sagen sollte, wie er es sagen sollte, und die Zeit verging. Er stellte sich nicht vor, konnte sich nicht vorstellen, dass das, was er verschwieg, ein Eigenleben hatte. Er konnte sich nicht vorstellen, durch sein Tun, das ein Nichtstun war, zu jemandem zu werden, der er nicht werden wollte, sich nicht entschieden hatte zu sein. Aber Amélia hatte es doch gesagt: Man kann durch das, was man weiß, aber auch durch das, was man nicht weiß, verdorben werden. Stille ist ein Organismus. Er ist lebendig und dringt heimlich ein. Aber Paul begriff das nicht, noch nicht, es wäre notwendig gewesen, sich von dem ganzen Schauspiel zu entfernen, außerhalb zu sein, am Rand oder darüber, um klar zu sehen; und ihn, mit seiner eigenen Geschichte, seiner eigenen Unwissenheit, beunruhigte zuallererst die Sprache.

Eines Tages hörte er ein unverständliches Geplapper aus dem Zimmer seiner Tochter kommen. Er schenkte dem kaum Beachtung, sie war im Alter der imaginären Sprachen und imaginären Freunde, und er ging seinen Betätigungen als alleinerziehender Vater und Unternehmer nach, machte ein Bier und ein paar Briefe auf und stellte amüsiert fest, dass Louise in ihrer Geheimsprache außerordentlich redselig zu sein schien, sie, die gewöhnlich weniger freigebig mit Worten war, sie mit einer Art Misstrauen abwog, wie man es mit einer fremden Währung tun würde; und er machte mit dem weiter, was er machte, eingelullt in das Zirpen seiner Tochter, bis sein väterliches, reptilisches Gehirn, dasjenige, das nur an Gefahr dachte, das tief in seinem Schädel vergraben war wie ein Panikraum in einer Wand, eine Antwort hörte. Eine ebenso unverständliche und lange Antwort, eine Antwort in einer tiefen, erwachsenen Stimme, die er nicht erkannte und die ihm die Haare zu Berge stehen ließ. Er stürzte in Louises Zimmer, mit klopfendem Herzen – und fand die Kleine in einem großen Gespräch mit dem Vater, Pauls Vater, in einem sehr sauberen und makellos gebügelten und abgenutzten Hemd, in einer sehr sauberen und makellos gebügelten und abgenutzten Hose, und sie hielten inne und sahen ihn an, mit runden, freundlichen, unschuldigen Augen, zurückgezogen in ihr Geheimnis, höflich darauf wartend, dass er eine Erklärung für diese Unterbrechung lieferte. Oh, was macht ihr denn?, fragte Paul, und Louise zuckte mit den Schultern und sagte, in dem altklugen Ton, den sie manchmal hatte, Aber Papa, du siehst doch, dass wir uns unterhalten, als ob er überhaupt nichts verstünde, als ob er das Kind wäre und sie mit ihren fünf Jahren die Erwachsene. Und sie lächelten ihn an, aber sie sagten nichts mehr, und er zog sich zurück. Dann hörte er sie wieder. Diesmal flüsterten sie.

Die Sprache der Vögel, dachte er töricht, sie sprechen die Sprache der Vögel. Aber natürlich stimmte das nicht. Sie sprachen die Sprache des Vaters, die Sprache des Landes, das der Vater verlassen hatte und von dem er Paul, den er Paul genannt hatte, so wenig erzählt hatte, das dieser mit dem Eindruck aufgewachsen war, dort, in eine stadtplanerische Katastrophe, in einen Großstadtdschungel, einfach hineingesetzt worden zu sein. Wie auf Wasser.

Es stört dich doch nicht, hatte der Vater später vorsichtig gefragt, nachdem Louise eingeschlafen war, mit offenem Mund, den Blick nach innen gerichtet, auf die Landschaften, die nur ihr gehörten, so wie die Dächer Federkatze gehörten und die Nächte Amélia.

Ganz und gar nicht, sagte Paul, ganz und gar nicht.

Stille.

Aber mir hast du nichts erzählt. Nichts beigebracht.

Der Vater räumte weiter den Geschirrspüler aus. Er war

nachdenklich, abwägend, und das Besteck, das gegeneinanderstieß, machte kaum Lärm.

Es ist anders, jetzt. Louise ist in Sicherheit, sagte er mit einer unfreiwilligen Geste (aber machte sein Vater je unfreiwillige Gesten? Paul bezweifelte es) zu den Wänden hin, dem Parkettboden, den hohen Decken, dem Blick auf den Himmel und dem Blick auf die Seine, dem unvermuteten Panikraum zwischen den Mauern und allen Panikräumen der Stadt vielleicht, unvermutet zwischen den Mauern.

*

Paul hingegen fand, dass die Gefahr überall war. Überall. Er sprach manchmal mit seinen Geliebten darüber, verabredete sich sogar mit ihnen, um darüber zu sprechen, und wenn sie den Katalog ihrer Ängste früher als erwartet erschöpft hatten oder ihnen davon ganz heiß geworden war, schliefen sie dann miteinander. Ohne seinen Vater und Albers hätte er es nicht geschafft, sagte er. Für Albers hatte er eine Wohnung in der Nähe gefunden, die genau wie seine geschnitten war, nur gespiegelt, nicht aus Großzügigkeit oder Gutherzigkeit, sondern weil etwas Dunkles und Verängstigtes in ihm Erleichterung darin fand, sich Louise abends, wenn sie nicht zu Hause war, genau vorstellen zu können. Bis ins kleinste Detail wusste er alles: Zu dieser Zeit aß sie, zu dieser Zeit nahm sie ihr Bad, schäumend, mit Apfelduft; und sie sich genau vorstellen zu können befreite ihn und erlaubte ihm, seinen Geschäften nachzugehen, denen eines Alleinstehenden oder eines Raubtiers.

Es gab alltägliche Tagesängste: die Angst vor Stürzen und Mikroben, die Angst vor Wahnsinnigen und der Zukunft, die Angst vor neuen Waffen. Die Angst vor Robotern und Umweltverschmutzung. Die Angst vor Attentaten, Sprengstoff. Messern, Hämmern. Die Angst vor Autos ohne Fahrer, aber auch die Angst vor Autos mit Fahrern, die Angst vor Fahrern, die Angst vor Rasern. Die Angst vor Epidemien, die sich von Vögeln auf Menschen oder von Vögeln auf Katzen oder von Katzen auf Kinder übertrugen; die Angst vor Krankheiten, die Angst vor psychischen Krankheiten, die Angst vor schulischem Versagen; die Angst, was auch immer er darüber sagte, vor Andersartigkeit; und einige dieser Ängste teilte Albers, in ihrer Spiegelwohnung. Die Entscheidungen lagen jedoch bei ihm; und deshalb war nun der Kinderarzt mit einer Art Pistole in der Hand, so einer mit Druckluft, dabei, einen winzigen Chip unter Louises zarte Haut zu injizieren, mithilfe dessen man seiner Trägerin aus der Ferne folgen konnte. Immer mehr Eltern machten davon Gebrauch; andere nicht, andere sagten, dass ihre Kleinen keine Katzen seien, Paul sagte das auch, aber diese Grenze war nichts im Vergleich zu seiner Angst als Vater in dieser Welt, so wie sie war. Wenn etwas passierte, würde er sich das nicht verzeihen. Schnell hatte er die Argumente und Gegenargumente abgewogen. Die Argumente dafür waren die Welt und Amélia. Denn es bestand die ständige, unförmige Gefahr, dass Louise die Tochter ihrer Mutter war, werden würde. Ein unermessliches Risiko, urteilte Paul. Oder vielleicht (und er bekam Gänsehaut) die Zukunft. Das Gegenargument war eine Art Anstand oder Achtung vor Anderen, vor der, die sie war und werden würde, aber in diesem neuen Zeitalter schien ihm das eine Kinderei, ein Luxus, der ihm verwehrt war, obwohl ihm doch sonst alles offenstand. Aber auch eine Art Sanftmut; etwas, das ihn nostalgisch werden ließ und das er verjagte. Argumente und Gegenargumente. Alles war jetzt eine Frage der Buchhaltung, eine statistische Frage, bin ich vom rechten Weg abgekommen? Bin ich völlig vom rechten Weg abgekommen?, fragte sich Paul oder fragte eine Stimme in Paul, die er abwürgte, um Louise zu beruhigen, die kaum beruhigt werden musste, Es wird nicht wehtun, Liebes, nur ein ganz bisschen piksen.

Sie hatte ein paar Tage lang ein Hämatom, von jenem hübschen blauen Farbton des Schmerzes Anderer, er schämte sich dafür; aber als er sich zum ersten Mal einloggte, um zu sehen, wo sich seine Tochter befand, und auf der Karte die Bestätigung ablesen konnte, dass sie – dieser helle Punkt dort, blinkend und blau – bei Albers war, genau dort, wo er es erwartete, im Esszimmer, das das exakte Spiegelbild seines, ihres eigenen war, überkam ihn ein innerer Frieden, wie er ihn schon lange nicht mehr gespürt hatte. Wie alle Eltern seines Jahrhunderts und seines Milieus versuchte er, sie vor allen Gefahren zu schützen, die er sich vorstellen konnte. Aber das Problem, sagte eine mitfühlende und spöttische Stimme in ihm, sind die Gefahren, die du dir nicht vorstellst, nicht vorstellen kannst. Das Unvorhersehbare ist die absolute Form der Gefahr und um es vorherzusagen, bräuchtest du schon etwas mehr als deine Freundinnen, immer jünger, immer schöner, die keine Phantasie haben außer im Bett; etwas Anderes als deine Kinderärzte und deine Bildschirme und deine erbärmlichen, domestizierten Ängste.

Wenn sie sechzehn ist, werde ich ihr alles sagen. Ich werde ihr alles sagen, was sie wissen muss, entschied er. Ob das eine Drohung oder ein Versprechen war, wusste er nicht.

*

Einmal im Monat übernachtete Louise bei ihrem Großvater in dieser so wenig sicheren und so wenig angenehmen, so wenig gesunden Stadt. Paul oder Albers, mindestens einer von beiden verbrachte dann eine schlaflose Nacht. Aber das Ritual war wichtig. Dem Kind lag daran. Es war der Abend, an dem die Vögel gewaschen wurden, erklärte sie ihrem verblüfften Vater. Der Abend, an dem sie nacheinander aus dem Käfig genommen, von zwei aufmerksamen Händen gehalten wurden, die über ihre Bewegungen nachdenken mussten, als hätten sie eine eigene Intelligenz. Dann, ganz sanft und zärtlich, wurde der zitternde Vogel in die Schüssel mit lauwarmem Wasser getaucht, eine Metallschüssel, an deren Emailleboden eine Rose flimmerte. Die Kleinen wurden gewaschen, sie ließen sie ein bisschen umherfliegen, sich in dem provisorischen Brunnen ausschütteln, Opi ließ manchmal einen dünnen Wasserstrahl aus einer Teekanne über sie laufen, und das war es, was Louise auf der Welt am meisten liebte. Eine anmutige und lebhafte Zeremonie in einer geheimen Sprache.

*

So weit, so gut, dachte Paul bei sich. So weit, so gut, aber er schlief schlecht. Er wachte manchmal ohne Grund oder ohne erkennbaren Grund auf, mit zugeschnürter Kehle, Herzklopfen. Er hörte seine Tochter weinen, wenn sie nicht weinte, er hörte, wie sich Fenster öffneten, die sich nicht öffneten, er war erschöpft und seine Erschöpfung nahm seltsame Formen an, Lichter, die ihn auch mitten in der Nacht, sogar im Dunkeln blendeten, er konnte seine Augen schließen, sein Gesicht im Kissen vergraben, noch immer strahlte etwas, das ihn daran hinderte, Ruhe zu finden. Lass mich in Frieden, sagte er manchmal im Schlaf. Wenn er aufwachte, erinnerte er sich nicht daran.

Er glaubte immer noch nicht an Gespenster.

Ja, so weit, so gut, dachte Paul bei sich, aber das hielt die Dinge – die Welt – nicht davon ab, den Bach runterzugehen. Es schien von allem zu viel zu geben. Aber nicht genug Frieden. Und nicht genug Wasser. Louise sah das an, was aus dem Wasserhahn kam, nachdenklich. Sie drehte ihn auf und zu. Beobachtete, wie es in Spiralen ins Waschbecken floss. Natürlich wusste sie, die gute Seele, nicht, dass sich die Wüste auf dem Globus und in den Herzen ausbreitete. Die Liebe zu unseren Kindern ist ein trojanisches Pferd, sagte Albers in einer Fernsehsendung. Louise sah sie fassungslos an, sie, die normalerweise gleichgültig an diesen Bildern vorüberging, die ohne Unterlass vorbeizogen, von Mord und Ermittlungen, von Ruinen und Kriegen oder von riesigen Städten, die keine Städte, sondern Zeltlager waren, Reihen von Zelten in der Wüste, in denen ebendiejenigen lebten, die keine Städte mehr hatten. Louise berührte die Oberfläche des Bildschirms, die Albers war und doch nicht.

Ein trojanisches Pferd. Die Liebe zu unseren Kindern ist es, die eine Welt, für die es keine Verteidigung gibt, verteidigungswürdig erscheinen lässt und weswegen sie letztendlich verteidigt wird. Akzeptiert. Die Lügen. Die globale Überwachung. Die schleichende Militarisierung. Wer würde seine Kinder nicht gerne in Sicherheit wissen? Wer wäre nicht bereit, dafür einen hohen Preis zu zahlen? Aus Liebe rüsten wir unsere Städte, Straßen und Wohnungen auf. Aber es ist das Böse, das sich hineinschleicht. Das Böse und all unsere Fehler werden zurückkommen und uns heimsuchen. Sie werden kommen, um an unserem Schlaf und unseren Knochen zu zehren. Wir leben in einer Welt, die sich völlig der Brutalität und Ungerechtigkeit hingegeben hat. Jeder für sich. Jeder für sich und seine eigenen Kinder. Sein eigenes kleines genetisches Material. Und inzwischen ist das Leitprinzip der Welt die Vertreibung geworden. Familien auf der Straße. Zerstörte Städte, ganze Länder gezwungen, sich auf den Weg zu machen. Ich schaue, was um mich herum passiert, und was ich sehe, ist der Einbruch des Unwirklichen in das Wirkliche. Das Phantastische ist zum Normalzustand unserer Leben geworden, betonte Albers hartnäckig, und alles, was Paul sah, war eine alte Frau, bockig unter ihrer weißen Ponyfrisur.

Sie wiederholte sich. Das Phantastische ist zum Normalzustand unserer Leben geworden, Paul, flüsterte sie am Telefon. Das Unmögliche ist plötzlich möglich. Ich weiß, Albers, ich habe Sie im Fernsehen gesehen, aber ich möchte, dass Sie ein wenig an sich selbst denken. Die Welt hat sich verändert.

Sie wurde unter Hausarrest gestellt. Zu ihrer eigenen Sicherheit, sagte man ihr. Zu glauben, dass die Dinge anders hätten sein können, war zu einem Risiko geworden. Ein bewaffneter Wachmann wurde am Eingang des Gebäudes postiert und im Grunde war nicht klar, ob er das Böse am Eindringen oder Albers am Herauskommen hindern sollte.

*

Paul kannte den kleinsten Seufzer seiner Tochter wie eine Sprache; das war nicht angeboren, ganz und gar nicht, im Gegenteil, er hatte in den ersten Wochen, den ersten Monaten seine Tage und Nächte damit verbracht, ihr zuzuhören, aus dem Geschrei eine mögliche Ursache, einen Auslöser, ein Gefühl herauszulesen; Albers sagte, dass er für das Baby eine Mutter sei, sie behauptete standfest, dass er eine Pythia sei, eine Weissagerin, sie lächelte, aber er vermutete eine Art heimlichen Groll in ihr; und sein eigener Vater sagte nichts, Finden Sie ihn nicht bemerkenswert, Ihren Sohn, fragte die ältere Dame, die nicht verstand, wie jemand so still sein konnte, wie jemand nichts loben oder ansprechen konnte, nichts kommentieren, nichts schönreden, nichts kritisieren – aber das war nicht seine Art; obwohl er, als er so konfrontiert wurde, kurz überlegte und dann sagte: Er ist Vater, und nichts hätte Paul glücklicher machen können.

Er kannte die Schreie und Tränen; die Art und Weise, wie manchmal alles zusammenkam, die Müdigkeit, die Frustration, der Hunger, die bösen Träume; das nasse Bett, die Kälte; das Zimmer und der Flur, die sich plötzlich ausdehnen und man ist allein, allein auf der Welt, auf einer kleinen nassen Matratze, die im Unbekannten schwebt wie eine Insel im Dunkeln; bis die vertrauten Schritte des Vaters zu hören sind und all die Leere um einen herum sich wieder in das verwandelt, was sie eigentlich ist: ein paar Sekunden des Wartens auf Nähe, Wärme, liebkosende Worte, die man versteht, ohne sie zu verstehen. Später wusste er, wann sie sich schämte oder langweilte; er hätte nicht sagen können wie, er wusste es einfach. Der Preis für dieses Wissen war der leichte, unruhige Schlaf eines Mannes, der sich zu einem sprungbereiten Tier zurückentwickelt hatte. Und springen, das tat er eines Nachts, Louise war damals vielleicht sieben Jahre alt, und Pauls Nacht wurde von einem Schrei zerrissen, in dem er Louises Stimme erkannte, der aber dennoch nichts ähnelte, was er je gehört hatte, der keinem Bedürfnis des Körpers oder der Seele entsprach, das sich zuvor manifestiert hatte: Was zur Hölle ist das denn, dachte er, ihm standen buchstäblich die Haare zu Berge, ein schriller Schrei, so grell, dass ein Teil davon vielleicht unhörbar war, Ultraschall, etwas, das nicht für das menschliche Ohr bestimmt war (aber für wessen Ohr dann) und er war ins Kinderzimmer gestürzt, Louise saß in ihrem Bett, umklammerte ihre Knie, auf ihrem kleinen Gesicht lag ein Ausdruck, den er noch nie zuvor gesehen hatte, sie starrte in eine Ecke des Raumes, auf den Sessel, in den sich Paul abends nach der Gutenachtgeschichte so oft für eine Weile setzte, bevor er hinausging, eine Etappe des Rituals der nächtlichen Trennung; Louise drückte ihre Knie an sich und wiegte sich hin und her und das Fenster war offen.

Paul umarmte sie, küsste das geliebte Köpfchen, war sie wach oder schlief sie noch, Was hast du denn, mein Herz, was ist los? Und Louise sagte nichts, er glaubte, dass sie vielleicht noch träumte, ihre Augen scheinbar offen, aber nach innen gekehrt, und er wiegte sie, wärmte sie mit seinem großen Körper durch die kleine Bettdecke hindurch, anstatt aufzustehen, um das Fenster zu schließen, und als er endlich fühlte, wie sie sich entspannte, als er selbst schon schläfrig wurde, flüsterte Louise ihm ins Ohr:

Die Frau, und er sagte sich, dass er es jetzt war, der träumte, welche Frau, mein Schatz? Die Frau mit den Flammenhaaren, sagte Louise, und Paul drückte sie fest an sich, Da ist niemand, mein Liebling, nur du und ich und wir brauchen niemanden, flüsterte er, aber die Wahrheit war, dass er es nicht wagte, sich zu dem Sessel zu drehen, er schloss die Augen und tat, was er nicht in der Lage war zu tun, weil es ihm nie beigebracht worden war, er betete ein wenig, ohne zu wissen, dass es das war, was er tat, Wie in einem Albtraum, dachte er.

*

Er sprach immer noch nicht über Amélia. Er sagte so wenig wie möglich über sie und hoffte, dass das genug sein würde. Er sah Louise an, betrachtete sie aufmerksam, es schien ihr nichts zu fehlen. Aber ein Kind ist kein Vogel. Ein Kind ist keine Katze. Sie spielten in dem schönen leeren Wohnzimmer und Paul hatte schreckliche Visionen, eine große Rothaarige, die durch Wände ging und sich aus dem Fenster stürzte, auf dem Bürgersteig darunter aufschlug. Ja, eine große Rothaarige, die in den Mauern gefangen ist wie eine Kugel, die vor einigen Jahrzehnten abgefeuert wurde und die ihre Bahn unmerklich fortsetzt, ihre Zeit ist nicht die unsere, aber wer könnte deswegen sagen, dass sie nicht eines Tages hereinplatzen wird? Zuerst die Fäuste und die Knie, dann die Nase, die Stirn, der Rest. Der ganze Rest. Und die Zielgerade, der Sprung aus dem nicht einmal geöffneten Fenster, ihr Sturz ein Regen von Glas und Splittern, in denen sich für einen kurzen Moment der Himmel spiegelt. Der Himmel, den sie nicht hatte lieben können. Er schluckte seine dunklen Visionen herunter, setzte ein kleines Pferd oder einen Bauern oder eine andere Figur, die ihn in dem jeweiligen Spiel vertrat. Louise hatte Spaß und er war ungläubig und unsäglich dankbar für die Unschuld seiner Tochter. Bis zu dem Tag, an dem er sie überraschte, mit einem Löffel in der Hand, wie sie die Wände abklopfte. Hallo, sagte sie. Hallo. Und tat so, als horchte sie auf Antwort. Was machst du, mein Liebling, fragte Paul, mit einem wachsenden Gefühl der Unwirklichkeit in seiner Brust, reinem Horror. Ich suche Mama, sagte Louise.

Es ist schlimmer, wenn du nichts sagst. Wenn du nichts sagst, geht das Böse um und schleicht sich ein und dringt in das Herz aller Dinge vor. Selbst so hatte er Schwierigkeiten zu sprechen; was hätte er Louise sagen können, damit sie verstünde? Dass, wenn die Pflanzen im Badezimmer zitterten – diese Pflanzen, die er gekauft hatte, weil seine Tochter, seine einzige Tochter ihn um einen Dschungel gebeten hatte, in dem sie ein wildes Tier sein könnte – diese *Monstera deliciosa* und diese *Monstera obliqua*, die manchmal in einem

Luftstrom vibrierten, den er nicht wahrnahm –, ihm das wie das Werk eines Atems schien, den er seit Jahren nicht auf seinem Gesicht, auf seinem Körper gespürt hatte? Es ist schlimmer, wenn du nichts sagst. Aber was sollte er seiner Tochter über eine Frau sagen, die sie beide auf der Entbindungsstation nicht erkannt hatte? Über eine Frau, die sie nicht geliebt hatte? Und was über seine Liebschaften, die er manchmal nachts einlud, wenn sie schlief, die er manchmal in der Badewanne oder gegen das Waschbecken gelehnt umschlang, weder Pauls Körper noch die Körper dieser Frauen hinterließen Spuren, die Oberflächen behielten keine Erinnerung an sie, die Schamlosigkeit glitt an ihnen ab, an den hellgrünen Fliesen, den dunklen glänzenden Blättern – und was über das, was einige dieser Frauen, fremde Frauen, gefühlt oder zu fühlen behauptet hatten: eine Feindseligkeit, eine Präsenz?

Er zeigte ihr ein paar Fotos. Auf dem, das er am liebsten mochte, trug Amélia eines seiner Hemden und Louise fragte, ob sie es haben könne. Wir können es einrahmen lassen, wenn du magst?, schlug er vor und fragte sich, wie es wohl wäre, das Zimmer seiner Tochter zu betreten und jedes Mal, an der Wand oder in der Nähe des Bettes, die Summe seiner Niederlagen zu erblicken. Nicht das Bild, Papa, das Hemd, sagte Louise. Es war definitiv seltsam, dieses Kind, das sich so wenig aus Bildern machte. Vom Sichtbaren schien nur das Lebendige von Bedeutung zu sein. Was man berühren, verfolgen, festhalten konnte. Im Museum klebte sie am Boden und in den Ecken, pustete Wollmäuse, Haare durch die Gegend, alles, was durch eine Bewegung zum Leben erweckt werden konnte, ob es sauber war oder nicht. Louise, schau doch – die Frau. Das Gebirge. Schau dir den Himmel an. Aber Louise sagte: Das ist keine Frau, das ist kein Gebirge. Himmel erzürnten sie am meisten, sie nahm Anstoß an ihnen, rümpfte ihre Nase, rutschte zur Seite, floh. Das kleinste Insekt wurde wie eine Erlösung begrüßt. Du bist wirklich ein kleines Tier, sagte er. Tief im Inneren war er entzückt.

Dann also das Hemd – Paul gab ihr eins, das als Illusion herhielt, und ein paar Tage, ein paar Wochen lang trug Louise es zum Schlafen. Dann kam es zurück auf einen Kleiderbügel, in den Kleiderschrank, wo es zwischen den Blau- und Grüntönen der Kindheit hing, ein bisschen abseits, weiß und leer.

*

Eines kalten Frühlingstages fuhr er bis in die Stadt, in der er aufgewachsen war, um Louise von seinem Vater abzuholen, und er fand sie beide in einem Zimmer, das ihm größer schien als sonst, und auch kühler, bis er merkte, was fehlte: die Vögel. Die Voliere war leer und seine Tochter und sein Vater strahlten etwas aus, etwas Elektrisches, ein seltsames Leuchten (war es das, was ihn krank gemacht hatte? er weigerte sich, es zu glauben), schweigend, wie in einem Bann musterten sie ihn auf seltsame Weise, Louise war zehn Jahre alt und ihr Gesicht begann sich zu verändern, zu dem einer Fremden zu werden, die Nase, der Mund entwickelten ihre endgültige Form; aber wer würde sie werden? Er wusste es noch nicht – er sah nur, was er sah, seinen Vater, seine Tochter, eine beispiellose Stille zwischen ihnen, eine leere Voliere, sie strahlten. Ihr habt sie freigelassen?, fragte Paul wie ein Idiot; sie nickten gleichzeitig, und er war überrascht, er hatte die ganze Zeit gedacht, dass sie mit Wir werden sie freilassen, wenn sie soweit sind, gemeint hatten Wir werden sie freilassen, wenn *wir* soweit sind, und er hatte angenommen, dass es nie dazu kommen würde. Dass man nie bereit ist, die Schönheit aus seinem Leben zu entlassen, so unglücklich sie auch sein mag. Und er fand, dass es noch kalt war, noch zu kalt für kleine farbenfrohe Vögel in einer fahlen Stadt, und ein Bild kam ihm in den Sinn – eines von denen, die fremd waren, die nicht von ihm selbst zu stammen schienen: ein Regen von exotischen Vögeln, der auf die Straßen prasselt, gelb, blau und grün, unfähig zu überleben in der städtischen Umgebung, tragisch deplatziert.

Und er als die Stimme der Vernunft, als das Familienoberhaupt verjagte das Bild oder die Vision oder die Angst oder den Wunsch, dekorative Vögel tot auf Windschutzscheiben, Regenschirme und Balkone fallen zu sehen, küsste seine Tochter, dann seinen Vater, und sagte: Es ist ein bisschen kalt, ihr hättet sicher noch etwas warten können, euch mehr Zeit lassen, und die beiden sagten nichts, schauten einander nicht an, aber etwas veränderte sich, etwas Unwahrnehmbares. Erst dann verstand er. Nein, sie hätten nicht warten oder sich Zeit lassen können, und sie sahen ihn an, seine Tochter und sein Vater, ohne etwas zu sagen, aber er wusste, dass sie wussten und dass sie ihm nichts sagen würden, aber dass sie wussten, und nicht mal eine Woche später, ohne Vorwarnung oder scheinbar ohne Vorwarnung, war sein Vater tot.

*

Erst dann entdeckte er die absolute Einsamkeit; eine entsetzliche Verlorenheit. Er schloss sich in seinen Panikräumen ein, bei seinen Kunden, er rollte sich unter der Bettdecke zusammen, wurde wieder zu diesem verlorenen Studenten, der es nicht wagte, sein Zimmer zu verlassen, weil er nicht verstand, nicht sicher war, ob er verstand, wie man spricht, wie man sich bewegt. Er war sich nicht sicher zu wissen, wie man lebt. Louise hätte ihm ein Trost sein können, aber eine Tochter sollte nie Zuflucht für ihren eigenen Vater sein, glaubte er, und er wollte sie nicht mit seiner Traurigkeit anstecken, die mehr war als nur Traurigkeit. Er schottete sich ab. Er verbrachte Stunden um Stunden allein, ohne sich zu bewegen, ohne an etwas zu denken, leer. Er weinte, aber immer im Schlaf, und ob er um sich selbst oder um seinen Vater weinte, war nicht sicher, oder besser gesagt, es war jetzt dasselbe. Gib auf dich acht, wies Albers ihn an, wenn du deine Tochter wiedersehen willst. Er ging zu einer Therapeutin, einer kompetenten Frau, die daran arbeitete, ihn wieder auf die Beine zu bringen, ihn wieder zu einem Mensch unter

Menschen zu machen, einem Unternehmensinhaber, und er hörte ihr gehorsam zu, aber die ganze Zeit, während sie sprach und er antwortete, unter Schwierigkeiten, wie ein Kind, das sorgsam seine Worte wählt, wie Louise auf Französisch – die ganze Zeit über war ein Teil von ihm dabei, ihr, dieser Frau, das Gesicht mit einem Hammer zu zertrümmern.

Letztendlich nahm er sich ein Zimmer in einem Hotel Elisse, ihrem Hotel Elisse, Zimmer 313 verlangte er mit einer Autorität, die er nicht in sich fühlte. Im Aufzug kam alles wieder hoch, im Flur und vor der Tür zu diesem Zimmer, in dem Dinge zerbrochen waren, Stimmen, Möbel, vielleicht Knochen; und ganz sicher sein Herz. Er ließ sich auf das Bett fallen, das bestimmt nicht mehr dasselbe war, schlüpfte zwischen die Laken, die bestimmt nicht mehr dieselben waren, und in dieser Nacht spürte er endlich einen Körper neben dem seinen, der ihn über alles hinwegtröstete, den einzigen, der ihn vor sich selbst retten konnte. So überlebte er den Wahnsinn durch Wahnsinn.

Später fragte er sich, ob er in genau dieser Nacht, unter der Überdecke, die mit Flammschutzmittel imprägniert war, oder nicht, im Licht der Nachttischlampen, in seinem Wahn der Wiedervereinigung krank geworden war.

*

Wie die meisten Väter versuchte er, seine Tochter zu verteidigen, und wie die meisten Väter scheiterte er schließlich. Er konnte sie nicht vor allem schützen. Vor Kälte, ja; und vor Hunger; und vor Krankheit; vor bestimmten Ungerechtigkeiten und Gewalt, ja. Vor bestimmten Bildern. Vor bestimmten Ideen. Aber am Ende war das nicht genug. Es blieb, wie immer, das Unvorhersehbare. Es blieb die Kunst. Es blieben die Verbrechen. Wenn sie sechzehn ist, wiederholte er, dann wird sie bereit sein. Was wohl bedeuten musste, dass er dann bereit sein würde. Die Welt allerdings wartete nicht. Es gab einen unangenehmen Moment, bei Schulschluss, als er Louise nirgends sah und in einem freudigen Ton gesagt bekam, dass ihre Mutter gekommen sei, um sie abzuholen; und Paul hatte vor Wut und Angst einen Tisch umgeworfen, mit einer Hand, einfach so. Sie haben Angst vor mir und Sie haben allen Grund dazu, sagte er, Sie wissen nicht, wozu ich fähig bin. Es stellte sich heraus, dass es ein Missverständnis gewesen war und dass Louise – seine Louise – drinnen wartete.

Er meldete sie an einer sündhaft teuren Schule an, einer Privatschule, in der die Schüler Uniformen trugen, und als er sie zum ersten Mal nach der Schule abholte, ergriff ihn angesichts dieser Flut von Faltenröcken und Blazern eine dumpfe Furcht, Ich werde sie nicht erkennen, ich werde nicht wissen, welche sie ist; aber in einer kleinen Gruppe von Kindern erblickte er sie, die ihn schon gesehen hatte, wahrscheinlich schon lange; ihre Blicke trafen sich und er hatte den Eindruck, eine wichtige Prüfung abgelegt, ein Hindernis überwunden zu haben, das seinesgleichen sucht, als hätte ohne sein Wissen alles, absolut alles, was er über Liebe wusste, auf dem Spiel gestanden. Und dann lächelte sie ihn von Weitem an und ging auf ihn zu, in maßvollen Schritten, damit es vor ihren Freundinnen, die sowohl weniger als auch mehr als Freundinnen waren, nicht so aussah, als renne sie zu ihrem Vater hin. Aber er konnte sehen, wie ihre Knie vor Ungeduld, vor Liebe zitterten. Endlich kam die Bande auf seiner Höhe an, zukünftige Frauen, die ihn schweigend musterten, wenn man darüber nachdachte, war es schlicht angsteinflößend, und Louise wandte sich ihnen zu und mit einer Stimme, deren Zittern sie, als er eine Hand auf ihre Schulter legte, kaum verbergen konnte, sagte sie: Das ist mein Vater, denn der Moment erforderte all die Feierlichkeit, zu der sie fähig war, sie, die Neue, die sich noch beweisen musste, um geliebt, bewundert, geschätzt zu werden, und Paul hasste diese Mädchen, die über seine Tochter urteilten, ohne ihr auch nur in irgendeiner Hinsicht gewachsen zu sein. Was für eine Farce. Aber er erklärte mit der größtmöglichen Ernsthaftigkeit, zu der er Louise zuliebe fähig war, Meine Damen, sehr erfreut. Nennen Sie mich Paul, wenn Sie wollen, und ein elektrischer Nervenkitzel lief durch die kleine Gruppe – er hatte nie erfahren, worum es gegangen war, aber die Mädchen sahen Louise mit Zustimmung an, und er sah sie ein triumphierendes Lächeln unterdrücken, ein leichtes Zucken der Mundwickel, er verstand diese Kreaturen in keinster Weise, aber er verstand, dass sich das Kräfteverhältnis geändert hatte; und Louise gab ihm ihre Schultasche, drehte plötzlich diesen Mädchen den Rücken zu, die ihm nichts und ihr alles bedeuteten, und sagte: Komm, Paul, lass uns schnell nach Hause gehen, ich halte es hier nicht mehr aus.

*

Sie stellte Fragen über ihre Mutter und die Antwort war immer dieselbe: Er hatte sie an der Universität kennengelernt, in Albers' Vorlesung (Albers war immer noch Albers); sie hatten sich geliebt; sie war gestorben. Aber wie war sie?, beharrte das Kind. Ich hätte besser nichts sagen sollen, dachte Paul. Eine Abenteuerin, sagte er. Oder: Eine Entdeckerin. Oder: Zumindest eine Reisende. Jedes Mal schaute Louise ihm aufmerksam ins Gesicht, und mehr als einmal schien es ihm, dass sie überhaupt nicht auf seine Worte hörte, sondern auf seinem Gesicht nach Hinweisen, Beweisen für Lügen suchte, nach etwas, das einen Zweifel, einen Verdacht bestätigen würde.

*

Und dann war sie zwölf Jahre alt und er glaubte, einen vergissmeinnichtblauen BH-Träger hastig in einer Schublade verschwinden zu sehen; plötzlich schlug sie ihre Hefte zu, wenn er kam, drehte den Bildschirm ihres Telefons weg, wenn er sich näherte, eines Tages kam ein Junge, ein blasses Wesen, einen halben Kopf kleiner als sie, den sie unter ihren Augenlidern hervor verstohlen voller Anbetung anschaute – Was! Dieser Kümmerling, diese ausgeblichene Kreatur, die noch nie Tageslicht gesehen zu haben scheint, dachte Paul, also wirklich, seine Ohren sind ja durchsichtig, empörte er sich, und sein Haar – nur Flaum! Und seine Schläfen! So dünn, dass sie weich und blau erscheinen, als ob man mit einfachem Druck seinen Schädel eindellen könnte – Pappmaché –, er ist es, *das* ist es, was meine Tochter, meine einzige Tochter mit ihrem mächtigen, unermüdlichen Herzen nicht offen anzuschauen wagt! Und hilflos beobachtete er die beiden, wie sie sich zwar nicht in ihrem Zimmer einschlossen, das hätte er nicht erlaubt, aber in dem Raum, von dem er gedacht hatte, dass dort sein Vater einziehen würde, und der den Namen Gemeinschaftsraum trug, jedoch nichts Gemeinschaftliches mehr hatte, da Louise die Tür zumachte und es vermied, seinen Blick zu kreuzen, eine braune Locke über ihrem Gesicht – strategisch platziert, hätte Paul schwören können, der plötzlich ein Fremder in seinem Haus war, im Flur herumtigerte, in seinem Arbeitszimmer nebenan, Ein Albtraum, dachte er bei sich. Ich werde ja wohl nicht an der Tür lauschen, ich werde ja wohl nicht an den Wänden lauschen, er stellte sich vor, wie er die Wand mit einem Stethoskop abhören würde, oder schlimmer noch, mit einem gewöhnlichen Wasserglas, an das er sein Ohr kleben würde, um die Geräusche zu verstärken. Dieser Ausgeblichene! Ich bin sicher, dass er Asthmatiker ist, dachte er, er ist zu absolut nichts in der Lage, er würde durch die Anstrengung seiner eigenen Erektion an Erschöpfung sterben. Liebe war ein optisches Instrument, oder es war Sorge, Angst, was auch immer, es brachte jedenfalls die seltsamsten Visionen hervor, Paul hätte nie geglaubt, dass er so viel Phantasie hatte. Eifersüchtig auf ein blondes Kind, ein Jüngelchen – ein Frühreifer, da bin ich sicher, dachte er, ohne aufzuhören herumzutigern, ja, herumtigern war das Wort, es gab kein anderes. Er entdeckte in sich selbst groteske Archaismen, Ich werde ja wohl nicht einer dieser Männer sein, die von der Jungfräulichkeit ihrer Tochter besessen sind, er erwog, Albers anzurufen, fragte sich stattdessen, was sie an seiner Stelle tun würde, platzte in den Gemeinschaftsraum herein, der plötzlich keiner mehr war, Keksteller in der linken Hand, die rechte Hand bereit, den Schwächling gewaltsam von dem perfekten Körper seiner Tochter wegzureißen – und zwei kleine Köpfe drehten sich blind zu ihm, wacklig unter dem Gewicht ihrer Video-Helme, auf der Couch sitzend mit einem Meter Abstand voneinander – zu weit weg, als dass ihre Hände sich berühren könnten –, diese Geräte hatten Paul schon immer Angst gemacht, weil sie ihre Träger irgendwie behindert aussehen ließen, wie ein mechanischer Auswuchs, eine Art Schraubstock, natürlich wusste er, dass das nur sein Eindruck war, denn im Inneren dieser scheinbar unbeweglichen Gehäuse befand sich eine andere Welt, größer als alles, was man sich erträumen konnte. Er selbst spielte manchmal, brutale Spiele, die er vor Louise versteckte, Spiele, bei denen er mit bloßen Händen Genicke brach, Spiele, bei denen er den Gegner nicht verschonte und der Gegner ihn nicht verschonte und bei denen das Blut, das aus einer Kopfwunde floss, alles mit einem ekelhaften roten Schleier einfärbte; und wenn er sich sich selbst so vorstellte, allein auf der Couch, mitten in der Nacht, mit einer inexistenten Waffe in der Hand, einem inexistenten Messer zwischen den Zähnen, vor Überraschung und Aufregung aufspringend, dann schämte er sich – aber nicht so sehr wie in diesem Moment, eine Hand unter dem Keksteller und die andere bereit zum Zuschlagen, zwei Vorpubertären gegenüber, die einen Meter voneinander entfernt ein Spiel spielten, mit verbundenen Augen, die Köpfe unter dem Gewicht ihrer künstlichen Visionen wackelnd, und die ihn ansahen, ohne ihn zu sehen – es sei denn natürlich, die Geräte hatten eine autonome Wahrnehmung von ihm. Wer weiß, ob die Stromkreise nicht eigene Gedanken hatten, ohne das Wissen der darunter kauernden Kinder. Wer weiß, wer in Wirklichkeit mit wem spielte.

Oh, Entschuldigung, sagte Paul.

Er machte einen Rückzieher, flüchtete sich bedröppelt in die Küche – und begann wieder hin- und herzutigern. Tief im Inneren hielt er zu sehr an seiner Angst fest, oder seine

Angst hielt zu sehr an ihm fest, und bald ging es wieder los – die albtraumhafte kleine Schraube, Wer weiß denn schon, was da drunter vor sich geht? Wer weiß denn schon, was da drin vor sich geht, in diesem Raum, von dem man nicht sagen kann, dass er existiert, aber auch nicht, dass er nicht existiert? Und wenn sie darin nackt in einer Badewanne sitzt und er, auch nackt, wie ein Wurm; und riesengroß; vor ihrem Mund stehend? Was, wenn man heutzutage so Sex hat?

Und, verängstigt: Was, wenn sie da drin rothaarig ist?

*

Sie wurde vierzehn und riss aus, nicht wirklich, es war ein Missverständnis, und entgegen allen Erwartungen fand Paul sie in der Stadt des Großvaters, Aber Louise, was soll das denn, kannst du nicht Bescheid sagen? Louise, kurzärmlig, saß an einer Bushaltestelle und aß ein Stück Pizza, das breiter wirkte als ihr Gesicht und es wahrscheinlich auch war, immerhin hatte sie ein Buch in der Hand, was selten vorkam, Oh, alles gut, sagte sie mit vollem Mund, gutgelaunt und fröhlich. Ich wollte schauen, ob ich zufällig unseren Sittichen begegne. Aber ich glaube, sie verstecken sich, und Paul fragte sich, ob sie in den zwei Jahren, die noch zwischen ihm und seinem Versprechen an sich selbst lagen, genug von der Welt verstehen würde, vom Möglichen und vom Unmöglichen, das heißt von Gewalt und Grausamkeit. In diesem Moment schwieg er. Wie immer schwieg er. Er gab ihr seinen Mantel und sie stopfte das dünne Buch in seine Tasche, wo er es später fand. Es war *Das Leben L* von Nadia Dehr. Er las es erneut, mit klopfendem Herzen, auf der Suche nach der Tatwaffe, dem Gedicht, aufgrund dessen, so dachte er, Amélia ihn verlassen hatte, zum ersten Mal, vor all den Jahren. Aufgrund dessen sie ihm das Herz gebrochen hatte. Wenn Literatur die Welt verändern könnte, wäre das allgemein bekannt, hatte Nadia Dehr gesagt, um ihr Aufgeben zu rechtfertigen. Letztendlich hatte sie sich geirrt, die

Literatur war dazu in der Lage, denn sie hatte Paul das Herz gebrochen, Pauls Welt zerbrochen, und ihn zu dem Mann gemacht, der er jetzt war. Der Mann, der in seiner Küche sitzend Verse las, die älter waren als er selbst, geschrieben von einer Frau, die schon lange tot war. Das Scheitern seines, Pauls, Lebens war der Erfolg ihrer, Nadia Dehrs, Kunst. Die Tatwaffe, dachte er hartnäckig, die er, erinnerte er sich, in einer anderen, in Albers Küche entdeckt hatte, vor so vielen Jahren. *Dieser Junge ist perfekt, wenn nur* – und wie er geglaubt hatte, er würde daran sterben.

Es geschah jedoch etwas Seltsames: Egal wie oft er das dünne Buch las und wieder las, es durchblätterte und sogar über dem Tisch schüttelte, als könnten Kunst und Verbrechen wie getrocknete Blumen herausfallen, er fand nicht, fand nie das betreffende Gedicht.

*

Sie wurde fünfzehn und kam abends nicht nach Hause und gegen drei oder vier Uhr morgens suchte er sie auf dem GPS, suchte nach dem hellen Punkt, der seine Tochter auf der Karte war und sie in einem Stadtviertel lokalisierte, in das er lange Zeit keinen Fuß mehr gesetzt hatte, in einem Club, den er nicht kannte und den zu kennen er keinen Grund hatte. Er fuhr mit dem Auto hin, seinen fiebrigen Blick unter erhöhter Unfallgefahr auf den blauen Punkt geheftet, der Louise darstellte und der unbeweglich schien, aber je näher er kam, desto mehr änderte sich der Maßstab, als würde er sich ihr im Sinkflug nähern, und je näher er kam, desto klarer zeichnete sich der Punkt ab, und kurz vor seiner Ankunft schien es ihm, dass es sich tatsächlich bewegte, dieses Blinksignal, dass es hin- und herschwang oder sich um sich selbst drehte und eine Art ununterbrochene Acht zeichnete wie, so dachte er, die Bewegung, die die Füße eines ganz jungen Mädchens machen, das sich mit ausgestreckten Armen am Strand in Kreisen dreht, oder die Bewegung des Beckens eines ganz jungen Mädchens, verliebt in einem Bett, oder sogar die Bewegung des Kopfes eines ganz jungen Mädchens, dem auf einem Parkplatz Gewalt angetan wird, und er hatte den Club betreten – Paul gehörte nicht zu den Männern, denen der Zugang verwehrt wurde – und hatte in dem Neonlicht nach ihr Ausschau gehalten, mit klopfendem Herzen, und sie dann erspäht, an der Bar, einen fluoreszierenden Strohhalm in der Hand, mit dem sie in der Luft unverständliche Motive skizzierte, für den jungen Mann, auf dessen Schoß sie saß, und der mit einer nachdenklichen Ferse, wahrscheinlich ohne es zu merken, den Hocker drehte, der sie beide trug. Ein bisschen wie ich, sagte sich Paul, an der Rezeption des Hotels Elisse, und er fühlte sich sehr alt; und auch seine Tochter drehte sich, manchmal sah er ihr Gesicht und manchmal nicht; aber wenn er es sah, wirkte sie glücklich. Ein Kinderglück, das das Kind ausstrahlte, das sie doch nicht mehr war – es war schön anzusehen, diese beiden sich überschneidenden Momente, der Teil ihres Lebens, der zu Ende ging, und der Teil ihres Lebens, der gerade begann, also schaute er sie noch ein wenig länger an und dann, ohne eine Szene zu machen, ging er einfach wieder. Er wartete im Auto, bis sie ins Freie herauskam, er sah sie diesen Jungen küssen, es sei denn, es war schon ein anderer, denn unter den Neonlichtern und auf der Straße sahen sie sich nicht ähnlich, hatten nichts gemeinsam; er sah sie, ihr Gesicht von unten angeleuchtet, wie sie mit ihrem Telefon ein Auto bestellte, das zwei Minuten später kam, und als sie einstieg, folgte er ihr. Ein Fahrzeug ohne Fahrer, ein ganz junges Mädchen auf dem Rücksitz; dahinter, einige Dutzend Meter entfernt, ein Fahrzeug mit Fahrer, niemand auf dem Rücksitz. Scheinbar niemand. Er betrat die Wohnung ein paar Minuten nach ihr, aber sie war bereits in ihrem Zimmer, die leeren Räume erweckten bereits den Eindruck eines längeren Schlafes, und er fragte sich, wie viel er wohl nicht über sie wusste. Mehr als gestern, dachte er, und weniger als morgen. Er tat, was er seit Langem nicht mehr getan hatte, er ging sie zudecken. Als er sie auf die Stirn küsste, rochen ihre Lippen nach Minze, aber ihr Haar roch nach Nacht, nach einer Ausgelassenheit und Euphorie, an der er, ihr Vater, nicht teilhaben konnte – er musste sich von nun an damit abfinden, Zeichen davon an ihrer Haut, an ihren Mänteln und an den Rändern der Tassen zu erschnüffeln, auf denen sie seit Kurzem manchmal Spuren von einem Lippenstift hinterließ, den er auf ihrem Gesicht nie erahnt hätte.

*

Ich schnüffle an ihren Schals, ich schnüffle an ihrem Hals, neulich habe ich mich dabei ertappt, wie ich an ihrer Zahnbürste schnüffelte. Manchmal fühle ich mich wie ein Hund, sagte er zu Amélia. Es war lächerlich, auch nach all der Zeit konnte er es nicht lassen, mit ihr zu reden. Wäre sie da gewesen, hätten sie gelacht, und beide hätten sich durch die Ratlosigkeit des anderen erleichtert gefühlt. Manchmal, was überraschender war, antwortete Amélia. Es gibt alle möglichen Arten von Transport, sagte sie, von Punkt A nach Punkt B. Von innen nach außen, oder von außen nach innen, vom Herzen zum Kopf, oder vom Kopf zum Herzen, und letztendlich in die Hände. Es muss zirkulieren, Paul, lass sie ein bisschen in Frieden – und wenn sie derart das Wort ergriff, stellte er sie sich so vor, wie er sie geliebt hatte, wie sie gewesen war, als er sein ganzes Leben, das er jetzt in ihrer Abwesenheit verbrachte, darauf ausgerichtet hatte, sie vorbeigehen zu sehen, einfach vorbeigehen, in der Sonne und in einem seiner Hemden, barfuß auf dem Parkett. Ein Moment, ein Mittwoch am späten Nachmittag, warmes Licht, flammendes Haar. Etwas, das sie nicht als das hatte erkennen können oder wollen, was es war: ein Versprechen, eine Geborgenheit, die Möglichkeit eines gemeinsamen Lebens.

Die Gefahr wird nicht von dort kommen, wo du sie vermutest, dachte Paul. Und gleichzeitig wird die Gefahr *genau* von dort kommen, wo du sie vermutest.

*

Die Mädchen verschwanden. Es kam zu einem Ausbluten, nein, einer Verdunstung von Teenagerinnen, eines Abends lagen sie in ihren Betten und am nächsten Tag waren sie nicht mehr da; sie lösten sich auf. Manchmal stand noch ein Fenster offen. Der Regen drang dann in die rosa und weißen Zimmer ein, es war das Erste, was auffiel, was den Vätern auffiel, dieses Verschwimmen von Innen und Außen, tödlich und doch schön, verführerisch – der Regen auf dem Teppich. Als hätten sie sich in Wasser verwandelt. Und der Regen löschte auch alle Spuren. Eine Ausgangssperre wurde verhängt, die wenig Einfluss auf Louises Leben hatte. Die Mädchen verschwanden, eine Epidemie des Ausreißens oder vielleicht von Entführungen – aber eher des Ausreißens. Es war jedoch selten, dass persönliche Gegenstände fehlten, höchstens vielleicht ein Mantel. Sie gingen ohne alles, aber fast nie ohne Mantel.

Ich möchte, dass du direkt nach Hause kommst, sagte Paul zu seiner Tochter, das gefällt mir nicht, das gefällt mir überhaupt nicht. Sie verdrehte die Augen gen Himmel, manchmal ähnelte sie Amélia so sehr, dass es unerträglich war, aber nie so sehr, wie wenn sie sich entfernte. Papa, hör auf. Ein Gerücht ist kein Verbrechen.

Es ist auch keine Kunst, hätte er beinahe geantwortet und besann sich dann anders. In den Schulen wurde über nichts Anderes gesprochen, wie besessen, bis zur Halluzination. Paul fragte Louise danach und Louise sah ihn abwägend an, als ob sie sich fragte, aus welchem Stoff er wirklich gemacht war und was er ertragen konnte. Ja, gestand sie endlich ein. Eine Frau, manchmal draußen, manchmal drinnen – wie sie reinkommt, das weiß man nicht – sie ist da, sie macht nichts, sie beobachtet dich beim Schlafen, bis du, so sagen sie, verschwindest.

Und du, hast du sie schon mal gesehen?, fragte er.

Louise musterte ihn lange, ohne zu antworten.

Also echt, Papa, sagte sie schließlich. Sei nicht kindisch.

*

Man glaubt, geschützt zu sein, außerhalb von Kräfteverhältnissen, derer man sich selbst nicht mal bewusst ist. Und doch ist es so gut wie sicher, dass man davon profitiert. Das heißt, diese Kraft, deren Wirkens wir uns nicht bewusst sind – es kann sein, es ist wahrscheinlich, dass in Wahrheit wir selbst sie ausüben. Das war es, was Paul eines Morgens verstand, weil er nie Angst um sich selbst hatte, sondern immer um Louise, Louise und ihre Freunde, Louise und ihren Geliebten aus Zellophan, der, da er nicht ihr Geliebter war, letztendlich Pauls widerwillige Sympathie gewonnen hatte, obwohl er noch immer entsetzt war über seine reale oder fiktive Zerbrechlichkeit – ein scheinbar so verletzliches Wesen, dass er entzündlich wirkte; transparent und entzündlich; wie eine Pflanze, die tief in einem Keller gewachsen war. Wie können seine Eltern ihm erlauben, aus dem Haus zu gehen, wie können sie ihm auch nur erlauben, sich von Punkt A zu Punkt B zu bewegen – ganz zu schweigen von den Demonstrationen, zu denen sie gingen, diese Kinder, die nicht mehr wirklich welche waren, große, riesige Menschenwogen, die Paul furchtbare Angst machten; natürlich war es schwierig, unmöglich, es ihnen zu verbieten, und doch versuchte Paul es. Das eskaliert zu leicht, Louise, dort herrscht Chaos; und Louise, die ihm bis an die Schulter reichte, schaute auf ihn herab, von sehr hoch oben, wie aus der Perspektive eines Vogels oder der Sonne, erbarmungslos; betrachtete ihn mit Belustigung und Mitleid, ja, mit einer Art grausamen Mitleids, das er als ungerecht, unverdient empfand, er verstand erst später, zu spät: Das Chaos war sie selbst.

*

Er erkannte sie in einem dieser Amateurvideos, bei denen man zuerst denkt, dass man gar nichts sehen würde oder dass alles, was zu sehen war, das Zittern desjenigen war, der die Kamera hielt. Albers, ich werde seekrank, jammerte er. Man konnte nichts von ihr sehen außer einer Mütze, einem Schal über ihrem Gesicht; nichts Augenscheinliches, an dem sie zu erkennen wäre; ein langer Arm, dünn und stark und behandschuht, und am Ende dieses Arms ein Geschoss, das mit Präzision geworfen wurde und man könnte sagen mit Kunst, denn wenn das Werfen eines Balls ein Sport ist, und das Werfen einer Flasche Champagner gegen einen Spiegel ein Zeitvertreib, was ist dann mit diesen Molotow genannten Cocktails, die auf ein Fahrzeug prallen und dann erst, wie durch Gedankenkraft, explodieren und Feuer fangen? Natürlich sagte er niemandem etwas. Natürlich sprach er nur mit ihr darüber, Aber Louise, was soll das denn? Bist du völlig verrückt geworden? Sie zuckte mit den Schultern. Du bist ein ganz schöner Heuchler, finde ich, antwortete Louise; ein ganz schöner Moralprediger für einen Kerl, der ein Luxushotel zertrümmert hat. Leugne es nicht, ich habe dich gesehen. Und in einer noch viel schlimmeren Pose, wer ist das überhaupt, diese Schlampe, die du da vögelst? Das ist deine Mutter, antwortete Paul, scheinbar ohne eine Gefühlsregung. Louise schlug die Tür zu und ging. Sobald er konnte, suchte er nach diesen Bildern, dem Beweis, dass das Geschehene geschehen war. Er erkannte nichts wieder. Ihre Jugend, das war alles, was man sah, was ins Auge stach. Eine törichte, blendende, verrückte Jugend, die er sich nicht vorstellen konnte erlebt zu haben. Sein Körper jedoch erinnerte sich. Sein Körper erinnerte sich an alles.

*

Paul tat, als wäre nichts. Aber es lief gut. Er stellte eine Person ein, dann fünf, dann zehn. Auf den Bildschirmen, kleinen und großen, loderte die Welt, die Welt zerbrach und spaltete sich und eines Tages sah Louise ihn mit einem unverschämten Ausdruck in den Augen an und sagte, Aber was ist das überhaupt, diese Balkanisierung, von der alle reden?

Louise und ihr Freund David wuchsen in einer verängstigten Stadt auf, die gelähmt war durch ihr eigenes Spiegelbild, fragmentiert auf einer Vielzahl von Überwachungsbildschirmen, von denen doch keiner die verheerenden Attentate verhindern konnte, ein Lastwagen, der in die Menge raste, ein Mann, der in einem Kino mit Benzin angezündet wurde. Eine Explosion mitten in der Stadt – vielleicht eine Bombe, die Tage, Wochen zuvor dort platziert worden war, unter dem Deckmantel einer Kurzzeitanmietung. In allen Dingen lernten diese jungen Menschen, zuerst die Bedrohung zu sehen, die sie darstellten, und so sah, wenn Paul und seine Tochter zu Abend aßen, Gabeln in der Hand, der Eine ein Besteck und der Andere eine Waffe. In diese Stadt jedoch, die nicht mehr sicher war, strömten weiterhin hartnäckig Neuankömmlinge, die vor etwas viel Schlimmerem, viel Greifbarerem und Gefährlicherem im Süden flohen, um die Gewissheit eines unsagbaren Todes einzutauschen gegen die, wie sie erfahren würden, Ungewissheit eines unsagbaren Lebens. Der Vater hatte nun die Wahl, es nicht zu sehen, es nicht zu verstehen: Die Stadt hatte sich gespalten, während er woanders gewesen war, während er seine Ambitionen verfolgte, während er von Amélia Dehr träumte. Gespalten, auf der einen Seite das, was sie gewesen war und zu sein beharrte: eine Lichterstadt, unbeweglich, eine Hauptstadt der alten Üppigkeit. Und auf der anderen Seite eine neue Stadt, leicht und schwankend und elendig und ausdauernd, voller Lebenskraft, Überlebenswillen. Eine Stadt in der Stadt, in den Zwischenräumen, den Schatten, den Spalten. Provisorische Unterkünfte. Matratzen unter den Treppen, auf den Dächern. Die Stadt der Katzen war zur Stadt der Verzweifelten geworden, voller Hoffnung jedoch, einer Hoffnung, die auch leicht und schwankend und elendig und ausdauernd war, einer Architektur des Nichts, arm und zerbrechlich und doch lebendig. Voller Lebenskraft. Ein Stadtplan, der sich jeden Tag erneuerte, der Nacht für Nacht die Karte der Verlassenheit und der Gewalttaten zeichnete. Der Grundriss der gebrochenen Versprechen. Und etwas Seltsames geschah: Jede dieser beiden Städte, dieser beiden Gesichter der Stadt fürchtete die Andere und glaubte, sie würde von ihr belagert. Und so wandte sich die Stadt gegen sich selbst. Als würde sie mit den Fingern ihrer rechten Hand die Finger ihrer linken Hand brechen.

Und so wuchs Louise in einem Ausnahmezustand auf, aber es war eine schlaffe, unbestimmte, andauernde Notlage. Alles war eine potenzielle Gefahr, Identitäten und Loyalitäten waren nicht beständig, an einem Tag konnte man Bürger und am nächsten Feind sein. Die Autorität war unbeständig, die Gewalt war unbeständig, die Ordnungskräfte erschienen und verschwanden mit Leichtigkeit und sogar einer Art Anmut; an einem Tag waren überall bewaffnete Männer, auf der Straße, vor den Schulen, und am nächsten Tag waren sie verschwunden und tauchten dann anderswo wieder auf. Die Waffen waren auch neu, ihre Leichtigkeit wurde als humanistisch dargestellt, während sie sich doch einfach nur weiterentwickelten, anpassten, präziser und somit bedrohlicher wurden; und diese neuen Waffen wurden an der Bevölkerung getestet, an der Stadt in der Stadt, an den Bürgern der Metropole, die flexibleren und handlicheren Wasserkanonen, die nachts die provisorischen Unterkünfte zerstreuten und tagsüber die wütenden Gymnasiasten: mächtige Wasserstrahlen, die aus dem Untergrund der Stadt kamen, um diese zu bezwingen, die blaue Flecken auf den Oberschenkeln und Bäuchen hinterließen, die schließlich gelb wurden und dann verblassten; sogenannte nichttödliche Waffen mit seltsamen und poetischen Namen aus der Zukunft, *Blitzwerfer* und andere *Impulsive,* Namen, die niemand wirklich benutzte, die ihre Angriffsziele durch Elektroschocks lähmten; und dennoch war da diese Leidenschaft der Streitkräfte für die Infrastruktur, die die Seele der Stadt war, das Wasser, der Strom, und die man gegen genau die Menschen einsetzte, denen man sie zur Verfügung hätte stellen sollen – all der moderne Komfort im Dienste der Unterdrückung. Zumindest war es das, was Albers predigte.

Pioniere, diese Teenager, Louise und ihr Freund David, und die ganzen Demonstranten. Forscher; sie experimentierten mit ihren Rechten, mit ihren Pflichten, auf der Suche nach einer neuen Welt; wie Chemiker. Und wie Chemiker bei einem Arbeitsunfall waren es bei der Begegnung mit der Realität von Macht und Krisensituationen die Hände und Augen, die sie am häufigsten verloren, die sie zuerst verloren, bevor sie alles verloren. Hände und Augen, dort gab es die meisten Verletzungen, diejenigen, deren Bedrohung Paul daran hinderte, Ruhe zu finden. Zarte Knochen, Handwurzeln, Mittelhandknochen, zerquetscht unter einem Stiefel, gebrochen mit einem Teleskopschlagstock; durch nichtmetallische Geschosse abgelöste Netzhäute, von Tränengas verbrannte Hornhaut. Hände und Augen: ungeschickt geworfene Molotow-Cocktails, zu spät geschleudert, in einem undankbaren Winkel, bestimmte Wunden, die bestimmte Leben abbilden, sind Tragödien ungünstigen Timings. Zerfetzt, blutig, die ersten Organe der sinnlichen Begegnung mit der Welt, die ersten Organe der Revolte. Wenn die Gedanken im Kopf und die Liebe im Herzen liegen, dann hat der Hunger nach Gerechtigkeit und Anerkennung als sich ergänzende Zwillingssitze die Hand und das Auge.

Aber auch sie waren innovativ; anpassungsfähig; und das wichtigste Werkzeug, die wichtigste Eroberung dieser traurigen und verträumten und vielleicht gewalttätigen jungen Menschen war die Tarnung, die manchmal in den Rang einer Wissenschaft erhoben wurde. Wie man eine Stadt unter ständiger Beobachtung durchquert, ohne bemerkt zu werden – Louise sprach bereitwillig darüber, sprach mit einem Strahlen von Leben und Gesundheit, welch ein Erfindungsreichtum, sagte sich Paul. Von Unsichtbarkeit, die als eine der schönen Künste betrachtet wird; und was für eine Naivität, was für Kindereien, er dachte an den Chip im Arm seiner Tochter, über den er nicht mit ihr sprach, über den sie nicht mit ihm sprach, von dessen Existenz sie nichts wusste.

Sie wurde größer. Er wurde älter. Nach und nach verwandelte sich die Welt, die er kannte, in eine, die er nicht kannte.

*

Wenn du die Kamera siehst, sieht die Kamera dich. Es ist der Blick, den sie erkennt, der Abstand zwischen den Augenbrauen, der Nase, dem Mund, erklärte ihm Louise, also verstehst du, das Einfachste ist immer noch, ihr nicht in die Augen zu schauen. Das Einfachste ist immer noch ein Basecap, sagte Louise unter dem ihren hervor, korallenrot, BALLROOM MARFA in kleinen hellblauen Buchstaben, das sie bei Paul zum Essen absetzen musste, bei Albers nicht. Sie war noch nie in Marfa gewesen, das sich in der amerikanischen Wüste befindet und keinen Ballsaal im eigentlichen Sinne hat, es sei denn natürlich, das Herumspringen zwischen Skorpionen ist ein Tanz für sich. Du darfst ihren Blick nie kreuzen, du darfst sie nie direkt anschauen, nie in die Augen. Opi hat mir dasselbe über bestimmte wilde Tiere beigebracht, sagte Louise, und Paul wurde ungewollt schwer ums Herz, er vermisste, was sein Vater ihm nie gesagt hatte. Das Einfachste ist immer noch eine Spiegelbrille, sagte Louise, ihre Piloten-Sonnenbrille auf der Nase, die sie bei Albers in der Wohnung abnehmen musste, bei Paul nicht. Denn so sieht die Kamera dich nicht, sie sieht sich selbst. Sie schaut sich selbst an, sie verliert sich, die Kamera weiß nicht, dass sie eine Kamera ist, und sie verliebt sich in sich selbst, erklärte Louise; dasselbe gilt für die Drohnen. Opi hat mir dasselbe über bestimmte Dämonen beigebracht, und Paul hätte ihr die Brille abnehmen wollen, um zu sehen, ob sie scherzte, es kam ihm schon so vor, aber alles, was er sah, war er selbst, komisch verzerrt, komisch distanziert, als ob seine Hand vor ihm auf dem Tisch und das Messer, das sie hielt, in der Gegenwart seien; aber der ganze Rest seiner Person, sein Oberkörper, sein Gesicht (sein Herz, sein Kopf) weit weg, geschrumpft, verloren in der Vergangenheit.

Bei Demonstrationen sind Gasmasken gut, aus offensichtlichen Gründen der Hygiene und Anonymität, aber wenn sie die Taschen durchsuchen, muss man sie hinter dem Rücken verstecken. Im Alltag sind auch Kapuzen gut, fügte Louise zwei Tage später hinzu und setzte die ihres

Baumwollsweatshirts auf; und Paul war entzückt und amüsiert und ein wenig besorgt, als er sah, dass sie unweit des Saumes, dort wo die Hörner wachsen würden, wenn sie zum Beispiel ein Teufelchen wäre, zwei blaue Kreise in zwei weiße Schiffchen gestickt hatte, Fadenspiralen, nein, Fadenhelices, azurblau und perlmuttfarben; ineinander eingebettete Formen, die eben das sein könnten, Formen, aber die auch Augen sein könnten, große aufblickende Augen, die auf die Geräte schauten oder zu schauen schienen, die sich jetzt überall zwischen ihnen und dem Himmel befanden. Wie manche Fische, dachte Paul. Wie manche Vögel. Falsche Augen, die Raubtiere täuschen, das Tier größer erscheinen lassen, als es ist, die Aufmerksamkeit ablenken, die echten Augäpfel schützen. Tarnung ist die Waffe der Kleinsten und Schwächsten, ihm wurde beklommen ums Herz, ihm war andauernd beklommen ums Herz, am Ende wird nichts mehr davon übrig bleiben, dachte er bei sich.

Geschickt, sagte er, gespielt leichtmütig, und bekam die übliche Antwort: Nicht schlecht oder, hat mir Opi beigebracht – Wie viele Leben, fragte sich Paul, kann man in einem einzigen leben?

Und dann waren da noch andere Dinge, Schals, auf denen die untere Hälfte eines anderen Gesichts aufgedruckt war, wie in diesen Spielen für Kinder, in denen man alle Möglichkeiten der menschlichen Spezies kombinieren und endlos neukombinieren kann; und Tiergesichter, von Füchsen oder Vögeln, als ob sich die Spezies zuerst auf diese Weise, in der Phantasie, weiterentwickeln würde, sich aber vorbereitete; sich bereit machte, zu dem zu werden, was sie nicht war, noch nicht. Und auch das, dachte Paul, war ein Spiel für Kinder, ein Kinderspiel, Louise und Der Ausgeblichene und Andere waren die Ablösung, waren die Reaktion, nur wenige Jahre jünger und ihr Hauptziel wäre gewesen, sich so eng wie möglich mit dem kollektiven Raum der Wolke zu verbinden, darin zu verdampfen, ihre Präsenz in Form von Fotos und Selbstporträts und Videos zu verbreiten und sich professionell der unaufhörlichen Dokumentation ihres Lebens zu widmen. Aber nicht sie. Zuerst beglückwünschten sich ihre Eltern dafür.

*

Und dann war sie sechzehn und es war an der Zeit. Die leichten Gerüche, die von ihr ausgingen, begannen sich zu verändern, sie roch nach Dingen, die er nicht kannte, nach unbekannten Mischungen bekannter Alkohole, Chemikalien mit einem Aroma von Sauberkeit, die sie abwesend wirken ließen, während sie immer später nach Hause kam und sie auf dem Bildschirm nachsahen, um sich zu beruhigen – nur um sich zu beruhigen – sie war nicht mehr in Nachtclubs oder Bars zu finden, sondern manchmal, was seltsam und vielleicht beunruhigender war, in öffentlichen Parks, wenn die öffentlichen Parks geschlossen waren, oder in Museen, wenn die Museen geschlossen waren, oder – Ich glaube, es funktioniert nicht mehr so gut, dieses Ding, sagte Albers und schüttelte ihr Telefon – in namenlosen Gebieten auf unbebautem Land, in zukünftigen Wohngebieten oder Gebäuden, die sich im Bau befanden und nie eröffnet worden waren. Wissen Sie was, lassen wir sie leben, sagte Paul, weil er sich daran erinnerte, das auch er mit sechzehn umhergezogen war, herumgelungert hatte, über Absperrungen gesprungen und über Zäune geklettert war, an viel gefährlicheren Orten, und sein Herz schlug höher und es gefiel ihm, wie sein Herz schlug, die Wahrheit war, dass nur die Grenzüberschreitungen und Amélia ihm das Gefühl gegeben hatten, wirklich zu leben, endlich zu leben. Und Louise hatte das Herz ihres Vaters. Ich erkenne sie nicht mehr, beschwerte sich Albers; sie kommt und geht, ich fühle mich, als stünde ich vor einer Fremden, und Paul nickte diplomatisch, aber die Wahrheit war, dass er in seiner Tochter sich selbst erkannte oder zu erkennen glaubte.

Manchmal kam sie nach Hause und roch nach Gischt, nach Dünen; dabei war das Meer doch so weit weg. Manchmal kam sie nach Hause und Paul folgte ihr von Zimmer zu Zimmer, auf den Spuren dessen, was aus den Sohlen der pneumatischen Turnschuhe entwich, die Louises Zuspruch fanden, deren Luftkammern allerdings platzten, sich mit Sand füllten, dessen Ursprung unbekannt blieb; und einmal kam sie nach Hause und ihre Lippen, die wie geschminkt aussahen, waren aufgeplatzt, rot, zerquetscht, und ihre Augen hatte rote Ränder und sie roch nach Benzin.

Komm mal her, Louise, ich möchte mit dir reden. Alles war da – sechzehn Jahre, um die Worte zu finden, sechzehn Jahre, um alles in Ordnung zu bringen, um das eigene Leben zu archivieren und zu destillieren, nur das Wesentliche zu bewahren, es bei Bedarf zu erfinden. Das Lustigste oder Seltsamste oder Traurigste war, dass nach sechzehn Jahren nur noch einige Sätze davon übrig waren. Einfache Worte, die jeden Tag über jedermanns Lippen kamen oder kommen sollten. Zwei Sätze, aber sie waren wahr. Das wusste er. Genau wie er wusste, dass es an der Zeit war.

Später, Papa, sagte Louise, und machte ihre Tür zu.

*

Am nächsten Tag rief sie ihn an, er sah ihren Namen auf dem Bildschirm. Sie hat sich erinnert, dass ich mit ihr reden wollte, dachte er und sein Vaterherz schlug höher vor Hoffnung. Er wusste, dass sie es war, aber er hörte nur eine Art Schrei oder Stöhnen oder Weinen, einen Tierruf, Papa, und als er ankam, kniete sie vor Albers, blutüberströmt, beide blutüberströmt. Sie hatte versucht, zu retten, was – Paul sah es auf den ersten Blick – man nicht retten konnte, nicht hätte retten können. Sie hatten Essen bestellt, aber was gekommen war, war der Einbruch des Unwirklichen in die Wirklichkeit.

Es sei denn, es ist umgekehrt, dachte Paul unter Schock. Es sei denn, dies ist die Wirklichkeit – eine alte Frau, ein Loch in der Brust, ein Loch in der Stirn, und Louise, überströmt mit frischem Blut.

Erschütterungen und Traumata lassen seltsame Gedanken sprießen, und das geschah Paul, als er seine geliebte Tochter in die Arme nahm, als ob ein Vater einen vor dem Schrecken der Welt bewahren könnte – Wenn sie ihrer Mutter noch ähnlicher sähe, dachte er, wären selbst ihre Wimpern rot, gefärbt mit dem, was man nie sehen sollte. All das Blut. Arme liebe Albers, armes altes Gehirn, armes altes Herz.

Wenn man bedenkt, dass sie ihr Leben damit verbracht hat, sich zu fragen, was stirbt in einer Stadt, die vor Angst stirbt.

*

Kurz darauf wachte er mitten in der Nacht auf, weil er deutlich zu hören glaubte, wie eine Frauenstimme fragte: Wo ist sie, Paul, sie ist nicht nach Hause gekommen, irgendetwas stimmt nicht. Er loggte sich ein auf dem Bildschirm, auf dem er seine Tochter überwachte, das Herz schwer von einer seltsamen Vorahnung, fast sicher, dass er nichts sehen würde, dass es nichts mehr zu sehen gab. Aber nein, das blaue Licht war da, Louise war da, er verstand nicht gleich, was daran ungewöhnlich war, was die Eile und Panik des Teils von ihm hervorrief, der seine bessere Hälfte war oder nicht; und auch nicht diese späte Störung, Aber schau doch!, sagte sie wütend, *mach die Augen auf* – ja, er dachte oft daran, an diesen Befehl, *mach die Augen auf*, und das tat er, er machte die Augen auf und sah hin. Und dann sah er, wie dieses seltsame Ding, seine Tochter – das blaue Licht, das seine Tochter war – sich auf dem Stadtplan auf eine Weise fortbewegte, die sich seinem Verständnis entzog. Sie geht durch Wände!, dachte Paul. Das war der erste Gedanke, der ihm kam, und zunächst der einzige. Sie geht durch Wände. Das blaue Licht ignorierte die Straßenführung, ihre Kurven, ihre Richtungen. Louise schnitt querfeldein durch das städtische Gewebe. Durch die Gebäude, ja sogar durch die Panikräume, Mauern hielten sie nicht mehr auf, Materie hielt sie nicht mehr auf, sie bewegte sich mit rasanter Geschwindigkeit, seine

Tochter, seine prächtige Tochter, die stärker war als die Stadt, ein Entzücken ergriff ihn. Sie fliegt, dachte er bei sich.

Louise war mit nichts, aber nicht ohne Mantel gegangen, und das seltsame Signal, das sich übermenschlichen oder unmenschlichen Gesetzen folgend bewegte, er fand es schließlich – ein Eichelhäher, ein kleiner Vogel mit rosa-braunem Gefieder, schwarzem Schweif, aber sein Flügel, der Rand seines Flügels war blau, ein viel schöneres und lebendigeres und komplexeres Blau als alles, was jemals auf einem Überwachungsbildschirm erscheinen konnte, eine Feldvogelart, die sich trotz ihrer Scheu an die Stadt gewöhnt hatte, Vögel, die ein Leben lang in Paaren leben, aber dieser hier war allein, entweder weil er seinen Partner verloren oder weil er ihn noch nicht gefunden hatte, und Paul betrachtete das Federvieh in dem winzigen Käfig auf dem Schreibtisch des Privatdetektivs, So ist das, sagte sein Gegenüber. Und Paul, benommen, war gegangen, den Käfig in der Hand, über den er seine Jacke geworfen hatte, aus Angst, dass der Vogel die Kälte, das blasse Licht der Straßenlaternen nicht ertragen würde, Das ist idiotisch, sagte er zitternd zu sich selbst, er kommt aus dieser Kälte, diesem Licht. Das ist idiotisch, aber er zog seine Jacke trotzdem nicht wieder an.

In ihrem Schrank, unter der Kleidung, die Jahre zu klein für sie war, fand er eine Kompresse. Darauf war Blut, bereits getrocknet, rostfarbene Flecken, aus denen der trauernde Vater etwas herauszulesen versuchte, einen Liebesbeweis, ein Versprechen oder eine Schatzkarte, aber dort war nichts von alldem. Ein vager Restgeruch von Desinfektionsmittel, das bereits verdunstet war. Sie musste sich im Badezimmer aufgeschlitzt haben, stumm, darauf achtend, nicht zu schreien, sie musste mit der Spitze der Klinge nach dem Fremdkörper gesucht haben, dem Parasiten, der schuld daran war, dass sie nicht Herr ihrer selbst, nie ganz eins mit sich selbst war; und als sie ihn gefunden hatte, hatte sie ihn mit ihrem heilen Arm aus dem Fenster geworfen. Das war das wahrscheinlichste Szenario. Sie hatte ihn aus dem Fenster geworfen, oder aber – das sah Paul, wenn er die Augen schloss – sie hatte ihre Hand in die Nacht hinausgestreckt und geduldig gewartet, so lange, wie es eben dauerte, bis ein hungriges kleines Wesen, all seinen Überlebens- und Sicherheitsinstinkten trotzend, sich näherte und aus ihrer Handfläche jenen Samen fraß, aus dem die ganze Stadt gewachsen war, die Stadt und ihr geheimes Herz, Louise, und aus dem nun gar nichts mehr wachsen würde.

Sie war mit den Anderen fortgegangen. Mit diesen Kolonnen trauriger junger Menschen, die sich in der Welt, so wie sie war, nicht wiedererkannten, die eines Abends ihre Mäntel nahmen und wegliefen, man weiß nicht wohin. So groß die Welt auch ist, entkommen können wir ihr doch nicht, und Paul dachte an diese Leute, an seine Tochter unter ihnen, vielleicht in den Wäldern, oder viel wahrscheinlicher in den Städten, den Städten dieses Jahrhunderts und des letzten, und es brach ihm das Herz, aber er zählte auf ihre Fähigkeit zu überleben, auf ihr unermüdliches Herz, ihre langen Muskeln, das Messer, das er nie gefunden hatte, weil sie, wie er wusste, die Geistesgegenwart besessen hatte, es mitzunehmen, Louise war ohne alles gegangen, aber nicht ohne Messer.

Nachts, in seinem Schlaf, der nicht mehr kam, erkannte er die Wahrheit: Amélia war gekommen, um zu holen, was ihr zustand. Ihr Kind, die Tochter, die er ihr mit allen Mitteln vorzuenthalten versucht hatte. Er wusste, dass das der richtige Lauf der Dinge war. Der Lauf der Nacht. Dass er für seinen Verrat bezahlte.

Wache über sie, dachte er. Ich bitte dich, wache über sie.

3.

Louise erinnert sich an ihre Kindheit wie an eine Geschichte, von der ihr einige entscheidende Teile in einer Fremdsprache oder im Schlaf erzählt worden waren; die Episoden überschneiden sich und widersprechen sich manchmal, die Chronologie wird nicht befolgt, sie hat ihre Mutter nie gekannt, ist sich aber sicher, ihre Mutter gekannt zu haben, und wenn sie an die langen, endlosen Jahre denkt, die sie mit Paul verbracht hat, kommt es ihr manchmal vor, als dächte sie an ein Märchen. An eine dieser bezaubernden, betörenden Formen, von denen man sich jedoch nicht sicher ist, inwiefern und in welchem Maße sie einen betreffen. Es liegt eine Gefahr darin, die nicht die ist, die man vermuten würde; eine Botschaft, die verborgen bleibt; und diese wunderbare Architektur, die kleine Mädchen in ihren Betten wachhält und Väter gespannt daneben, die ein Ort ist, an dem sie in einem unbestimmten Zeitalter und auf unbestimmte Zeit zusammen sein können (zusammen im Wald! aber auch in ihrem Bett) – diese Architektur ist vielleicht, dachte Louise schließlich, eine riesige optische Täuschung, oder sogar, wer weiß, eine Falle. Es waren einmal ein Vater und eine Tochter, es waren einmal Paul und Louise und ihre Welt, ihre wunderbare Welt, war voll und ganz auf einer Bedrohung aufgebaut, um eine zentrale Leere herum, und sie wusste es nicht oder wusste es, ohne es zu wissen. Und doch erinnerte sie sich an alles.

Sie ist beschützt vor der Welt aufgewachsen. Sie ist in Sicherheit aufgewachsen, sagt Paul, *im Sicherheitsbereich*, denkt Louise, denn was ihr Vater nicht weiß, nicht versteht, ist, dass das Böse umhergeht und sich überall einschleicht und in das Herz aller Dinge vordringt. Wir brauchen die Anderen nicht – wir brauchen niemanden, sagte Paul, und jahrelang hatte Louise es wiederholt, Wir brauchen die Anderen nicht. Jetzt war sie sich nicht mehr so sicher. Auf der Welt, so wie sie war, zählte auch alles Andere, alle Anderen, denn damit sie wirklich zusammen sein konnten, der Vater und die Tochter, war Gerechtigkeit nötig und es war nötig, wäre nötig gewesen, dass das Außen nicht dieser dunkle und wilde Ort war, der es geworden oder schon immer gewesen war. Und auch das Außen schlich sich ein, es gab eine tödliche Verwechslung zwischen dem Inneren und dem Äußeren, die für sie, für Louise, dieser Panikraum zwischen zwei Wänden war, dieses Zimmer, das allem hätte standhalten sollen, das aber niemand betrat, zwei Quadratmeter, die vom Rest der Wohnung und ihrem Leben abgezogen worden waren, ganz der Katastrophe gewidmet. Vom Flur aus konnte man ihn nicht erahnen, aber Louise wusste, dass er dort war, und wie in einem Märchen spukte der geheime Raum durch ihre Träume. Und wie in einem Märchen musste sie alles verlieren, ihren Vater, ihre Stadt und sogar ihr Spiegelbild, sie musste den Globus umrunden und sich in seine unbestimmtesten Gebiete vorwagen, die auch die blutigsten waren, um eine Tür aufstoßen zu können, die keine Tür war, sondern eine Wand, neben der sie aufgewachsen war. Die sie von ihrem Bett aus sehen konnte. Sie war also nicht mit den Anderen fortgegangen, diesen Kohorten von traurigen jungen Menschen, die von anderen Orten träumten und denen sie sich später wieder anschließen würde – später, falls sie ihre Reise überleben würde.

*

Die Stadt von morgen, sagte Albers, und am Ende war Louise die Einzige, die zuhörte – diese Frau mit ihrer überlegenen Intelligenz, diese großzügige Frau, die ihr Leben lang, könnte man sagen, mit freiliegendem Gehirn verbracht hatte, wie als Opfergabe, als Schauspiel oder Nahrung für Generationen von Studenten – die Stadt von morgen würde eine einsame, vereinsamte Stadt sein, eine Stadt, in der niemand nach Einbruch der Dunkelheit aus dem Haus geht und in der ununterbrochen Überwachungskameras laufen; oder eine vollendete Stadt, in wenigen Wochen aus dem Boden gestampft, ein Einkaufszentrum, Wohnviertel, in denen aber niemand jemals wohnen würde, und die nur dem Anschein nach bewohnbar sind – kein Wasser, kein Strom, ein abgebrochenes Bauvorhaben, das mitten im Nirgendwo entstanden und nichts geworden ist; oder aber eine leere Stadt, aufgrund eines tödlichen Gas- oder Giftaustritts, alle Bewohner sind daran gestorben oder fortgegangen; oder eine versunkene Stadt, die vollständig unter dem Wasser eines Stausees oder eines Ozeans liegt, das aufgrund der globalen Erwärmung, der schmelzenden Polkappen, ansteigt und nie aufhört anzusteigen. Oder eine Stadt, die von einer Stadt nichts mehr als den Namen hat, weil sie so lange beschossen und bombardiert wurde, dass nichts Lebendiges übrig geblieben ist oder sich in sie hineinwagt, außer vielleicht den Drohnen, die in zerstörte Straßen und zerstörte Gebäude und zerstörte Zimmer schlüpfen, um uns zu zeigen, wie eine Welt ohne Menschen aussieht, die doch die Welt der Menschen ist, ganz von ihrer Hand und ihren dunklen Wünschen geschaffen.

Das hatten sie nicht verstanden, nicht verstehen wollen. Die Stadt von morgen, sagte Albers, ist eine Geisterstadt.

Und es war diese zerstörte Stadt, in die Louise reiste. Ihr Vater hatte versucht, sie vor allem zu beschützen, aber etwas hatte er nicht verstanden, nicht sehen wollen: Wo auch immer sie sich befand, Louise war inmitten von Bildern von Zusammenbrüchen und Explosionen, oder von Ruinen und Tod, oder von Schutt und Flucht aufgewachsen. Sie befand sich nie in einem Raum ohne Bildschirm, und wer Bildschirm sagte, sagte Trümmer. Blutüberströmte Gesichter und leere Augen, Straßen, die wie Fallen geschlossen sind, vertikale Bombardierungen oder horizontaler Beschuss, so groß die Welt auch ist, entkommen können wir ihr doch nicht.

Und heute überquerte Louise dieselben Grenzen wie diese Kohorten von Männern, Frauen und Kindern, die vor etwas flohen, das über die Kriege hinausging, die man gekannt hatte, über den Tod selbst hinaus, von dem man dachte, dass man ihn kannte, und der sich als ein subtilerer Zustand erwies, verzweifelte Kolonnen von Lebenden, in deren Herzen etwas gestorben war, oder von Toten, in deren Herzen etwas lebendig war, das war diese Uneindeutigkeit, die große Entdeckung des Jahrhunderts oder die große Entdeckung Louises, die dieselben Waldränder, dieselben Linien überquerte wie sie. Aber allein. Aber in die andere Richtung.

*

Um in dieses Land zu gelangen, dessen Grenzen sich damals Tag für Tag verschoben, das sich ausdehnte und zusammenzog wie ein panisches Herz, musste sie zwei Flugzeuge nehmen. Unterwegs las Louise, von Anfang bis Ende, die Sonderausgabe einer populärwissenschaftlichen Zeitschrift – die Art, die Paul mochte. Sie las sie mit Hingabe, Seite für Seite, als führte sie eine Art Ritual durch. Die Ausgabe war dem Gedächtnis gewidmet. Es wurde darin dargelegt, dass Erinnerungen nicht einzigartig sind. Sie existieren an vielen Orten, in diesem Teil des Gehirns, der *jetzt hier* ist, aber auch in dem, der sowohl die Vergangenheit als auch die Zukunft ist, der die Vergangenheit *für* die Zukunft ist, und so gibt es jede Erinnerung doppelt. Mindestens doppelt. Natürlich hatte diese Entdeckung eine gewisse Gewalt erfordert, die die Form von Elektrizität oder sogar Licht (Louise war sich nicht sicher, genau verstanden zu haben) angenommen hatte, ja, vielleicht ein einfacher Lichtstrahl, der auf diese graue Substanz gerichtet wurde, die doch für die perfekte Dunkelheit geschaffen war, geschützt durch den dicken Schädelknochen. Denn es schien wirklich Licht zu sein, eine immaterielle Nadel aus Helligkeit, die es ermöglichte, bestimmte Erinnerungen zu aktivieren, zu deaktivieren; und so war es möglich, *jetzt hier* bestimmte Schocks, bestimmte Brutalitäten wieder zu erleben oder wieder zu beleben oder sie zu vergessen und vergessen zu lassen, ohne dass die Erinnerung an sie langfristig beeinträchtigt würde. Durch diesen doppelten Ort, dieses doppelte Leben, glaubte sie zu verstehen oder wollte sie verstehen, ist es möglich, sich sowohl zu erinnern als auch sich nicht zu erinnern. Was sie jedoch ganz sicher begriffen hatte war, dass die betreffenden Erinnerungen, die diesen schönen, eleganten Durchbruch ermöglicht hatten, Erinnerungen an Angst waren. Kurz fragte sie sich, was die Pionierinnen wohl darüber dachten, diese Mäuse, die mit Stromschlägen terrorisiert und dann gezwungen wurden, diesen Horror noch einmal zu erleben, der in ihrem Gehirn durch einen geschickt gerichteten Lichtstrahl reaktiviert wurde.

Warum war sie gekommen, warum tat sie sich das an? Eine besonders aufwändige Trauerzeremonie, ein barbarisches Ritual, das sie ohne es zu wissen wiederholen würde. Sie schloss die Zeitschrift. Sie schloss die Augen. Es sollte jedoch nicht umsonst gewesen sein, sagte sie sich, denn am Ende dieser Art von Riten, wenn sie erfolgreich durchgeführt werden, ist es nicht ungewöhnlich, dass der Eingeweihte eine Präsenz findet. Den Frieden oder eine Präsenz. Vielleicht ist das dasselbe. Es ist auch nicht ungewöhnlich, dass der Eingeweihte während des Ritus stirbt, sagte sie sich mit noch immer geschlossenen Augen, denn diese Zeremonien sind unverständlich und oft brutal.

Eine sehr junge Frau, in einem Land im Krieg. Eine sehr junge Frau in einer Geisterstadt, die nach der Mutter sucht, von der man ihr immer gesagt hatte, sie sei tot.

*

Mein lieber Paul,

verzeih mir, dass ich dir schreibe, es scheint mir, dass wir etwas Anderes vereinbart hatten, aber manchmal, durch die Entfernung und die lange Zeit, zweifle ich an Dingen, von denen ich weiß, dass sie geschehen sind. Manchmal scheint mir unter dem, was geschehen ist, noch etwas Anderes zu liegen. Ich glaube, dass es das ist, was man Reue nennt, aber auch das vergesse ich, die Worte lassen mich im Stich, wie Blätter, die sich von einem Baum lösen, und ich gebe offen zu, dass das eine Erleichterung ist.

Wisse, dass man von Hotel Elisse zu Hotel Elisse um die Welt reisen kann, ohne jemals etwas zu erleben, das auch nur einen Anschein von Realität hat. Wisse, dass mir im Hotel Elisse in Tokio ein Zimmermädchen die ihrer Meinung nach wahre Geschichte eines Rezeptionisten erzählt hat, der einen weiblichen Gast getötet hat und herausbringen ließ, zusammengefaltet in ihrem eigenen Koffer. Wisse, dass ich im Hotel Elisse in Mexiko-Stadt dieselbe Geschichte gehört habe, aber diesmal war sie es, die ihn getötet hat. All das ist wahrscheinlich gleichermaßen wahr oder falsch. Es muss zirkulieren, das ist das Einzige, dessen ich mir sicher bin. Es gibt alle möglichen Arten von Transport, von Punkt A nach Punkt B. Von innen nach außen, oder von außen nach innen, vom Herzen zum Kopf, oder vom Kopf zum Herzen, und letztendlich in die Hände.

Kurz gesagt – ich umkreise die Welt. Oder mich selbst. Meine Erinnerungen drehen auch Kreise, entziehen sich mir plötzlich. Ich weiß nicht, ob sie verschwinden oder anders weiterleben. Woanders.

Ich bin nach Sarajevo zurückgekehrt, weil es meine Stadt ist, zumindest glaubte ich das; in Wahrheit war ihr Krieg meine Stadt, dieser Krieg, zu dem ich zu spät gekommen bin, der mich zu dem gemacht hat, was ich bin. Die Matrix meiner Person, und gewissermaßen auch der Ort, an dem sich die Welt, in der wir heute leben, entwickelt hat, die, so scheint mir, in mehr als einer Hinsicht eine belagerte Stadt ist. Ich bin nach Sarajevo zurückgekehrt und habe dort nichts erkannt, das zu mir gehörte. Die Märkte sind voll von Patronenhülsen aus Messing. Darauf sind Landschaften graviert, manchmal mit Detailreichtum, manchmal mit Kunst-

fertigkeit. Der erkennbare Horizont der Stadt, in der man sich befindet und die die belagerte Stadt gewesen war. Diese Landschaften sind einzigartig, gerade weil sie nicht auf einer Leinwand oder einem Blatt Papier dargestellt sind, sondern auf hohlem Metall, das seiner Bewegung, seines Todes entleert wurde, was ein und dasselbe ist: Es ist die Geschwindigkeit eines Geschosses, die den Aufprall tödlich macht. Und wo ist er, dieser Tod in Pulverform? Eine abgefeuerte Kugel ist auch eine zurückgelegte Entfernung. Zur selben Zeit, oder fast zur selben Zeit, hier und dort, und dieses fast *deckt die gesamte Zeit der Fortbewegung ab, und es dauert länger es zu beschreiben als es zu erleben. Unbedeutend; kaum ein Augenaufschlag, ein Herzschlag, kaum ein Unterschied zwischen Leben und Tod.*

Glänzende Patronenhülsen aller Größen und Kaliber – aber wo ist jetzt der Tod, den sie in sich trugen? Der Tod, der sich aus dem Inneren verflüchtigt hat, wurde durch ein seltsames Gegenstück ersetzt, durch ein Bild auf der Oberfläche. Und das Seltsamste ist, dass es so viele dieser Dinger auf den Märkten gibt, dass sie ja irgendwo hergestellt werden müssen, tagein tagaus, in den umliegenden Bergen; oder sogar, wer weiß, im Ausland. Du siehst, worauf ich hinauswill. Überlebende oder Touristen. Es gibt keine andere Möglichkeit.

Was mir gefiel, waren die Stare. Ihre Zugrouten haben sich verändert, aufgrund der globalen Erwärmung, wie man mir sagte, und ihre Anwesenheit hier ist ganz außergewöhnlich. Sie bewegen sich in Wolken, in Wolken mit mathematischer Intelligenz. Das ist wunderschön anzusehen. Da die Welt so ist, wie sie ist, gibt es keinen Grund, warum sie nicht bald bis nach Paris kommen sollten. Sei aber vorsichtig, sie scheißen überall hin, es ist eine Plage.

Ich werde ihnen in den Süden folgen, ich werde den Zusammenbruch dort suchen, wo er ist, ich werde den Krieg dort suchen, wo er ist, es besteht nur das Risiko, dass ich selbst auch eine Gefahr bin. Für mich selbst. Für Andere. Was den Rest angeht, mach dir keine Sorgen: Ich denke nicht an dich (außer wenn ich vergesse, nicht an dich zu denken). Was die Kleine angeht, so würde ich sie nicht erkennen, wenn ich ihr morgen über den Weg liefe, oder sie würde mich nicht erkennen, und das ist wirklich das schönste Geschenk, das du uns machen konntest, ihr und mir.

Ich werde versuchen, dir nicht mehr zu schreiben. Du hast etwas von mir gerettet, das es nicht verdiente, gerettet zu werden, ich habe etwas von dir zerstört, das es nicht verdiente, zerstört zu werden.

Pass auf dich auf,
Amélia.

*

Louise faltete den Brief zusammen, den sie in ihren Pass steckte, als handle es sich um ein Vorteilsrecht, einen Passierschein, was er in gewisser Weise auch war. Beim Rütteln des Jeeps konnte sie den Zeilen nicht mit den Augen folgen, was keinerlei Bedeutung hatte, denn sie kannte ihn auswendig, diesen Brief, mit ihrem ganzen gebrochenen Herzen.

*

Gerüchten zufolge wurde das Etablissement als lokale CIA-Basis genutzt, aber Louise nahm an, dass es sich dabei um eine Legende handelte. Sie, mit kurzen Haaren und als Junge gekleidet, fand, dass der Ort einen märchenhaft naiven und antiquierten Charme hatte. In den 1970er und 1980er Jahren hatte sein Bekenntnis zu Hygiene und Neutralität ihn zum Treffpunkt einer aufstrebenden Bevölkerung von nomadischen Geschäftsleuten gemacht, und für diese Neutralität stand, Albers zufolge, eine unsensible, desensibilisierende Architektur, eine anästhesierende Architektur, bei der einem schließlich alles verloren ging, das Gefühl für Gut und Böse bis hin zur eigenen Identität. Paradoxerweise war man dort gleichzeitig mehr und weniger in Sicherheit als anderswo. Aufgrund der *plakativen Billigung des Imperialismus* der Elisse-Kette war ihr hiesiger Standort seit den 1970er Jahren Zielscheibe von Ressentiments und der bevorzugte Ort, um das auszudrücken, was hier und da noch immer als fundamentaler Antiamerikanismus bezeichnet wird. Drohungen, Bombenwarnungen, Selbstmordattentate und Autoattacken waren im instabilen Mittelmeerraum und natürlich im Nahen Osten verzeichnet worden, sodass die Kette diese singuläre experimentelle Bastion schnell aufgab, diesen Vorposten, der den lokalen Milizen und dem Sand überlassen wurde, welcher sich auf fast übernatürliche Art überall einmischt. Sand, das ist das erste, was Louise sieht, als sie sich ins Innere wagt, ein schöner und verrückter Anblick, ein amerikanisches Hotel mit verblichenem Namen und ramponiertem Dach, in dem ein unsichtbarer Wind blasse Furchen gräbt, von der Farbe des Lichts, das draußen schwächer zu werden beginnt, kleine Dünen hier und da unter dem modulierbaren Mobiliar, Löcher in den Trennwänden und Pflanzen, die begonnen haben, sich den Ort zu eigen zu machen, die zaghaft an Wänden hochklettern, die bald nur noch dank ihnen halten werden.

Louise hat kurze Haare, sie gibt sich als Junge aus, aber diese Verkleidung ist keine, nicht wirklich; oder besser gesagt, das Seltsame ist, dass die Frauen, denen sie bisher begegnet ist, sie als die erkennen, die sie ist, eine von ihnen – und schweigen, und sie beschützen, ihr Geheimnis beschützen, das ihre Verletzlichkeit ist. Aber die Männer bekommen überhaupt nichts mit, und da sie sich ja vor ihren Blicken verstecken muss, ist sie im Moment, so unglaublich es auch erscheinen mag, in Sicherheit. Fast in Sicherheit. Aber ist das nicht genau das, worauf sie sich schon lange vorbereitet haben, sie und ihr ausgeblichener Freund, sie und ihre als minderwertig erachtete Generation? Was sie suchten, David und sie, war Frieden, die Vision einer Welt, die von Menschen errichtet und dann von ihnen verlassen wurde. Was sie suchten, war die Nacht, was die Nacht mit der Stadt, ihren Parks, ihren Museen machte. Damals war alles mysteriöser, aber alles schien aufrichtiger zu sein. Sie wollten Katzen sein, Schatten sein, dem permanenten Blick entkommen, der die ganze Zeit schwer auf allem lag und sie zu zwingen schien, Rechenschaft abzulegen, sich für eine Seite zu entscheiden in Kämpfen, die sie nicht erleben wollten.

Je tiefer sie in das zeitgenössische Herz der Finsternis vordringt, desto zermürbter kommen ihr die Männer vor, Sand, der sich tief in die Runzeln der Gesichter eingegraben hat, in die Falten der Haut, Körner, die für immer in den Mundwinkeln, den Augenwinkeln kleben bleiben und Tränen bilden, die nicht fließen, für immer am Augenlid gefangen, ein mechanisches, aber ewiges und ewig unterdrücktes Weinen, das an diesen trostlosen Orten ein optisches Instrument sein könnte. Eine Überlebenshilfe. Und was wird aus ihnen, fragt sich Louise, aus diesen Tränen, die nicht fließen? Aus diesem Sand, der selbst die winzigsten Winkel kolonisiert, bis hin zur letzten Feuchtigkeit, die er findet, die der Körper: Fossilien? Perlen? Und all diese Männer sind müde, und sie alle stützen sich auf Gewehre, die manchmal aus drei verschiedenen Waffen bestehen.

Anfänglich wählt sie ihre Gesprächspartner nach ihren Gesichtern aus, nach etwas in ihren Zügen, das sie an das Leben erinnert, das sie hinter sich gelassen hat, die Gutherzigkeit des Vaters, den sie mehr geliebt hat als jedes andere Wesen auf der Welt; oder nach der Art und Weise, wie ein Sonnenstrahl eine Haarsträhne zum Leuchten bringt, eine Ohrmuschel, und die sie an den Freund erinnert, den sie gehabt hat, den Zeugen ihrer Kindheit, den anderen Teil ihrer selbst, hatte sie einst gedacht. Dann, weil sie ihren Schlafsack so oft im Sand ausrollt, weil sie Worte mit einer Stimme ausspricht, die tief klingen soll, und kaum schlüssige Antworten erhält, verändert sie sich. Sie passt sich an, wird härter, lässt die Gesichter des Vaters und des Freundes aus ihren Tagen verschwinden, denkt nicht mehr an sie, vertraut darauf, sie nachts, in ihren Träumen wiederzufinden. Wie diese Frau, die sie sucht, ihren Vater wiederzufinden wusste, der im Schlaf wimmerte wie diese Männer manchmal wimmern. Von nun an wählt sie ihre Gesprächspartner nach ihren Waffen aus. Einige Gewehre machen, so scheint es, weiser als andere. Eine Hand, die auf eine bestimmte Weise auf einem Gewehrkolben liegt, ist ein Garant für Glaubwürdigkeit. Vertrauenswürdigkeit. Und so, indem sie alles vergisst, was sie über die Welt weiß, kommt sie voran.

Die Sprache ihres Großvaters steigt von ihrem Herzen bis in ihren Kopf und entpuppt sich hier als ihre beste Gefährtin. Sie denkt oft an ihn, der nicht mehr da ist. An diesen Satz, den er ihr eines Tages sagte: Im Wald brauchst du weniger einen guten Freund als ein gutes Messer.

Sie fragt sich, ob das auch in der Wüste zutrifft.

Sie fragt sich, ob sie dieses Leben, das sie gewählt hat, überleben kann.

4.

Sechs Propeller und die Welt gehört ihr. Eine Welt der Berge, wüst und zerklüftet, ohne eine Menschenseele – eine Welt im Krieg, in der sich selbst der Krieg nur zögerlich vorwagt und somit abstrakt bleibt. Aber doch die ihre.

In diesem Abschnitt ihres Lebens, der der letzte ist, aber weiß sie das? gibt es für Amélia nichts Besseres als Felsvorsprünge und das Fliegen. Einen Großteil ihrer Zeit verbringt sie am Himmel, zurückgezogen in eine Vogelperspektive. Hier gibt es nichts, und es gibt Krieg: Diese Kombination, dieses Nichts und dieser Krieg, ist das einzige Umfeld, das Amélias persönlicher Entfaltung zuträglich ist. Am Risiko liebt sie die Abstraktion, und an der Abstraktion liebt sie das Risiko. Sie denkt nicht an das Leben, das sie zurückgelassen hat. Es ist jedoch nicht ausgeschlossen, dass dieses Leben an sie denkt. Es geht ihr besser, viel besser als vorher, aber dieses Besser ist eine Kälte, eine Verschanzung. Eine eher geometrische als menschliche Beziehung zur Welt.

Sie liebt Nervenkitzel, aber von einer besonderen Sorte: Sie liebt Situationen der Körperlosigkeit. Sie liebt es, alles und nichts zu sehen, sie liebt es zu delegieren, sie liebt die unverwundbaren Verlängerungen ihres Blickes, ihrer selbst. Lassen sich manche von ihrem Herzen, ihren Genitalien oder ihrem Magen leiten, so ist ihr Bewusstseinsorgan der Sehnerv. Seit sie die Ihren und die Stadt verlassen hat, lebt sie in diesen formlosen Gebieten, Grauzonen von Konflikten, die einen Namen haben oder nicht: Entweder schließt sie die Augen vor ihrem eigenen Geschmack an Gewalt oder aber die Gewalt in ihrer diffusen, ungewissen, fast unausgesprochenen Form ist heute allgegenwärtig, in unterschiedlichen

Latenz- oder Intensitätsgraden. Man kann von einem militärischen Sperrgebiet zum nächsten um die ganze Welt reisen. Man kann um die Welt reisen, ohne jemals etwas zu erleben, das von Nahem oder von Weitem dem Frieden ähnelt.

Das ist ihr recht so.

Amélia stellt ihr Know-how – sie spricht nie von Kunst – in den Dienst von Expeditionen, die sie zu Aufklärungszwecken einsetzen. Amélias Blick ist autonom, fliegend, er hat keinen Kontakt mehr mit ihr – das Gerät hat eine Reichweite von vierhundert Metern – noch mit sonst einer Perspektive, die sie jemals physisch erreichen könnte. Das Gerät ist völlig frei von jeder menschlichen Sichtweise. Dank der Drohne überblickt Amélia die Landschaft horizontal. Sie existiert nur noch in Zuständen extremer Spaltung, und diese Entörtlichung, diese Zeitversetztheit zu sich selbst sind gleichsam Symptome dessen, was an ihr nagt, und auch das Einzige, das sie am Leben erhält. Während des Fluges steuert sie die Maschine, aber sie selbst kann nichts sehen, nicht viel: Erst später, wenn die Drohne wieder sicher gelandet ist, holt sie die Aufnahmen von Bord. Auch wenn sie viel Zeit an ihrem Computer damit verbringt, ihre himmlische Ernte unter die Lupe zu nehmen, kann man sagen, dass sie die meiste Zeit in der Luft lebt. Auch das ist ihr recht so.

Sie ist hier an einer archäologischen Mission beteiligt. Ihre Aufgabe ist es, Stätten zu fotografieren, über die es wenig oder gar keine Dokumentation gibt und die von einem möglichen, direkt bevorstehenden Vorstoß des Krieges bedroht sind. Obwohl die Region schwer zugänglich und scheinbar für jedwede Form von Zivilisation ungeeignet ist, wurde sie immer wieder besiedelt. Die Spuren einer kontinuierlichen menschlichen Präsenz zu ignorieren, bedeutet – für diejenigen, die sich die Mühe gemacht haben, sich bis hierher vorzuwagen –, sie nicht sehen zu wollen. Wenn sie von ihrer Arbeit spricht, sagt Amélia, dass sie gegen zwei Arten der Zerstörung vorgeht: die zeitliche und die menschliche. Was ihre friedliche Nutzung der Drohne nicht klarwerden lässt, ist die Zerstörung, zu deren Beschleunigung sie beiträgt, indem sie in Territorien und Köpfen die Idee verbreitet, dass es so etwas wie gutartige Technologie gibt, die Idee, dass ihr Fluggerät dem dienen kann, was gemeinhin und naiv als *das Gute* bezeichnet wird. Eines ist sicher: Sie trägt zur Gewinnung neuer Erkenntnisse bei, das heißt – so würde die neue Generation es ausdrücken – dazu, ein Archiv aufzubauen, das so gestaltlos ist, ein so ungewisses Potenzial, eine so bedrohliche oder bedrohte Zukunft hat wie die Gebiete, in die ihre Arbeit sie führt. Eine Arbeit, die sie im Übrigen bald nicht mehr haben wird. Dank der Weiterentwicklung der Satellitenfotografie und der immer größer werdenden Reichweite von Robotern wird Amélia bald obsolet sein. Ihr demokratisiertes und entwertetes Know-how steht nunmehr allen zur Verfügung. Allen oder einer Maschine, und sie wird in ihrer kleinen Wohnung oder in ihren Hotels bleiben und Film um Film anschauen können, wie sie es am Ende ihrer Kindheit getan hat, wie sie es heute zwischen zwei Missionen tut, ohne genau zu wissen, was diese faden Fiktionen ihr bringen oder nicht bringen, die Vorhänge immer zugezogen, immer, weil sie sich sicher ist, beobachtet zu werden, ohne jedoch zu wissen, von wem – oder was. Die Gefahr wird nicht von dort kommen, wo du sie vermutest, sagt sich Amélia. Und gleichzeitig wird die Gefahr *genau* von dort kommen, wo du sie vermutest.

Die Ruinen sind auf Manneshöhe oder auf der Höhe der Frau von durchschnittlicher Statur, die Amélia ist, oft unsichtbar. Für das bloße Auge ist es eine bergige Wüste, Sand und Felsen, Sand und Staub, Steilhänge, so weit das Auge reicht. Es ist seltsam, wie sehr eine verschwundene Stadt so aussieht wie eine Stadt, die im Entstehen begriffen ist – nichts, eine Zeichnung im Staub, Linien im Sand, die mit Fußspitzen gezogen wurden. Ein Spiel. Ein Wunsch. Doch die Archäologen lassen sich nicht täuschen, ebenso wenig wie Amélia, die ihr Fluggerät steuert, und nur von oben, vom Himmel aus erscheinen die Umrisse antiker Städte in blassen Linien, die aus der Tiefe aufzusteigen scheinen. Die von einer anderen Zeit erzählen, von einer anderen Beziehung zum

Frieden und zum Wasser, die schon immer gefehlt zu haben scheinen – aber auch das ist falsch; eine Illusion. Amélia lebt etwas abseits der Teams, mit denen sie zusammenarbeitet. Sie baut keine Beziehungen auf, nichts, was von Bedeutung wäre, außer zu den Führern, von denen sie abhängt, die ihre Dolmetscher und Fahrer sind, ihre Angestellten und ihre Meister, denn sie ist fast vollständig von diesen Männern abhängig, und wenn sie ihnen nicht blind vertrauen kann, kann sie genauso gut mit verbundenen Augen gen Horizont marschieren, ohne zu wissen warum, bis zur Erschöpfung. Amélia und die Führer, immer Männer, oft mit Schnurrbart, leben zusammen in einer ruhigen Effizienz, deren Ziel die Erarbeitung dieses seltsamen Grundbuches der Auslöschung ist. Manchmal reden sie miteinander, manchmal nicht. Manchmal kommt es vor, dass sie gemeinsam lachen, aber dann zieht sich der Eine oder die Andere in eine Keuschheit zurück, die – das Zusammenleben auf engem Raum bringt seine Zwänge mit sich – die der Lektüre oder der Mechanik ist.

Seit sie ihre Familie verlassen hat, fühlt sich Amélia leicht und von sich selbst abwesend, und alles ist einfacher, weil sie nicht mehr kämpft, sie hat kapituliert, sie lebt in einem singulären Universum, das sie mit niemandem teilt, sie widersetzt sich nicht mehr der Fremdartigkeit der Visionen, die sich ihr in diesen Mondlandschaften aufdrängen, sie weiß, dass sie verloren hat. Dass sie alles verloren hat, dass die Welt, in der sie sich bewegt, ganz aus dem gemacht ist, was sie nicht sehen, nicht kennen wollte. Sie lebt inmitten der Überbleibsel ihres abgelehnten Erbes, der dokumentarischen Poesie, der armseligen Fragmente, die im Halbdunkel eines jahrzehntealten Kartons begraben liegen, Worte und Verse von einer abstoßenden Hilflosigkeit, wie es nur Worte und Verse sein können, die nicht für die Lektüre bestimmt sind, die nicht für die Augen oder die Köpfe oder die Herzen Anderer bestimmt sind; und doch sind sie allmächtig, geheime Leitsätze, Träger einer dunklen und geheimen Wahrheit, und nachdem Amélia sich geweigert hat, diese zu kennen, muss sie sie nun am eigenen Leibe ertragen. Da sie Nadia Dehr nicht gekannt hat, ist sie Nadia Dehr geworden, das war die Ironie ihrer Flucht. Und wenn sie sich in ein paar Monaten oder Jahren aus einem Fenster stürzen wird, um unten auf den Beton aufzuschlagen, dann wird sie endlich erfahren, was aus dieser Mutter geworden ist, die sie nicht geliebt hat, oder nachlässig geliebt hat oder nicht genug.

Zur Zeit lebt sie in einer Schwebe zwischen Himmel und Erde, sie erlebt Momente, die geradewegs aus einem Traum oder einem Albtraum zu entspringen scheinen, Momente, in denen die entfernteste Vergangenheit mit dem kollidiert, was ihr noch die Zukunft zu sein scheint, aber die Gegenwart ist, als stürze die Zeit in sich zusammen – heute, als sie sieht, wie ihre Maschine, die fotografierende Drohne, die sie steuert, in der Luft einen Moment zu zögern, zu zittern scheint – aber natürlich ist es ihr, Amélias Zittern, so verhalten, dass es sich nur auf diese Weise manifestiert – und in dem leeren, verschleierten Himmel stürzt ein Raubvogel auf die Maschine herab, mit Flügeln von beeindruckendem Ausmaß, die Krallen und den Schnabel ganz auf Kampf, auf Jagd ausgerichtet – ein Juwel der Evolution und somit der Gewalt. Sie versucht, die Maschine zurückzufliegen, aber es gelingt ihr nicht, es ist, als fühlte sie, wie sie von etwas Lebendigem und Unwiderstehlichem mitgerissen wird, von einer Intelligenz ohne Sprache, ganz diesem Beutefang verschrieben, und schnell ist der Vogel verschwunden – mit, denkt Amélia, ihrem Daseinszweck, dem, was ihr Überleben sichert.

Sie erzählt die Szene ihrem Führer, sie denkt, dass er ihr keinen Glauben schenken wird, sie mimt die Begegnung in der Luft mit denselben Gesten, mit denen er sie vor Minen und Sprengstoff warnt – sie verfügen über eine Handvoll Bewegungen, um die Gesamtheit der Welt, die sie teilen, zu beschreiben, und erstaunlicherweise verstehen sie einander sehr gut. Englisch für die Fakten, die Hände für das, was man verschweigt, Gefühle, Emotionen. Die Gefahr, die Angst, die die Kehle zuschnürt. Er wird mich für verrückt halten, denkt

Amélia; aber nein, der Führer, der auch der Dolmetscher, der Fahrer, der Vertraute ist, verschränkt die Arme und seufzt. Er glaubt ihr gern, er erklärt ihr, dass die Region für ihre Vogelfänger bekannt ist, nicht weit von hier sprechen die Männer, Frauen und Kinder die Sprache der Greifvögel, denken die Gedanken der Greifvögel, leben mit ihnen zusammen, als gehörten sie zur selben Spezies. Welche Männer?, protestiert Amélia. Welche Frauen? Welche Kinder? Sie hat nichts gesehen. Niemanden, in dieser feindseligen Umgebung. Aber die, sagt der Führer, haben Sie gesehen, sie haben es nicht versäumt, sie zu sehen, dieses arme rothaarige Ding, das glaubt, mit einer Maschine die Beziehung herstellen zu können, die sie schon immer zu diesen Lebewesen haben, die sie schlüpfen sehen und ernähren und im Schlaf an sich drücken, deren leiseste Seufzer sie verstehen und die ihre leisesten Seufzer verstehen. Aber es ist Amélia, die seufzt. Ihre Vögel sind ganz schön schlecht erzogen, sagt sie, was für eine Idee, mir meine Drohne zu klauen. Sie ist ja nur Haut und Knochen, denkt sie über die Maschine und ein leicht schiefes Lächeln zeichnet sich auf ihrem Gesicht ab, das der Führer für eine Verwünschung der Männer und Frauen und Kinder hält; aber er irrt sich. Ihre Vögel sind sehr gut erzogen, im Gegenteil, sagt er (seine Hände fügen hinzu: wann wird sie es endlich verstehen), es handelt sich nicht um einen Unfall, sondern um eine Geiselnahme. Amélia ist so überrascht, dass ihr der Mund offensteht. Wenn man glaubt, etwas von der Welt, in der man lebt, verstanden zu haben, kann man darauf wetten, dass man in Wirklichkeit nicht genug darüber weiß.

Was können wir tun, fragt sie, und was folgt, ist noch surrealistischer, es ist lange, Jahre um Jahre her, aber manchmal würde sie immer noch gerne mit Paul reden, ihm diese Momente erzählen, und der Führer zuckt mit seinen breiten Schultern, löst seine mächtigen Arme aus ihrer Verschränkung, zeichnet in der Luft, was? einen Würfel? eine Kiste? Nein, ein Blatt Papier. Wir können eine Suchanzeige machen. Als hätte sie ihren Hund verloren, Amélia beginnt, die Situation unterhaltsam zu finden. Eine Suchanzeige und eine

Belohnung, die für sie in Dollar oder Euro oder Konvertibler Mark nichts oder so wenig darstellt, und für sie, diese unsichtbaren Männer und Frauen und Kinder, die, kaum ist ein Krieg überstanden, schon versuchen, sich gegen den darauffolgenden zu wappnen, einen erheblichen Beitrag zur individuellen oder kollektiven Überlebensanstrengung.

Einen kurzen Augenblick sieht sie sich so, in einem taupefarbenen Anorak, ein hellrosa Tuch um die Haare, von denen einige weiß geworden sind; Blätterstapel in der Hand, Suchanzeigen; eine Maschine mit sechs Propellern anstelle des Gesichts eines Menschen oder selbst eines Tieres. Einen kurzen Augenblick lang erscheint ihr die Szene vollkommen absurd. Als sähe sie sich selbst oder sogar eine ihrer Nachkomminnen in der Zukunft. Aber es ist die Gegenwart. Der Führer, mit seinem üblichen Geschick, hat sie angefertigt, die Plakate – aber es gibt keine Mauern, an die man sie ankleben könnte – oder die Flugblätter – aber an wen in dieser riesigen wüsten Weite soll man sie verteilen? Und das Ganze hat den Anschein eines veralteten Futurismus, etwas seltsam, geradezu rührend.

In den folgenden Tagen passiert nichts, trotz der versprochenen Belohnung in einem Alphabet, das sie nicht lesen kann, einer beträchtlichen Entschädigung für die örtliche Bevölkerung, die es manchmal schwer haben muss, satt zu werden. Amélia tut nichts. Sie wartet. Nach und nach spürt sie die Präsenz von Hunderten von Augenpaaren im Gebirge – oder glaubt, sie zu spüren. Warten ist eine Tugend. Für ihre Generation ist Warten eine verlorene Kunst. Schließlich kommt eines Abends ein Mann. Er bringt ein Wrack von einem Fluggerät mit, und Amélias klammes Herz schlägt höher – ist es vernünftig, einen Gegenstand so liebzugewinnen? –, dann stellt sie nicht ohne Staunen fest, dass es nicht ihres ist.

In den darauffolgenden Tagen kommen Andere, von überall her, und die Gerätschaften sind manchmal unkenntlich oder unkenntlich gemacht worden, manchmal kann man ein paar Buchstaben erkennen, das Wappen der Luftwaffe, immer mehr, zwischen zehn und sechzig Zentimeter lange Wracks, die die ungläubige Amélia alle kauft, wobei sie den Führer in ihrem Namen hart verhandeln lässt, denn es ist eine grundlegende Höflichkeitsregel, so zu tun, als hätten sie denselben Wertemaßstab, und sie nicht mit der Offenbarung zu konfrontieren, dass jede Summe, die sie fordern könnten, für sie lächerlich ist. Sie kauft sie alle, um sie nach Ära oder nach Größe, nach politischem Block oder mutmaßlichem Kontinent zu ordnen. Fragmente von Flugmaschinen, die sie anordnet und zu heiligen Kreisen neu anordnet, um sie herum: die Wüste – aber jetzt fühlt sie sich im Zentrum der Welt, und ihre scheinbare Abkehr ist genau das: ein Schein.

Müßiggang gelingt Amélia nicht. Er entfacht Feuer in ihrem Geist und sogar in ihren Knochen, in ihren Knöcheln und ihren dünnen Handgelenken, in ihren geröteten Fingern. Schwelende Feuer, in denen die Vergangenheit zurückkehrt. All ihre Fehler. Wenn sie nicht arbeitet, brennt Amélia mit allem, was sie nicht gesagt hat, mit allem, was sie nicht getan hat, es ist ein gefährlicher Zustand für eine Frau, die die Welt aufgegeben hat. Denn diese kehrt zurück, schleicht sich ein in Form von Fragmenten, die sie nicht gelesen, Liebkosungen, die sie nicht gegeben hat. Für Amélia ist sie eine Entzündung. Brennt es um sie herum, weil es in ihrem Inneren brennt, oder umgekehrt? Sie kann es kaum glauben, aber sie weiß es: Manche leben, ohne sich so viele Fragen zu stellen. Sie wartet darauf, dass man ihr die Maschine zurückbringt, von der sie abhängt, und alles, was sie bekommt, ist ein Archiv aus Metall und Schaltkreisen, kaputten Motoren, von denen einige älter sind als sie selbst, aus Ländern oder ganzen Blöcken, die es nicht mehr gibt – eine politische Geschichte der Region durch ihre vergessenen Kriege, durch Obsoleszenz und Altmetall. Ein Teil der Wracks ist vom Sand abgenutzt, poliert, andere noch scharf. Amélia wartet. Ihr Führer wartet.

Eines Tages, in einer Wolke aus Sand und Staub, die Proportionen von dem einen und dem anderen und der Leere – dieser Wüstenluft – sind nicht klar, erreicht ein Jeep die

Basis. Kein Rauch ohne Feuer, denkt sie, während sie sich die schmerzenden Fingerknöchel massiert. Man sieht das Fahrzeug wegen seiner dunklen Aura nicht gut und man sieht nicht, wer aussteigt. Nicht sofort. Wer aussteigt und anfängt, zu Fuß die Steigung zu erklimmen, die zum Lager führt. Amélia kneift die Augen zusammen. Also dann, sagt sie zu sich selbst, aber ihr verschlucktes Herz schlägt heftig, für einen Moment hat sie den Eindruck, dort unten Paul zu sehen. Paul, als er achtzehn, zwanzig Jahre alt war, aber noch schmaler, zarter, Ist das auch meine Schuld, fragt sich Amélia. Ihr erster Gedanke ist kein Gedanke, sondern ein Gefühl, eine ungestüme Liebe, die sie unterdrückt, wie sie es schon seit Langem tut – es ist Disziplin, ein Reflex –, bis sie wieder ihren rechtmäßigen Platz einnimmt, das heißt den kleinstmöglichen, einen fast unerahnbaren Platz; die jedoch nicht verschwindet, wie ein Gerinnsel, das eines Tages, vermutet sie, ihr Untergang sein wird. Ihr zweiter Gedanke ist, dass er tot ist und dass er zurückkehrt, der junge Mann von achtzehn, zwanzig Jahren, um sie zur Rechenschaft zu ziehen. Erst dann erkennt sie, dass unter dem zu großen Anorak, unter den kurzen schwarzen Locken, unter dem grauen Kapuzenmantel eine junge Frau auf sie zukommt. Also nicht Paul; Amélia ist erleichtert und enttäuscht zugleich. Aber doch etwas von ihm. Natürlich, sie versteht.

5.

Sie sehen sich nicht ähnlich, aber sie sehen sich doch ähnlich. Oder aber, ohne sich ähnlich zu sehen, erkennen sie einander doch. Sie reden lange, diese Mutter, die keine Mutter ist, und diese Tochter, die keine andere Wahl hat, als Tochter zu sein. Amélia wüsste nicht, wie sie mit einem Kind sprechen soll, aber mit Louise spricht sie wie mit sich selbst.

Ich hätte nicht gedacht, dass du mich finden würdest. Ich hätte nicht einmal gedacht, dass du mich suchen würdest, ich nahm an, du seist zu schlau dazu, ich hatte Angst, dass du rothaarig wärst, aber es ist noch schlimmer – du bist genauso dumm wie ich. Ich hätte mir gewünscht, du hättest die Intelligenz deines Vaters. Paul hat immer gewusst, wie er sich vor der Welt schützen konnte. Oder ist es Albers? Hat sie dich vollgequatscht? Ich habe erfahren, dass sie gestorben ist, sagt Amélia, sie wurde umgebracht? In ihrem eigenen Zuhause? Und Louise schaudert, denn sie erinnert sich, sie erinnert sich an alles, an die pneumatischen, gedämpften Detonationen und den Klang des geliebten Körpers, der zu Boden fällt, und an das Blut, all das Blut – mit ihrer rechten Hand hatte sie das Loch im Kopf zugedrückt, mit ihrer linken das an der Brust, sie hatte nicht gewagt, sich zu bewegen, bevor es kalt wurde – erst dann hatte sie ihren Vater angerufen, nicht vorher. Allerdings sagte sie nichts von all dem zu dieser Frau. Das gehörte ihr und Albers. Und auch Paul, ein bisschen.

Wurde sie eingeäschert? Ich glaube, das wollte sie, das ist alles so weit weg, fährt Amélia fort, aber Louise stimmt nicht zu, das alles ist nah, sehr nah, im Gegenteil. Es geht nicht vorbei, geht nicht weg. Also nun ja, sagt Amélia Dehr weiter, ich hatte gehofft, es würde anders ausgehen für dich. Manchmal habe ich an dich gedacht, besonders in den ersten Jahren, ich schloss die Augen und hatte das Gefühl, dich zu sehen, die ersten Geheimnisse, die ersten Freundinnen, die ersten Jungen. Ja, ich dachte, ich könnte dich aus der Ferne sehen. Ein oder zwei Mal schien es mir, als sei ich zurück in dieser entsetzlichen Wohnung, aus der er mich beinahe nicht rausgelassen hätte, ich frage mich auch, ob er mich in Wirklichkeit überhaupt herausgelassen hat – und Louise denkt an die Ängste ihrer Kindheit – und ein oder zwei Mal bin ich aufgewacht und wusste nicht mehr, wo ich war, ich hatte geträumt, dass ich dich beim Schlafen beobachtete, und nimm es mir nicht übel, aber das war mein schlimmster Albtraum. Nein – in meinem ganzen Leben hatte ich noch nie einen schlimmeren Albtraum. Ein anderes Mal habe ich von ihm geträumt, von ihm und mir, aber wir waren nicht zu Hause, was für eine Erleichterung, oder eher doch, wir waren zu Hause, ganz am Anfang, als ich im Hotel gewohnt habe. Das hat er dir sicher erzählt. Das war das Beste. Ehrlich gesagt war alles, was danach folgte, nur noch ein düsterer Fehler, aber nun ja, was geschehen ist, ist geschehen.

Und Louise schweigt und denkt an Paul, den sie manchmal im Schlaf wimmern hörte, barfuß schlüpfte sie in sein Zimmer und versuchte zu verstehen, was er sagte, oder versuchte ihn aufzuwecken, vergeblich; in diesem kahlen Raum, zwischen diesen nüchternen Laken, inmitten dieser dunklen Anzüge, die auf dem stummen Diener oder über einem Stuhl hingen, redete ihr Vater ins Leere, mit der Leere; und ihr schien das wie der Ort eines unbemerkten Verbrechens.

Ich habe dein Bild und deine Briefe gefunden, flüstert Louise.

Du hast ihm geschrieben, trotz allem.

Ah, die Briefe. Diese Episteln, die sie beharrlich mit der Hand schrieb, wie im vorigen Jahrhundert. Dabei wusste ich doch, dass ich keine Spuren hinterlassen sollte. Aber es ging mir schlecht. Danach habe ich aufgehört. Nicht mal, sie zu schreiben, aber sie abzuschicken, es war sinnlos, weißt du, ich kenne Paul in- und auswendig, ich schloss die Augen und sah ihn, umhüllt von seiner Eleganz, seinen Prinzipien, seinem Ehrgeiz. Ich kenne ihn in- und auswendig, ich bin die Stimme in seinem Kopf, die ihm die Dinge sagt, die er nicht hören will. Ich wette, er ähnelt heute meinem Vater, bemerkt sie mit einer Verachtung, die Louise wie eine Ohrfeige trifft, wie ein Schlag, und die sich umso schrecklicher anfühlt, weil auch sie diese Wut und dieses Gift in sich trägt. Sie möchte beschreiben, wie es war, diese Abwesenheit; aber Amélia hört es nicht, will es nicht hören, unterbricht sie. Du hast hier nichts zu suchen, überhaupt nichts, das ist gefährlich und lächerlich. Hast du keine Freunde? Hast du keine Liebhaber? Dutzende? Schau mich an. Du bist schön. Natürlich siehst du aus wie er. Es tut mir leid, aber es fällt mir schwer, dich anzusehen.

Aber was hat er denn so Schreckliches getan?, flüstert Louise, und nur ihr Stolz hindert sie daran zu, weinen wie das Kind, das sie nicht mehr ist. Was haben *wir* so Schreckliches getan? Amélia zuckt die Achseln. Und dieses Achselzucken ist Louises erste Begegnung mit einer Form der Grausamkeit, von der sie nicht wusste, dass sie existiert, vor der sie ihr Vater um jeden Preis zu schützen versucht hatte. Um etwas zu sagen, um das Gesicht zu wahren, fragt sie: Aber was hast du denn gemacht, die ganze Zeit über? Amélia sieht sie an und in ihrem Gesicht sieht ihre Tochter, dass sie ihr lästig wird. Wie in einem Albtraum, denkt Louise. Ich habe gehört, dass du die Kunst geliebt hast, sagt sie mit ganz schwacher Stimme.

Ich habe auch Paul geliebt. Und ja, ich habe Kunst geliebt. Das ist lange her. Ich bin gegangen, weil ich nicht Mutter sein konnte, ich habe dich Paul gegeben, in gewisser Weise, als Gegenleistung für meinen Fortgang. Man kann also sagen, dass ich es ohne dich nicht geschafft hätte. Ich habe ihn angebetet, aber was nützte das schon? Wir haben uns gegenseitig aufgezehrt. Ja, ich bin gegangen. Ich habe mal hier mal dort gelebt, sagt Amélia zu diesem Kind, das sie sich geweigert hatte zu haben, und schließlich das Geld meines Vaters angenommen. Wie es alle tun. Wenig, aber genug, um mich dauerhaft zu kompromittieren. Du weißt, woher es kommt, nicht wahr? Nein? Siehst du, ich habe es richtig gemacht, Paul hat dich trotz allem beschützt. Du bist gerade so davongekommen, du hast keine Ahnung, wie meine Familie ist. Eine Erpressung. Wie auch immer – das Geld kommt aus dem Sand. Sand für Beton. Er brüstet sich natürlich nicht damit, aber er ist ein Räuber, mein Vater, nicht mehr und nicht weniger als ein Dieb. Er macht immer weiter, er kann nur das. Tonnen um Tonnen von Sand. Dreihundert für ein Haus, dreißigtausend für eine Autobahn. Aber es mangelt an Sand. Ich weiß, das würde man nicht vermuten. Besonders hier würde man das nicht vermuten. Aber die bestehenden Sandgruben wurden bis zum Versiegen abgebaut, und eine der Lösungen, die die Hauptbetroffenen gefunden haben, die mein Vater gefunden hat, ist der Meeresboden. Riesige Boote, mäch-tige Pumpen, blind eingesaugte Hektoliter. Die Flora, die Fauna, die Korallen, alles geht dahin. Die andere Lösung ist, wie so oft, Diebstahl. Im Morgengrauen werden riesige Lastwagen an den Stränden rund um den Globus beladen – in Asien, Indien, Afrika, Amerika, Europa. Die Konsequenz ist, dass die Küsten auf der ganzen Welt fragiler werden, zurückweichen; die Mündungen drohen zusammenzurutschen. Sie zerbröckeln. Einige malaiische Inseln sind schon fast vollständig verschwunden. Das macht also meine Familie. Und jetzt die deine – das wird dir eine Lehre sein. Und die Kunst … In meinen Augen ist die Zukunft der Kunst die Zukunft dieser Küsten. Also was tut es jetzt noch zur Sache, ob ich die Kunst liebe oder nicht? Sie verschwindet.

Alles verschwindet. Nur die Verbrechen bleiben. Mein Vater ist wie deiner: ein Mann, der sich ständig neu erfindet. In den letzten Jahren hat er künstliche Inseln aufgeschüttet, künstliche Formen, die vom Himmel aus wie Palmen oder Sterne oder Viren in den abgestorbenen, den sterbenden Ozeanen aussehen, simple und vulgäre Formen, die einen simplen und vulgären Geschmack befriedigen.

Minderwertig, eine Karikatur dessen, was die Natur selbst bieten kann; und doch technische Meisterleistungen. Meisterwerke. Und das Wasser steigt an. In der Zwischenzeit steigt das Wasser an, und manchmal denke ich, dass auf der Erde bald nur diese Inseln bleiben werden, diese dummen, bösartigen Formen, wie die Spielsachen eines gierigen Kindes. Mir geht es hier besser, im Krieg, der zumindest ehrlich ist. Mir geht es besser, wenn ich meine Fotos mache. Ich lasse so wenig Persönliches einfließen wie möglich, aber ich bin immer noch schwach genug zu glauben, dass es besser ist, wenn etwas da ist, als wenn nichts da ist. Das mache ich also. Luftaufnahmen von dem, was verschwunden ist oder verschwinden wird. Für den unwahrscheinlichen Fall, dass wir die Welt neu aufbauen müssen.

Sie ist verrückt, denkt Louise. Sie trinkt einen Schluck heißen, süßen Milchtee, die Hauptnahrung Amélias, von der sie sich fragt, ob sie trotz allem, ob man trotz allem sagen kann, dass sie ihre Mutter ist. Sie ist gerade erst angekommen, der Sand ist überall, auf ihrer Kopfhaut, unter ihren Nägeln, in dem exquisiten Labyrinth ihrer Ohren. Aber der Sand, der sie stört, der im Getriebe dieses Wiedersehens, in der subtilen Mechanik ihrer Träume ist, ist dieser abstrakte Sand, auf eine gewisse Weise poetisch (aber von einer schwarzen und verzweifelten Poesie), von dem Amélia spricht.

Ja, ich habe alles zurückgelassen, weil alles korrumpiert ist. Dein Vater, ich, alles. Die Ironie ist, so groß die Welt auch ist, entkommen können wir ihr doch nicht; und dass ich bei meinem Versuch, mich von dieser Korruption zu befreien, sie vielleicht nur weiter verbreitet habe. Dich, dich wollte ich davor schützen. Ich bin mir nicht sicher, ob mir das gelungen ist.

Nein, sagt Louise, es ist ihr nicht gelungen, sie hat sogar grundlegend versagt, weil sie nicht wirklich gegangen ist. Sie erzählt ihr von ihrer Kindheit an der Seite eines Gespenstes. Einer seltsamen Präsenz, nicht allgegenwärtig, sondern zerfallen, sprunghaft, die sie manchmal nachts besuchte, und ich habe mich gefragt, wie das sein kann, ob ich nicht verrückt bin. Amélia verdreht die Augen, Ist diese Frau ein Monster?, fragt sich Louise. Oder spielt sie es nur? Um mir einen Gefallen zu tun, so wie man mit gefalteten Fingern den Schatten eines Wolfes an die Wand eines Kinderzimmers wirft? Sie lässt sich nicht einschüchtern, sie fährt fort. Auch sie ist hartnäckig. Jetzt weiß ich, dass es mein Vater war. Dass er dich so sehr wollte, dass er so viel an dich dachte, dass er dich erscheinen ließ. Das ist keine Frage von Worten oder von Entscheidungen, es ist eine Frage der Liebe. Und des Schmerzes. Man kann vom Schmerz Anderer angesteckt werden. Auch wenn er verschwiegen wird. Das Lustigste ist, dass ich mich gefragt habe, lange gefragt habe, ob er dich nicht umgebracht hat. Stell dir mal vor! Paul als Mörder. Louise lacht, Amélia nicht, Amélia zieht ihre von der Sonne ausgeblichenen Augenbrauen hoch. Dabei ist es umgekehrt. Er hat dich am Leben erhalten. Wenn du die ganze Zeit überlebt hast, wenn ich glaubte, dich zu kennen, obwohl wir nicht, nie über dich gesprochen haben, dann nur seinetwegen.

Sie sieht diese Fremde an, eine Frau, die alt wird, die jünger wirkt, als sie ist, wahrscheinlich wegen der Liebe, die zu geben sie sich geweigert hat – als hätte sie so ein oder mehrere Leben gespart –, ist alles nur eine Frage von Kredit? von Haben und Soll? Bin ich ganz vom rechten Weg abgekommen?, wundert sich Louise, die sich völlig verausgabt hat, um bis hierher zu kommen – aber ich habe es weder für sie noch für meinen Vater getan. Sondern nur für mich selbst, um nicht mit einem halben Herzen zwischen den Lebenden und den Toten dahinzuvegetieren.

Eine Bitterkeit steigt in ihr auf, die ihr die Kehle zuschnürt und in die Worte eindringt, und plötzlich ist Louise es leid, sie ist traurig, hat nichts mehr zu sagen. Das ist doch alles vergeblich, warum ist sie nicht in der Geborgenheit ihres eigenen Lebens geblieben, in dem ihr Vater sie wie in einem Käfig gehalten hat – warum ist sie nicht dort geblieben, in dieser selbsternannten Ersten Welt, die von allen Seiten in Flammen aufgeht und in deren Entflammung sie Freundschaft erfahren hat. Wenn ihre Freiheit auch illusorisch war, so war ihre Freundschaft doch echt, das weiß sie. Es ist ihr Freund, an den sie jetzt denkt, in diesem Moment, in dem sie von dem, was sie gefunden hat, enttäuscht, vielleicht tödlich enttäuscht ist. Der, der nie gelogen hat. Ihr Komplize, ihr Vertrauter, Der Ausgeblichene, ihre ineinandergeschlungenen Arme bei den Demonstrationen, zu denen sie fast andächtig gingen, als würde aus der Reibung ihrer Schultern und ihrer Hüften und ihrer Träume etwas entstehen, ein Funke, eine bessere Welt, Gerechtigkeit? Was für Kindereien, das weiß sie jetzt. Und doch vermisst sie es, das unermessliche Risiko, das sie einzugehen glaubte, während sie nicht einmal wusste, was Gefahr eigentlich bedeutet. Wirkliche Gefahr. Und doch hat sie sich dort selbst geschaffen. Auf der einen Seite Kinderspiele. Auf der anderen eine Einführung ins Kämpfen. Zwei Seiten derselben Geschichte, ihr Kopf auf Davids Schoß, der in ihre vom Tränengas geröteten Augen frische und köstliche Tropfen gab, künstliche Tränen, die ihre Iris von allem, was sie gesehen hatten, reinwuschen; und sie wechselten sich ab, dann war er an der Reihe, den Kopf einer römischen Statue (aber abgestumpft, wie im Sand vergessen und viel später gefunden, als man sich weder an seinen Namen noch an seine Macht noch an die Mythen erinnerte) auf ihren Schoß gelegt, das Medizinfläschchen zwischen den Fingern, ein Ritual der Reinigung und Brüderlichkeit. Die Möglichkeit einer anderen Welt.

Sag es und ich komme mit dir. Er redete wenig, aber gut. Er redete, wie er schnitt, er, der nicht gezittert hatte, als er ihr den Arm aufgeschnitten hatte, um diesen Chip herauszuholen. Als wäre ich eine Katze!, hatte Louise rebelliert, und David hatte nicht gezögert. Sag es und ich komme mit dir. Und sie, sie hatte gedacht, dass sie diese Reise alleine machen musste. Vielleicht stimmte das. Und hier ist sie nun in einem provisorischen Lager, bei einer Frau, die verrückt ist, verrückt sein muss. Louise steht auf. Es wird Nacht, du solltest hierbleiben, sagt Amélia, aber sie denkt es nicht wirklich, es ist die Höflichkeit der Wüste, die aus ihr spricht. Die junge Frau lehnt ab, sie wird dorthin gehen, wo sie hergekommen ist, ihren Schlafsack an einer Wand des in Trümmern liegenden Hotels ausrollen, es sind nur zwei Stunden Fahrt; sie kann sich nicht vorstellen, noch zu bleiben, sie würde daran sterben, scheint ihr. Nein, dann lieber zurück dorthin, wo sie sich orientieren kann, inmitten der Soldaten und Deserteure und Söldner, von denen einige in ihrem Alter sind, im Alter des Ausgeblichenen, was, wenn man darüber nachdenkt, verrückt ist.

*

Sie schläft schlecht in dem, was mal ein Zimmer gewesen war, oder nicht; ihr Kopf in ein leichtes Tuch gehüllt, das wie der Schleier einer Braut oder eines Imkers wirkt, um sich im Schlaf vor Blicken zu schützen, vor Insektenstichen; vor dem Sand; und sie hat seltsame Träume, wie Gedanken von Korallen oder Seeigeln, an diesem Ort, der vor langer Zeit ein Meer war, seit Ewigkeiten ausgetrocknet ist und manchmal zurückkehrt, um die Schlafenden heimzusuchen – oder sie zu wiegen.

*

Am nächsten Tag jedoch kehrt Amélia auf den Boden der Tatsachen zurück und kommt zu ihr. Einen kurzen Augenblick lang zieht sie sich aus ihren Grübeleien zurück, sie ist wirklich dort, nach zwei Stunden Fahrt, dieser jungen Frau gegenüber, der sie trotz allem etwas schuldig ist. Sie hat Schwierigkeiten, den Weg zu finden, Schwierigkeiten zu sprechen, sie irrt zuerst in dem verlassenen Hotel herum, schnüffelt wie ein Tier, das sich verirrt hat, eher neugierig als ängstlich. Louise sagt nichts, sieht ihr zu. Sie regt sich nicht und letztendlich nähert sich die Andere. Setzt sich im Halbdunkel hin und sagt einfach: Ich höre dir zu. Und Louise fängt an zu erzählen. Sie spricht weniger zu dieser Fremden als zu sich selbst. Sie redet mit der hereinbrechenden Nacht. Sie sagt Dinge, an die sie noch nie zuvor denken konnte, die zu Wörtern geworden ihren Zustand und sogar ihr Wesen ändern, wie eine Pflanze, die in nichts wie der Samen aussieht, aus dem sie stammt. Vielleicht ist es das, was zu suchen sie hier hergekommen ist. Eine Stimme, die die ihre sein würde. Und mit dieser Stimme fasst Louise die Liebe in Worte, die sie für Paul empfindet. Eine Liebe, die so gewaltig ist, dass sie auf ihr lastet, wie eine Decke, unter der durch das Ein- und Ausatmen allmählich die Luft ausgeht, die sich in ihr Gegenteil verwandelt, eine Erstickung. Das hatte sie nie zugegeben, nicht laut – bis jetzt. Ich habe wenig Achtung vor ihm, sagt sie. Ich bin ihm böse. Die Welt brennt und er tut, als ob nichts wäre. Mein ganzes Leben lang hat er mich angelogen. Wenn er mich zugedeckt hat, hat er mich angelogen. Wenn er kochte. Im Restaurant, im Schwimmbad hat er mich angelogen. Auf der Straße. Überall. Im Schlaf war er aufrichtig; und nur dort.

Amélia denkt lange nach, man könnte glauben, dass sie nichts sagen wird. Nicht weiß, was sie sagen soll. Ein kurzes, trockenes Einatmen. Du urteilst zu hart über deinen Vater, und schlimmer noch, du irrst dich. Paul hat mir sein Wort gegeben, als ich wegging, er hat geschworen, dass er niemals mit dir über mich sprechen würde, damit du nicht die gleiche Kindheit hast wie ich. Ich wollte für dich gestorben sein. Ich konnte nicht einmal eine schlechte Mutter sein: Ich konnte überhaupt nicht Mutter sein. Du siehst doch, wie ich bin, oder? Du siehst, dass ich überall Böses sehe. Das ist nicht das, was ein Kind braucht. Die Wahrheit ist, dass ich Angst hatte, große Angst, nicht zu wissen, wie ich dich lieben soll, und es vielleicht auch in dir zu sehen, dieses Böse, das an mir nagt, an der Welt nagt, und ob ich darunter leide oder es selbst verbreite, das weiß ich nicht. Beides vielleicht. Was ich allerdings ohne jeden Zweifel weiß, ist, dass ich geistig nicht gesund bin. Vielleicht hellseherisch; aber nicht gesund. Und ich wollte dich davor beschützen. Paul hat also nichts anderes getan, als meinen Willen zu respektieren. Meinen letzten Willen in gewisser Weise; lass dich nicht täuschen, außerdem ist es sowieso ganz offensichtlich – aber in der hereinbrechenden Nacht sieht man nicht viel, sieht man fast nichts –, ich bin ein Wesen, das sich ganz und gar in der Schwebe befindet.

Ja, du irrst dich, vergiss, was ich dir gestern gesagt habe oder nimm es dir zumindest nicht zu sehr zu Herzen, ich mache immer dieselben Fehler. In Wahrheit denke ich seit Jahren an Paul, ich denke an uns. Hier, in dieser Nacht sind meine Gedanken klarer, endlich sehe ich es. Und was ich sehe, von dieser Szene, die immer weiter in der Zeit zurückliegt, aber für mich jetzt immer in derselben Entfernung bleibt, zu weit weg, um sie zu erreichen, sie anzufassen, in meine Arme zu nehmen – um euch in meine Arme zu nehmen –, jedoch nah genug, um sie mit meinem Blick zu umarmen; was ich sehe, ist das: Paul hat mich so gesehen wie ich war, genau so wie ich war, und er hat mich geliebt. Und er liebt mich immer noch. Vielleicht gegen seinen Willen; seine Zustimmung ist im Grunde unwichtig. Und ein Mensch, der dazu in der Lage ist, ein anderes Wesen so zu erkennen wie es ist, und es zu lieben, selbst im Verrat, selbst in Abwesenheit und Verlassenheit, so ein Mensch verdient Liebe, verdient Achtung, weil sein Herz gegen das Zeitalter schlägt, weil er in diesem Zeitalter wie ein Schwimmer gegen die Strömung ankämpft, die ihn trägt. Du wirst nichts an dieser Welt ändern können, die endet, und auch nichts an der, die kommt, wenn du nicht siehst, wenn du nicht fühlst, dass dieser Mann, so wie er ist, bereits der Widerstand ist.

Louise sieht diese Frau an, die sich in der Dunkelheit auflöst, sich in den Tränen auflöst, die ihr in die Augen steigen, ihr Körper reagiert auf etwas – Gewalt, Erleichterung? –, denn diese Unbekannte, die völlig von ihr abgeschnitten ist, in ihren Entscheidungen verschanzt, in ihrem Wahnsinn vielleicht oder einfach in ihrer wahren Natur, die sie nicht ignorieren konnte oder wollte – diese Frau hat ihr gerade ihren Vater zurückgegeben, die einzige Familie, die sie hat. Ich frage mich, ob sie mich anlügt, denkt Louise, ich könnte mein ganzes Leben, das gerade beginnt, damit verbringen, sie verstehen zu wollen. Aber dann wäre mein Leben nicht das meine und sie, sie hätte zwei gehabt. Es ist nicht gut, wenn eine Tochter von ihrer Mutter heimgesucht wird. Die Nacht schlüpft in das zerstörte Hotel, durch die Löcher, durch die Fenster ohne Scheiben, durch die Fenster, deren zersprungene Scheiben um sie herum wie ein Schatz funkeln, wie ein Glitzerteppich, eine tödliche Verwirrung zwischen dem Innen und dem Außen. Die Nacht kommt herein, die Nacht berührt Louise, die noch nie in eine derartige Dunkelheit geblickt hat, ein perfektes Schwarz, und doch, nach einer Weile kann man etwas sehen. Ja, man sieht dort etwas. Sie schweigen und die kommenden Kämpfe zeichnen sich zwischen ihnen ab, werden deutlicher, Louise erkennt Motive, Spuren, oder glaubt sie zu erkennen, wie in diesen Zeichnungen für Kinder, in denen man Punkte verbinden muss und die in Wirklichkeit – hier in der Wüste, im schwelenden Krieg, versteht sie es – eine Einführung in den Himmel und die kommende Nacht sind.

6.

Pauls Leiden begann kurz nach der Abreise seiner Tochter. Es waren die Lichter, sagte er, es war das Licht, das ihm zu schaffen machte. Es drang überall ein. Er verbannte die Bildschirme aus dem Schlafzimmer, bis hin zum Wecker, den er unter dem Bett versteckte; aber selbst so, beschwerte er sich, fühle ich ihn, sehe ich ihn, seine blauen Ziffern, seine LEDs, ich weiß, dass er da ist, ich weiß, dass er leuchtet, es ist unerträglich. Sylvia fand für ihn in den Tiefen einer Tasche eine dieser Nachtmasken, die im Flugzeug verteilt werden, mit der er zu schlafen versuchte. Doch das Licht fand einen Weg zu seinem Sehnerv, es machte ihn rasend, er ließ lichtdichte Vorhänge anbringen, Fotografen-Vorhänge, die den vagen Schein der Straßenlaternen und die farbigen Lichtpinsel ausschlossen, die manchmal von der Seine aus heraufleuchteten und die er bis dahin geliebt hatte. Es half alles nichts: blasse Flecken, überall, auf der Innenseite seiner Augenlider, denen er nicht entkommen konnte. Ich glaube, ich bin krank, sagte er schließlich zu Sylvia. Dann lag er in Unterhosen auf einem Krankenbett, in einem Dunst von Desinfektionsmitteln, unter blassen Neonlichtern. Er tat, was man niemals tun sollte, er erkundigte sich auf eigene Faust, erwarb ausführliche Kenntnisse über die Lichtverschmutzung, deren Auswirkungen auf Säugetiere, einige Krebsformen, die mit Nachtarbeit zusammenhängen und mit dem blassblauen Licht, vor dem er seit seiner Kindheit flüchtete. Auf Vögel, die die Orientierung verlieren und sich verirren, gegen Brücken fliegen, an ihren Pfeilern zerschmettern.

Er ließ sich untersuchen. Ihm wurden Fragen gestellt, die er so gut er konnte beantwortete, und als er nach seinem Alter gefragt wurde und seine Antwort hörte, erschien ihm die Zahl, die aus seinem Mund kam, vollkommen unsinnig. Eine Fiktion. Immer seltsamere Fragen, ob er bestimmten Stoffen ausgesetzt gewesen sei: Bitte was, fragte sich Paul, der an Amélias Lächeln dachte, an Louises Lächeln dachte, musste er für all das auch bezahlen? Bestimmte chemische Substanzen, waren Sie nach Ihrem Wissen zum Beispiel regelmäßig Flammschutzmitteln ausgesetzt? Und diesmal wusste er nicht, was er antworten sollte, er zuckte mit den Schultern, wie sein Vater es getan hätte. Auf den Röntgenaufnahmen sah Paul einen Brustkorb, einen Arm, einen Oberschenkel, in denen er sich nicht wiedererkannte. Dieser Schatten eines Körpers war von Lichtflecken übersät, und sein Instinkt sagte ihm, dass die dort nicht hingehörten. Er erinnerte sich, bereits ähnliche Bilder gesehen zu haben, insofern man von Bildern sprechen konnte. Er erinnerte sich, die Theorie entwickelt zu haben, dass es das Licht war, die Lichtflecken, die seine Mutter getötet hatten, aber all das war sehr weit weg und in Erinnerungen an eine ungeliebte Kindheit begraben, an die er, schien es ihm, nicht einmal mehr durch das Vergessen gebunden war. Um die Wahrheit zu sagen, er hatte sich, bevor er krank wurde, nicht mehr daran erinnert, dass es dazu etwas zu erinnern gab.

So endet also alles?, fragte er sich. In diesem immerwährenden, stets faden Licht, vor dem er sein ganzes Leben lang zu fliehen versucht hatte und das ihn jetzt von innen auffraß?

Er zögerte, sich behandeln zu lassen. Der Ausgeblichene flehte ihn an und überzeugte ihn letztendlich. Der junge Mann hatte eine seltsame Zuneigung zu ihm entwickelt, oder hatte er eindeutige Anweisungen erhalten? In Louises Abwesenheit war er es, der kam. Er ging einkaufen, schien Pauls Geschmack und Vorlieben zu kennen, ohne jemals nachfragen zu müssen. Bleib wenigstens zum Abendessen, sagte Paul bei jedem seiner Besuche, und der junge Mann entschuldigte sich höflich, bevor er sich aus dem Staub machte. Eines Abends jedoch blieb er. Kann ich dir eine Frage stellen?, fragte Paul, und nach einem kurzen Zögern nickte der Andere. Er ist absolut loyal. Integer und loyal, dachte Paul, erstaunt und ein bisschen ängstlich. Was habt ihr gespielt, du und Louise, als du zum ersten Mal hier warst? Zuerst gab der Andere vor, sich nicht zu erinnern, aber Paul ließ nicht locker. Mit euren Video-Helmen. Du weißt schon. Der Ausgeblichene senkte den Blick, unter seinen fast weißen Wimpern lächelte er. Versprechen Sie, nicht zu lachen? Ich schwöre es.

Wir waren Tiere. Wir waren Tiere in einer Ruinenstadt, einer Stadt, die von Wasser überschwemmt, von Bäumen überwuchert war, und in den Trümmern unserer damaligen Schule, die nur noch ramponiertes Dach war, nur noch eine Abenddämmerung, haben wir Unterschlupf gesucht. Was für Tiere?, fragte Paul. Oh, wilde Tiere. Wölfe, Füchse. Manchmal Vögel. Wir haben die Welt durch ihre Augen gesehen, es dauerte manchmal sehr lange, bis wir verstanden, wo wir waren. Zu Hause zum Beispiel. Aber die Betten waren mit Gras überwachsen und in den Wänden, den Böden lebten ganze Insektenfamilien. Sogar in den Büchern.

Aber warum?, fragte Paul. Was hat euch das gebracht? Was habt ihr dabei gelernt?

Ich weiß es nicht, gestand der Andere ein. Dass wir nicht der Mittelpunkt der Welt sind vielleicht. Vielleicht, dass auch ohne uns alles weitergeht. Aber so richtig weiß ich es nicht. Er schwieg einen Moment und fügte hinzu: Es war nur ein Spiel, wissen Sie. Er fragte ihn oft, was sie ausheckten, Louise und er und die Anderen, diese unauffälligen jungen Leute, die allem abgeschworen hatten, was er, Paul, über die Welt wusste. Allem, was er begehrt hatte. David gab nie eine Antwort. David, wenn ich ein Foto von dir mache, würde man dich darauf sehen?, fragte Paul eines Abends. Und David versuchte, ein Lächeln zu unterdrücken, schaffte es nicht und lachte los. Es ist lange her, seit ich es versucht habe. Sie wissen, das geht gegen unsere – Paul dachte, er würde *Religion* sagen – Grundsätze.

Ich bin müde, David, ich bin sehr müde, vertraute Paul ihm an. Der Ausgeblichene sah ihn scheinbar teilnahmslos an. Was könnte Ihnen helfen?, fragte er. Ich weiß es nicht, sagte Paul. Er schlief oft in seinem Panikraum, seiner Gruft; und sogar bis dorthin verfolgten ihn die Lichter. Die Stadt verfolgte ihn. Was könnte Ihnen Erleichterung verschaffen?, fragte David, und Paul war gerührt von der Fürsorge dieses jungen Mannes, der ihm nichts bedeutete. Nicht viel, fürchte ich, sagte er, der Unternehmer, der mächtige Mann. Und gleichzeitig der verlassene Liebhaber, der verlassene Vater. Oder aber man müsste der Nacht ihre Dunkelheit zurückgeben, stieß er hervor und wusste nicht mehr, von wem dieser Satz kam, ob er von ihm stammte oder von woanders; er schämte sich ein wenig dafür; aber Der Ausgeblichene nickte ernst, als gäbe es auf der Welt nichts, was mehr Sinn machte. Und das war der letzte Satz, an den Paul sich erinnerte, dann hatte das Licht sein gesamtes Gesichtsfeld aufgezehrt und er verlor das Bewusstsein.

*

Er wachte, so kam es ihm vor, in einem Hotelzimmer auf. Es dauerte einen Moment, bis er verstand, dass es ein Krankenhaus war. Durch das Fenster, ein festverglastes Rechteck, sah er einen Baum, einen armseligen Baum, ein wenig kränklich, schwächlich; und dahinter die leuchtende Stadt, giftig, aber wunderschön. Unwiderstehlich.

Ich habe mal, sagte eine Stimme in der Nähe seines Kopfes oder in seinem Kopf, ein ganzes Viertel gekannt, dessen Licht verrückt machte. Die Leute beschwerten sich darüber. Ihre Haare fielen aus. Ihre Zähne fielen aus. Man hat die Beleuchtung geändert und alles ist wieder normal geworden. Paul wagte es nicht, sich umzudrehen – nicht sofort. Anderswo ist es umgekehrt, alles ist in Ordnung, bis man die Straßenbeleuchtung ändert und plötzlich: Autounfälle. Selbstmorde. Morde.

Das denkst du dir aus, sagt Paul.

Ganz und gar nicht, empört sie sich.

Sie kommt näher, er hört es. Setzt sich aufs Bett, legt sich neben ihn, was wird aus der Reibung ihrer Schultern und ihrer Hüften und ihrer Träume entspringen? Ein Funke mehr in einer Welt, die bereits von Licht verzehrt wird und von allen Seiten lodert?

Da bist du wieder, sagt Paul.

Hier bin ich wieder, sagt Amélia.

Er nimmt ihre Hand. Er spürt die Venen, die Sehnen, die abgemagerten Finger. Er kennt ihr Alter, so wie er das seine kennt, aber diese Zahlen sind eine Fiktion, sie sind viel jünger, beide: Ihr Alter ist nur das ihrer Liebe. Dessen, was ihre Liebe war und jetzt etwas Anderes ist. Eine Erinnerung, ein Gespenst, das Feld einer noch unbekannten Kraft. Ein Ausweg, vielleicht. Und seltsamerweise wird die Stadt draußen plötzlich dunkel. Nein, nicht plötzlich: In mehreren Etappen, Block um Block wird von der Dunkelheit eingenommen. Die Nacht fordert ihre Rechte wieder ein. So gibt es an diesem Abend nichts mehr zu sehen als ein einfaches schwarzes Rechteck, düster, vollendet.

Das perfekte Bild, sagt Amélia.

Das perfekte Bild, sagt Paul.

*

Am Tag nach dem Stromausfall geht es ihm besser. Mehr als das – in Wahrheit ist er vollkommen geheilt, und seine Ärzte schauen ihn noch merkwürdiger an als während seiner Krankheit. Sylvia kommt ihn abholen, verwirrt und schön, in mehrere Schichten feiner Stoffe gehüllt, die ihr bereits von der Schulter, vom Schlüsselbein rutschen, es nicht schaffen, ihren Halsansatz zu verdecken; und für Paul ist dieses Versagen Kunst. Sie trägt Rosa, Ziegelrot, einen gerafften Rock, in dem ein paar goldene Fäden leuchten, und sieht insgesamt aus wie die Stadt Rom, aus der sie gerade zurückgekommen ist. Ich konnte gestern nicht kommen, alle Flüge wurden gestrichen; wie jetzt, du bist geheilt? Vollständig geheilt? Was ist passiert?, fragt sie in einem fast anklagenden Ton einen der Ärzte, der gesteht, dass er Mühe hat, ihr zu antworten.

7.

Paul war im Bett mit Sylvia, als er von dem Sprung, dem großen Kopfsprung Amélia Dehrs erfuhr. Seit ihrer Rückkehr hatten sie sich einige Male gesehen. Sie waren Albers besuchen gegangen, das heißt Albers' Asche, die sie gemeinsam verstreut hatten in dieser Stadt, die sie mit Theorien und Liebe überhäuft hatte und aus der sie letztendlich verstoßen worden war. Das wird ihnen eine Lehre sein, hatte Amélia gesagt, sie konnten sie nicht riechen – jetzt atmen sie sie ein. Ein bisschen Albers in ihren Lungen. Paul war schockiert und entzückt, es zu sein, er hatte gelacht. Er fand das eher erstrebenswert: mehr Albers in ihm. Auf der Welt.

Sie hatten über Louise geredet und sie hatten über die Welt geredet, und Amélia war der Meinung, dass es um erstere besser stand als um letztere. Sie sprach von beiden wie von Konzepten, abstrakten Ideen; für Paul aber zählten das Lächeln seiner Tochter, ihr Duft, ihre Stimme am meisten. Eine Sache, die ich nicht bedauere, ist, dass sie dir ähnlich sieht, sagten sie einander. Gleichzeitig. Fast gleichzeitig. Auch darüber hatte Paul gelacht. Während der gesamten Zeit hielten sie einen respektvollen Abstand zueinander.

Vielleicht könnten sie Freunde werden, hatte Paul gedacht, aber ihm war bewusst, dass das nicht zur Debatte stand – dass das zwischen ihnen nie ein Thema gewesen war. Und zweifellos hatte Amélia es auch gefühlt, da sie kurz darauf aus ihrer kleinen Wohnung sprang. Die beiden Zeugen, die sie sahen, sprachen von ihrem Lächeln und der seltsamen und verrückten Schönheit dieser Szene, eine große Frau, barfuß auf einem Geländer stehend. Lässig mit der Schulter an die Wand gelehnt – in diesem Fensterrahmen, wie in einem Türrahmen. Und sie lächelte, ihr noch immer rotes Haar leuchtete in der Sonne. In einem Herrenhemd. Sie hatte gelächelt, als wartete sie darauf, gesehen zu werden, sagte einer der Augenzeugen mit zitternden Händen, sie hatte gelächelt, als ob sie ein Publikum brauchte, um sich das Leben zu nehmen. Nein, das war es nicht, sagte der Andere, sie hat nicht uns angelächelt, sie hat direkt vor sich hingelächelt, jemanden angelächelt, der sie um einen Kopf überragte, aber natürlich war da nichts, nur der Himmel, der sich dem Ende neigende Tag und sein warmes Licht.

Da verstand Paul, dass dies das einzige Werk Amélias war, ihre Art von Kunst, die eine Art der endgültigen, dauerhaften Wiedergutmachung war, allen unverständlich außer ihm. Ein Werk, das nur für ihn bestimmt war. Paul wusste, dass sie ihn angelächelt hatte.

Ihn, Paul, vor dreißig Jahren, als er auf seinem Posten im Hotel Elisse eingeschlafen war und sie nicht hatte fortgehen sehen.

Ihn, Paul, vor zwanzig Jahren, als er diese riesige leere Wohnung gekauft hatte, nur für das Glück zu sehen, wie sie sie barfuß, in einen Sonnenstrahl und eines seiner Hemden gehüllt, durchquerte.

Ihn, Paul, als sie in der Entbindungsstation aufgewacht war und ihn gesehen hatte, Louise in seinen Armen, und die beiden bewundert hatte.

Also erinnerte sie sich, sie erinnerte sich an alles.

Und dann wusste er endlich, dass er geliebt wurde, geliebt worden war.

Danksagung der Autorin

Ich danke allen, die mir, jede und jeder auf seine Weise, geholfen haben, diesen Roman zu schreiben, sowie dem *Centre National du Livre* für das Stipendium, das ich erhalten habe, und der Villa Medici, in der dieses Buch begonnen und aufgegeben wurde, bevor es an einem anderen Ort weitergeschrieben und dann in der Faber-Residenz in Katalonien fertiggestellt wurde. Danke an den Fotografen Raphaël Dallaporta dafür, dass er seine Drohnengeschichten mit mir geteilt hat, und seine Serie *Ruins* (2011). »Der Astronaut im Rosenstrauch«, hier Amélia Dehr zugeschrieben, stammt aus einem ursprünglich in *Le Ciel vu de la terre* (Éditions Inculte, 2011) veröffentlichten Text. Die dokumentarische Poesie hat vieles meiner eigenen Mutter und ihrer Arbeit zu verdanken, die auf andere Weise fortgesetzt wird. Für die ersten Schriften von Nadia Dehr habe ich mich teilweise von einem Artikel der amerikanischen Historikerin Jennifer L. Roberts mit dem Titel »Landscapes of indifference: Robert Smithson and John Lloyd Stephens in Yucatán« (2000) inspirieren lassen. Im Hinblick auf den Krieg im ehemaligen Jugoslawien waren die Arbeiten von Peter Andreas bei der Recherche sehr hilfreich. Vor allem bin ich sehr dankbar für die direkten und indirekten Augenzeugenberichte, die mir bei diversen Besuchen in Sarajevo anvertraut wurden.

Was die realen Ereignisse angeht, die man versucht sein könnte in der Geschichte zu erkennen, ist zu beachten, dass sie immer absichtlich verfälscht oder umgeändert wurden. Daher ist jede Ähnlichkeit mit Personen, die existieren oder existiert haben, reiner Zufall. Außer vielleicht, wenn es sich um mich selbst handelt.

Die Kette Elisse existiert nicht.

Danksagung der Übersetzerin

Herzlichen Dank an den Deutschen Übersetzerfonds, der die Arbeit der Übersetzerin am vorliegenden Text gefördert hat, sowie an die Organisatoren des Georges-Arthur-Goldschmidt-Programms, in dessen Rahmen die Übersetzung begonnen wurde, und insbesondere an Patricia Klobusiczky und Nina Garde für ihre großartige Unterstützung.

Zitatnachweise

Tom Wolfe: *Die Helden der Nation. Reportage-Roman.* Aus dem Amerikanischen von Peter Naujack. Hamburg. Hoffmann und Campe, 1983.

Pierre de Ronsard: *Amoren für Marie. Le Second Livre des Amours. Das zweite Buch der Amoren mit den Sonetten und Madrigalen für Astrée.* Französisch – Deutsch. Aus dem Französischen von Georg Holzer. Herausgegeben und kommentiert von Carolin Fischer. Berlin. Elfenbein, 2010, S. 193.

Francis Scott Fitzgerald: *Zärtlich ist die Nacht.* Aus dem Amerikanischen von Grete Rambach. Berlin. Lothar Blanvalet Verlag, 1952.

Bildnachweise

Seite 77 oben: *Montagne Sainte-Victoire* von Paul Cézanne, um 1890, Musée d'Orsay, © Bridgeman Images.

Seite 77 unten: *Blind Time* von Robert Morris, © VG Bild-Kunst, Bonn 2018.